短編推理小説集

復讐の森

黒岩夕城

鳥影社

復讐の森　目次

しとやかな獣《けもの》　3
袋小路《ふくろこうじ》の男　57
ピエロの行方《ゆくえ》　111
マジックミラー　165
闇からの報復者　219

しとやかな獣《けもの》

1

「いつも同じものばかりで、ごめんなさいね」

そう言って、藤本奈緒は男にパック入りの〝鮭弁当〟と〝のり弁当〟を手渡した。

「あ、今日は月曜日だから、これも」

奈緒が千円札を一枚差し出すと、男は深々と頭を下げてそれを押し頂いた。男はホームレスで、そこは他のホームレスの影のない東京杉並区高井戸のこぢんまりとした児童公園だった。男は鳥の巣のような長く乱れた髪と顔全体を覆うほどの髭《ひげ》で人相は判然としないが、まだ三十前後に見えた。聡明そうな澄んだ瞳が印象的で、いつも大概本を読んでいる。よく見ると、それはサルトルの『存在と無』やオルテガの『大衆の反逆』、ニーチェの『権力への意志』といった哲学書で、もう百回は熟読していると洩《も》らしたことがあった。公園のベンチに所々穴の開いたリュックや紙袋を置き、それを枕に読書に耽《ふけ》っているのだった。午前中は近所の親子連れや園児たちで賑《にぎ》わう公園も、奈緒の訪れる午後二時過ぎには人の姿は滅多にない。奈緒がホームレスに弁当と週に一度の千円の差し入れをするようになったのは、半年ほど前の桜の時期からであった。奈緒は、零細ながら弁当の製造と直売の店に勤めている。朝四時から午後二時までが彼女の勤務時間であった。弁当は店の売れ残りで、最初は自分で食べるつもりで貰って来たのだが、自宅へ帰る途中に公園にいるホームレスを見た時、自分の勤める弁当屋のゴミバケツを漁《あさ》っていた男だと分かり、思わず手渡ししてしまったのだった。自分も家出同然に上京した十代の頃、結局は無一文になり、五日間ではあったが真冬の青山墓地での野宿を余儀なくされた辛い思い出があり、見て見ぬふりができなかったのである。それとホームレスの男の眼に、今は亡き父親を思い出したことも大きな理由であった。それから休日をのぞく毎日、弁当を届けている。決して、彼女も裕福なわけではない。この近くの六畳一間のアパートに一人で住み、弁当屋の給料だけで何とかやりくりしている。そんな地味な暮らしをしているが、弁当屋で働く前の彼女は女優であった。青山墓地での野宿の後にウエイトレスとして勤めた六本木のレストランで、スカウトされたのがきっかけだった。だから肢体ものびやかで美しく、容貌も男たちが思わず振り返るほどに整っていて気品があった。が、一般にどんな大根役者でもうまく演じられるのが、女はホステス、男はヤクザか兵隊などと言われるが、その影の薄いホステス役が忘れた頃にようやくキャスティングされる程度しか仕事は入らなかった。スカウトはされたものの、デスクを兼ねた社長と若い女性マネージャー一人だけの弱小プロダクションに彼女を売り出すだけの力量はなかったのである。それでも大手制作会社のプロデューサーから〝二時間ドラマ〟の主役に抜擢《ばってき》されたことがあった。しかし、それにはプロデューサーと箱根に一泊旅行に同行すること、という条件がついていた。彼女は即座に役を蹴《け》った。が、今にして思えば、それが彼女がスターへの階段を昇る唯一のチャンスであったかもしれない。だが、そんな世界にほとほと嫌気がさした彼女は、女優を廃業して弁当屋で働くようになったのである。それが三年前の二十五歳の時だった。そんな彼女には、金もコネもないが夢があった。女優の経験が夢に導いてくれたと言っても過言ではない。それは同じ芸能界でも、脚本家という道を歩むことであった。女優廃業の直前に、自分のキャラクターを活かせるオーディションの告知でもないかと本屋に足を運んだ彼女の目に、映画雑誌の懸賞シナリオの募集記事が映ったのである。それからというもの、彼女は全くの独学であったが、盆暮れ正月も返上して鉄杵《てっしょ》を磨くごとくシナリオの執筆に励んできたのだった。そして今、彼女の会心の作が日本の懸賞シナリオとしては最高レベルと評される「日本シナリオ大賞」の最終候補五編の中に残っているのである。その賞は日本を代表するT映画が主催するもので、応募者も毎年二千人を超える。その人気の理由は、まず賞金が破格の一千万円と高額であること、それと受賞後にT映画の映画脚本の執筆が約束される、という二点にあった。ただ、その恩恵にあずかるのは受賞者一人のみで、佳作も優秀作もないという狭き門であった。最終選考は、委員長で御年六十九歳になるベテラン脚本家の赤林幻児《げんじ》と中堅の峰岸岳史《たけし》、それに人気の若手女性脚本家とT映画のプロデューサーの四人によって行われる。発表は間もなくだった。が、彼女には絶対的な自信があった。これまでの受賞作のどれにも劣らない、という自負がその源にあったのである。

「もう少ししたら、大金が入るかもしれないの」

彼女はホームレスに囁《ささや》きかけた。しかし、彼女は金に執着しているわけではない。喉から手が出るほど受賞を渇望《かつぼう》しているが、その真の目的は他にあった。彼女は再度、ホームレスに言葉を重ねた。「そしたら、あなたに百万円あげるわ。それでアパートを借りて、洋服も買って、ちゃんとした仕事に就くのよ」

ホームレスの男は、特に顔をほころばすこともなく無表情であった。

それから半月ほどが経ったある晩のこと、奈緒のアパートの電話が鳴った。

「私、先日ご応募いただきましたT映画の……」

相手は懸賞シナリオを主催したT映画のプロデューサーで、選考委員の一人でもあった。奈緒は緊張のあまり受話器を握ったまま思わず正座していた。と同時に、吉報の予感に胸が打ち震えた。が、相手の話は彼女を落胆させるものだった。

奈緒の作品は最後まで賞を争い、プロデューサーも積極的に推したのだが、強硬に反対する一人の選考委員がいて、その意見に従って受賞は他の応募者に決まったというのであった。

「残念でしたが、また次回を期待して……」

「あの……」

「はい」

「私の作品はどこが悪かったのでしょうか」

奈緒は唇を嚙みしめながら訊《き》いた。

「いや。それは私にも理解できないんですが、その選考委員に言わせると、話が暗すぎるというんですよ」

奈緒の作品は『女のついた嘘』というタイトルで、その内容は――再三の妻の浮気が原因で離婚した青年が、妻に引き取られた幼い一人娘と新たに知り合った理想的な女性との間で心を惑わせる。そんな彼に妻は執拗《しつよう》に復縁を迫る。結局、青年は恋人を捨て娘のために妻との復縁を決意する。ところが、それは嫉妬に狂った妻の計略で、妻は他の男との再婚が決まっており、青年は娘も恋人も失ってしまう。そして絶望の果てに驀進《ばくしん》してくる貨物列車に身を投じて自殺する。しかし、その死の真相は妻だけしか知らない――という女の心の奥底に潜む残虐さを描いたミステリアスな話であった。確かに救いはない。いや、暗い話である。だが、そんな理由で落とされるのだろうか。それなら古今東西の名作映画と呼ばれる悲劇を、その選考委員はどう評価するのか。複雑な思いが駆けめぐり、奈緒は返す言葉が見つからなかった。

「ま、詳しい選評と受賞作は『月刊　映画界』に載りますから、それを参考にしてみて下さい」

「――はい。有難うございました」

そう言って電話を切ったが、奈緒は釈然としなかった。では一体、受賞作はどんな優れた作品なのか。どうやら暗い話ではないらしい。ということは、よほど深みのある作品なのだろうか。自分には追いつけないほどの才能を見せつけられることが、正直なところ、奈緒には恐かった。

それから間もなく「月刊　映画界」は発売された。そこには選考委員長の赤林幻児の選評が載っていた。赤林は奈緒の作品に対し、〝この作品は暗すぎて、とても読むに堪えない〟と酷評しているのだった。奈緒の作品を落としたのは赤林だったのだ。奈緒の胸の内に、この傲岸《ごうがん》な老脚本家への殺意が岩漿《がんしょう》のように噴き上がった。人間それぞれ生まれ持っての感性や育ってきた環境には違いがある。だから作品の好みも異なるのは仕方のないことだが、しかし、受賞者は二十五歳の女性で、それは赤林が講師として通っているT映画のシナリオ塾の教え子であった。奈緒は掲載されている受賞作に目を通してみた。その内容は、大企業の社長の御曹司と貧しいO

Lの恋愛を、都合よくハッピーエンドでまとめただけの月並みな〝オハナシ〟であった。少女趣味の駄作である。少なくとも奈緒の眼にはそう取れた。これのどこに受賞作としての価値があるのか。あまりの稚拙で空疎な内容に奈緒は途中で雑誌を放り投げた。

その晩、奈緒は選考委員の一人、峰岸岳史が所属する「全日本シナリオ作家組合」経由で、峰岸宛に手紙を書き送った。それは、以前から峰岸の作品のファンであったと前置きし、

『今回の審査結果にどうしても納得がいきません。私はシナリオ学校には通っておりませんが、独自に腕を磨き、来年も必ず応募させて頂くつもりでおります。つきましては、ご多忙とは存じますが、本賞の傾向などについて手ほどきを頂ければ幸いです。

どうか、どうか、宜しくお願いいたします。

藤本奈緒　拝

峰岸岳史先生』

というもので、その後に、自分は青森県の大規模なリンゴ農家の一人娘で、都内のN女子大を卒業し、現在は女優として活動している。年齢は二十八歳、という略歴も書き添えた。虚実織り交ぜたものだ。そしてそこに女優時代の宣材写真を同封することも忘れなかった。

峰岸がその手紙を受け取ったのは、配達されてから四日後のことであった。峰岸は目黒区内に自邸を構えているが、赤坂のホステスとの浮気が発覚し、つい最近妻と離婚したばかりで独り暮らしをしていた。そんないざこざからホステスにも逃げられ、空き家に隙間風が吹くがごとくの侘《わび》しい身の上であった。奈緒からの手紙は、五十八歳の好色男に思わぬ春風をもたらしたのだった。奈緒の美貌がそれに拍車をかけたのは言うまでもない。だから連絡も早かった。その晩のう

ちに峰岸は奈緒に電話をし、翌日の夕方、下北沢の某高級居酒屋へくるようにと彼女を誘ったのである。奈緒は内心、仕掛けた罠《わな》に獲物が掛かった時のように快哉《かいさい》を叫んだ。

峰岸は映画雑誌で見た通り、中肉中背の細面の男だった。渡された名刺には「全日本シナリオ作家組合理事」という肩書の下段に、名前と目黒区内の自宅の住所、電話番号、それとメールアドレスが印刷されていた。彼は、選考委員長の赤林幻児をのぞく三人の委員が奈緒の作品を推したが、最も発言力のある赤林の鶴の一声で今回の結果になってしまった、残念でならない、と言いながら急ピッチで奈緒に酒を勧めた。まるで早く酔わそうとしているかのようであった。

「でもま、来年があるよ。来年こそ……ね？」

峰岸は猫撫で声で囁いた。

「ええ」

そう応じて奈緒はグラスを口に運んだ。

「ところで君、田舎は？」

峰岸が訊いた。

「お手紙にも書きましたけれど、青森です」

奈緒は冷静を装って答えた。

「ああ、そうだったね。太宰と一緒か」

「はい」

「じゃ、斜陽館には入ったんだろうねえ」

「先生、ご出身は？」

奈緒が切り返した。

「俺？　俺はずっと東京だよ」

「じゃあ、東京タワーに昇りました？」

「ハハハ。そう言えば一度もないね」

「地元にいると案外そんなものですよ。今や外国人旅行客の方が日本の名所旧跡には詳しいんじゃないかしら」

「ほんとだな」

そんな雑談を交わしながら飲んでいると、いつしか二人はほろ酔い気分になった。

「出ようか」突然、峰岸が言った。「次の所で『日本シナリオ大賞』の秘密情報を教えてやるよ」

「秘密情報……ですか？」

「ま、いいから」

峰岸は急かすように奈緒を店の外に連れ出すと、一言も喋らずビルの裏手の暗がりへと奈緒を誘い込んだ。そこは下北沢でも数少ないラブホテルの前だった。

「さ、入ろう」

峰岸は奈緒の背中を押した。

「あ、いえ……」

奈緒はためらいを見せた。

「そんなこと言わないで……飲み屋なんかじゃ話せないこともあるんだから」

そう言いながら峰岸は、半ば強引に奈緒をホテルへと連れ込んだ。そして部屋に入ると、シャワーを浴びる間もなく奈緒の体に挑みかかってきた。そんな峰岸に、奈緒はほとんど抵抗もせず、身を任せたのだった。

「受賞した女の子ね、赤林と男女の関係にあるんだよ」

果てた峰岸が、タバコに火を点けながら言い放った。やっぱり、そうか……と奈緒は思った。彼女にも、薄々察しはついていた。

「それだけじゃない。賞金の一千万……あのほとんどはバックマージンとして赤林の懐《ふところ》に納まるんだ。全く、あの強欲なハゲ親父め」

峰岸は憎々しげに吐き出した。彼がそんな内情を暴露するのは赤林への反発もあったが、奈緒の作品に一流ライターになれるという輝きを感じていたからでもあった。それを峰岸は奈緒に告げた。それは、わずかに残った作家としての良心であった。

「ありがとう。そう言ってもらえると自信がつきます」奈緒も素直に喜んだ。「でも、赤林先生にはちょっと腹が立つわ」

「全くな。そうして儲《もう》けた金で毎晩、銀座で飲んでいるんだからな」

「銀座とは豪勢だこと」

「いや。それがセコいんだ。赤林の家は上野の方なんだけど、毎晩地下鉄に乗って銀座四丁目の裏通りにある『やどり木』っていう小さなクラブへ行って、そこでボトルキープしているバーボンの水割りを一杯だけ飲んで帰るのが習慣なんだよ。もちろん最後は女の子のお尻を触ってね」

「毎晩？」

「ああ。それが日課らしい。有名な話さ」

「もし……」

奈緒が密やかな声で呟《つぶや》いた。

「ン？」

「話は変わりますけど……」

「何だい」

「もしもよ。赤林先生が急病か事故で亡くなったりしたら、その後の選考委員長はどなたがなるのかしら」

「もし、そんなことになったら、後釜はもちろん俺さ」峰岸は胸を張った。「そうなったら君の受賞は俺が約束するよ」

「ほんと？」

「ああ。必ず」

言い終わらないうちに、峰岸はまたも奈緒を求め始めていた。

それから三日後の弁当屋の定休日に、奈緒は近くの安アパートに引っ越した。近くだから電話番号は変わらない。峰岸からは下北沢で関係を持った翌日に早くも電話が入ったが、奈緒は無視して出なかった。次回の応募も以前のアパートの住所で送ると決めていたが、何か郵便物が届いても、郵便局は一年間は新住所に転送してくれる。その手続きも済ませた。つまり、峰岸がどうしても自分に会いたければ受賞させるしかない、という格好を作ったのである。奈緒にとっても、受賞しなければならないある理由があった。しかし、だからといって峰岸の都合のいい女になるつもりはなかった。

奈緒は相変わらず弁当屋に通いつづけた。そして帰りにはホームレスの男に弁当を届けた。そんなある日、奈緒はある賭けに出たのだった。彼女はホームレスに囁いた。

「この間は百万円あげると言ったけれど、その十倍の一千万円をあげるわ。ただし、そのためには私の願いを叶えて欲しいの」

ホームレスは怪訝《けげん》そうな眼で奈緒を見た。そのホームレスに、奈緒はワープロ文字のぎっしり詰まった一枚のA４用紙と、雑誌から切り抜いた初老の男の写真を差し出した。A４用紙には、ある犯行計画の詳細な全容が順序通りに書かれている。ホームレスはそれをじっくり読むと、また奈緒に目をやった。文章の末尾には、『自由の身になったら私に連絡して頂戴。その時に約束のお金は渡します』という一行と奈緒自身の電話番号が記されていた。

奈緒とホームレスは見つめ合った。

「どう？　お願いできるかしら」奈緒が確認を求めた。ホームレスは黙ってうなずいた。そしてその日以来、公園からホームレスの姿は消えたのだった。

2

秋色が濃くなった頃、銀座四丁目で殺人事件が起こった。被害者は高名な脚本家の赤林幻児、六十九歳。加害者はホームレスだが、所持していた失効済みの免許証などから杉本雅樹《まさき》、三十二歳と判明した。これによってホームレス・杉本雅樹の意外な実像が明らかとなった。彼はホームレスになるまでは東大文学部の学生で、西洋哲学を専攻していた。しかし大学を二年で中退し、その後は地方で開業医をしている両親や同級生の前からも姿を消し、行方不明であった。姿を消す少し前から、友人たちに現代社会の構造や政治の在り方に疑問を感じると洩らしていたという。そんな社会への憤懣《ふんまん》がホームレスへと走らせたのではないか、とマスコミは報じた。

さて、事件であるが、当日の夜九時過ぎ、クラブ「やどり木」を出て地下鉄銀座駅に向かっていたと思われる赤林と、反対方向から歩いてきた杉本の肩が擦れ違いざまにぶつかった。それに激怒した赤林が杉本を闇雲に殴り、やむなく反撃した杉本が歩道上で赤林に馬乗りになって首を絞めて殺害したというものであった。付近の複数の防犯カメラがその一部始終を記録しており、通り合わせた歩行者たちの証言からも杉本の正当防衛が認められた。しかし、二人の喧嘩はそれより一時間以上も前から始まっていたことを誰も知らなかった。一時間余り前、杉本は人影のない裏通りで「やどり木」へ向かう赤林に喧嘩を売っていたのである。擦れ違いざまに足を引っかけて転倒させたのだ。怒った赤林が追いかけたが、杉本は俊足で走って逃げ去ってしまった。その後、店を出た赤林が歩道を歩いていた際、肩がぶつかったホームレスを先刻の杉本と気づき、鬱憤を晴らすために一方的に殴った。警察は一時間前の裏通りでの二人の悶着には気づくはずもなかった。防犯カメラと通行人の証言にしか目が及ばなかったのである。つまり杉本は、計画的にその盲点を突いたのだ。しかし、それを考えたのは杉本ではない。杉本は奈緒のシナリオに従っただけなのである。要するに、奈緒による間接殺人であった。ただ、杉本は赤林を殺害してしまったことで過剰防衛となり、その後、三年六ヵ月の懲役刑が下されたのだった。が、自分の身を守るために必死だったという主張が認められ、本来の量刑よりもはるかに軽いものであった。それも、むろん奈緒のもくろみ通りであった。

奈緒の思惑はそれだけではない。それから十ヵ月ほどの後、彼女は予定通り「日本シナリオ大賞」を受賞したのである。受賞作は『女たちの荒野』というタイトルで、上京したばかりの不遇であった自分自身をモデルにし、やがてそこから一流女優へとのし上がった女が、不倫相手の男優の妻にスキャンダルを暴かれて芸能界から抹殺され、再び何もかも失ってしまう。そして最後は、アテもなく夢遊病者のように街を彷徨《さまよ》っている時、彼女に怨念を燃やしつづけていた男優の妻によって渋谷のスクランブル交差点の真っ只中で刺し殺される、というフィクショナルな自伝とも言えるもので、前作の『女のついた嘘』よりは俗っぽくてエンターテインメント色の濃いものであったが、下北沢のラブホテルで語っていた通り、選考委員長に就任した峰岸の推挙もあって受賞の栄冠を摑んだのであった。

授賞式は日比谷のS会館〝桜の間〟で盛大に催された。奈緒は晴れやかな花柄模様のスーツ姿で出席し、大勢の関係者を前に受賞の喜びや選考委員たちへの謝意を述べた。

「本日は誠に有難うございます。この度は身に余る素晴らしい賞を頂戴し、恐縮の限りです。この作品を書き終わった日の翌朝、赤城山で徳川埋蔵金を掘り当てた夢を見て目を覚ましました。〝ヨセフの夢占い〟ではありませんが、私の夢は昔からよく当たるのです。慌てて宝くじを買いに走りました。残念ながら宝くじは当たりませんでしたが、大きな賞を頂くことになりました。選考にあたられた先生方、またT映画の関係者の皆様には心より感謝を申し上げます。皆様、本当に有難うございました」

会場からどっと笑いと拍手が起こった。かくして奈緒は、新人ライターとして華々しくデビューを果たしたのだった。が、授賞式会場に肝心の選考委員長である峰岸の姿はなかった。峰岸は最終選考会の直後、朝の連続ドラマの執筆でホテルに缶詰めとなり、授賞式の出席辞退を余儀なくされたのであった。この一年間、峰岸は頻繁に電話を寄越していたので、彼の無念さは奈緒にも容易に想像できた。奈緒にも峰岸に対して内に秘めた本来の計略があった。だから、それが足踏みした格好になったが、彼女はすでに次のチャンスを見定めていたのである。

受賞後の奈緒は、弁当屋の勤めを辞め、テレビ局から受けた注文原稿を片っ端からこなしていった。彼女はジャンルなど選ばず、サスペンスドラマやアニメ、時代劇、ホームドラマと破竹の勢いで書きまくったのだった。そんな奈緒に、ついに受賞のもう一つのご褒美であるT映画の映画脚本執筆の依頼が舞い込んだのである。奈緒は迷うことなく、連ドラの執筆も終わったであろう峰岸の自宅に電話をかけた。

「君の方から電話をくれるなんて、一体どういう心境の変化かな」

峰岸の口調には皮肉が込められていたが、内心は雀躍《じゃくやく》していると奈緒は察知した。

「今頃になりましたが、シナリオ大賞ではお世話になりました」

「礼を言われることはない。あれは君の実力だよ」

「恐れ入ります」

「で、今日はどうしたの」

奈緒は、T映画の映画脚本を書くことになったが、まだ自信がないので共同脚本として手を貸してもらえないか、と頼んでみた。

「ああ。俺も手が空いたところだから、それは構わないよ」

峰岸は二つ返事で話に乗った。

「有難うございます」

「で、テーマは決まっているの？」

「それが……女の復讐劇という注文なんですけど、漠然としていて……」

「じゃ、プロットも、まだなんだね」

「ええ。全く」

「分かった。それならT映画の用意するホテルではなく、俺の別荘に籠って集中して書こう」

「別荘？　どちらですか？」

「ああ、北軽井沢だ。知ってるかい」

「あ、いいえ。一度行ってみたいとは思っていたんですが」

「それなら丁度いい。北軽は旧軽井沢より静かで集中できるぞ」

「分かりました。喜んでお供します。——T映画にはどう伝えたらいいでしょう」

「俺の方から共同脚本にすると電話しておくよ」

「そうして頂くと助かります」

「あ、君の新しいアパートの住所を教えてもらわないと……前のアパートに行ったけど、すっかり騙されたからね」

「すみません。前の所とすぐ近くなんです」

奈緒はアパートの住所と部屋番号を伝えた。

「じゃ、明日の昼頃こちらを車で出るから」

「分かりました。お待ちしております」

電話を切ると、奈緒はノートパソコンの他に、それよりも大事ないくつかのものをバッグに詰め込んだ。これでいよいよ念願が叶う……そう思うと達成感とともに胸に熱いものが込み上げてくるのだった。

翌日の昼過ぎ、峰岸から電話がきた。

「じゃ、今から家を出て迎えに行くから」

「お待ちしています」

その二十分後、奈緒は峰岸の自宅に電話をした。そして留守電に、「今日は風邪をこじらせてしまったので、行けなくなりました。申し訳ありません」というメッセージを吹き込んだのである。それから間もなく、彼女は迎えにきた峰岸の車に同乗して北軽井沢へと向かったのだった。

峰岸の車は環八に出て練馬から関越に乗った。そこから一時間弱で群馬県の藤岡インターを降りると、今度は国道18号線を走って碓氷《うすい》峠を登り切った。それから間もなく軽井沢駅前を通過して国道146号線、通称ロマンチック街道へと右折し、その後は軽井沢の森の中を三十分ほど快走して別荘に到着した。別荘付近は群馬県吾妻郡長野原町に属し、キャンプ場やペンション群、ゴルフ場などからは離れた森の中の一軒家であった。東京からの所要時間は二時間半ほどである。その道中、峰岸はすこぶる機嫌がよかった。すっかり恐縮している奈緒の気分をほぐそうと仕事に関係のない話題で彼女を笑わせるほどだった。むろん奈緒が、その裏にある男の下心に気づかぬはずはなかった。

峰岸の別荘はこぢんまりした二階家で、一階には広いリビングと台所があり、リビングの中央には〝北海道民芸家具〟という刻印の入った黒光りのする重そうなテーブルと椅子が置かれ、二階は六畳の和室とフローリングの書斎があるだけだった。峰岸は奈緒をリビングに招き入れると、

「仕事は明日からということで、今日は君の受賞祝いと今後の活躍を祈って小宴を張ろう」と声を弾ませた。「夕飯は町から寿司でも取り寄せるから」

「有難うございます。では、まずは乾杯といきませんか？」

奈緒は、バッグから高級スコッチウイスキーのボトルを取り出して誘った。

「準備がいいじゃないか。じゃあ水割りの用意をするから」

峰岸は軽快な足取りで台所からグラスと氷、ミネラルウォーターなどを運んできた。そして奈緒が水割りを作っている間に、冷蔵庫からサラミソーセージとチーズを取り出し、それを薄くスライスしたものを皿に盛りつけて戻ってきた。

「また君とこうして飲めるとは思っていなかったよ。神様に感謝しないとな」

「私こそですわ」

「今日は飲もう」

「ええ」

「じゃ、乾杯――！」

気炎を吐いて峰岸は、ゴクゴクと水割りを喉に流し込んだ。奈緒もそれにつき合った。

「今さら釈迦に説法かもしれないが、シナリオの土台は何と言っても箱書きだ……箱書きが……箱が仕上がれば……終わったも同じような……」

峰岸はそこまで途切れ途切れに喋ると、突如、喉を掌で押さえた。

「どうされました、先生」

奈緒が妙な抑揚をつけて訊いた。

「なんか……なんか気分が……気分……が……」

「どうしたのかしら」

奈緒の眼に笑みが浮かんだ。

「お前……な、何を……ま……混ぜた……！」

そう叫ぶと、峰岸はさらに激しく喉を掻《か》き毟《むし》り、白目をむきながら、椅子もろともドシン！と重い音を響かせて床に倒れ込んだ。そんな峰岸を見て、奈緒はようやく腰を上げた。そして言い放った。

「シアン化カリウムよ。つまり青酸カリ」

奈緒の声が低く響いた。ネットで、メッキ工場の関係者らしき闇の業者から密かに手に入れたものだが、想像以上に効果が早かった。

「な……な……なぜ……なぜなんだ……！」

峰岸は涎《よだれ》を垂らしながら質してきた。それに奈緒がおっとりと答える。

「教えてあげたいけれど、朦朧《もうろう》とした頭では心も痛まないでしょう。あの世に行ってからじっくりと考えることね」

「ぐわっ……！」

一瞬、眼を大きく見開いて奈緒を睨みつけると、峰岸は断末魔のうめき声とともに鮮血を吐き散らし、こと切れた。

その後の奈緒の行動は早かった。ゴム手袋を嵌《は》め、自分の使ったグラスは水道で洗って戸棚に片付け、酒瓶やシアン化カリウムの小瓶を拭いて峰岸の指紋を付着させた。サラミやチーズは帰りがけに捨てるように用意してきたビニール袋に放り込み、玄関ドアのノブにも自らの指紋は残さず、あらゆる第三者の存在証明を消し去ったのである。そして別荘を出ると、国道１４６号線を三、四十分ほど歩いてＪＲ吾妻線の長野原草津口駅へと向かった。途中、タクシーや路線バスも走っていたが、足がつくことを恐れて利用しなかった。そうして長野原草津口駅から上野行きの特急草津号で帰京したのだった。

東京に戻った奈緒は、映画脚本の執筆に没頭した。すると二日後にT映画のプロデューサーから電話が入った。峰岸から共同脚本でやるという連絡がきたが、当の峰岸の行方《ゆくえ》が分からない。家の電話は留守電だし携帯は電源が切られている。峰岸の所在を知らないか、というものであった。奈緒は三日前に執筆のために別荘に誘われたが、風邪で体調を崩していたので自宅の留守電に断わりのメッセージを入れた。その後は互いに連絡を取っていない、とまことしやかな虚言を弄した。

「分かった。今日中に連絡が取れなかったら自宅か別荘に行ってみる。君は何も心配しないで、とにかく原稿にだけ集中していてくれ」

そう言い残してプロデューサーは電話を切ったが、その翌々日、彼によって峰岸の遺体が別荘で発見されたのだった。プロデューサーは地元群馬県警長野原警察署に通報するとともに、奈緒にも事情を伝えてきた。が、今は映画脚本に全力を傾けるようにと念を押し、彼女への疑いなどかけらも抱いていないようだった。その翌日、プロデューサーから事情を聴いた長野原署の刑事が二人、奈緒のアパートを訪ねてきた。しかし、彼女はプロデューサーに告げたのと同じことを繰り返した。ただ、電話で峰岸が「妻がいなくなって独りぼっちになってしまった。空しいよ」と、こぼしていたと付け加えたのだった。

翌日の新聞やテレビニュースで峰岸の死は報じられた。警察は、妻を失った孤独感に耐え切れず自ら死を選んだ、という見解を発表したが、一脚本家の自殺騒動など、数日間で世間から忘れ去られたのだった。

3

桜木庸介《ようすけ》は、遅い朝食を摂っていた。彼は警視庁築地警察署捜査一課の刑事である。愛妻を二年前に癌で亡くして以来、非番の日は朝昼兼用の飯で済ませている。今年二十六になる娘が一人いるが、三年ほど前に結婚して中野区の夫の社宅で暮らしている。だから今は、この渋谷区内の古い一軒家で気儘《きまま》な独り暮らしをしているのである。彼は、一年余り前、銀座で起きた赤林幻児殺害事件を担当した刑事でもあった。といっても、陣頭指揮を執ったわけではない。今年五十六になるが、出世欲というものがないから昇任試験も受けず、いまだに階級は巡査長である。その上、酒が一滴も飲めぬタチの彼は、仕事上がりに同僚と一杯つき合うなどということもない。それ故、署内ではどことなく浮いた存在でもあった。ただ、妻が亡くなる前に最期に言い残した「熱血漢のあなたが好きだった」という一言が、彼の職務への意欲を奮い立たせているともいえる。

彼は新聞は社会面から読む。刑事になってからの習慣だ。しかし、多忙な毎日のため非番の日に一週間分をまとめて読むことが多い。今日も食事を終えると数日前の社会面をめくった。そして、いつものように事件に目を走らす。すると気になる見出しが眼に入った。『脚本家　孤独の自殺！』。妻との離婚を苦にしての自殺と書かれている。分からぬでもないが、末尾の二、三行が気になった。『……。なお峰岸さんは昨年から「日本シナリオ大賞」の選考委員長も務めていた。』。桜木は、しばらく宙を眺めて考えた。その一文から疑惑の匂いを嗅ぎ取ったのである。殺害された赤林幻児も「日本シナリオ大賞」の選考委員長だった。そういう偶然もないではないが、何かある。裏に何か隠されている。そんな気がしてならなかった。そんな直感が働いたのだった。

翌朝、彼は署に入ると、自分よりも二十歳近くも若いエリート課長に申し出た。むろん、赤林幻児と峰岸岳史の事件の再捜査をである。が、課長はまるでけんもほろろであった。

「赤林幻児の件はもうカタがついたじゃないか。一事不再理を知らんのか、あんたは」

「分かっています。ですが、赤林の件と峰岸岳史の死はどこかで繋がっているような気がしてならんのです」

「峰岸の自殺は群馬県警の事件だろう」

課長は煙たそうに言った。

「ですが、一年余りの間に同じ懸賞シナリオの選考委員長が二人も死んでいることが引っかかるのです。どこかに共通点があるような気がしてならんのです」

桜木は言いつのった。

「赤林幻児は銀座、しかも他殺だ。もう一人の峰岸は北軽井沢で自殺……そのどこに共通点があるっていうんだ」

「それはそうですが、何と言うか、そういう勘がするのです」

「あんたは昭和の刑事か。今は令和だぞ。データの時代なんだよ。勘で動くようなご時世じゃないんだよ」

まるで取りつく島がなかった。が、桜木はそんなことでは屈しなかった。自分の勘を信じていた。このまま疑惑を捨て置くことは彼の刑事魂が許さなかった。そこで、彼は職務に支障をきたさぬ非番の日に単独で捜査してみようと決意したのである。幸い、刑事は非番の日でも警察手帳の携行を許されている。それは突然の事件に遭遇した場合、刑事としての身分を証明する必要があるからであった。

翌週、桜木は地下鉄東銀座駅近くのT映画を訪ねた。「日本シナリオ大賞」はT映画の主催である。その担当者から話を聴く必要があった。

桜木は受付で警察手帳を示し、赤林幻児氏の事件を担当した築地署の者だが、「日本シナリオ大賞」の関係者に面会したい、と告げた。すると相手は、何の疑いもなく彼を応接室に通した。すると、間もなく一人の定年間近と思われる背の高い男が現れた。担当プロデューサーであった。

「赤林先生の件で何か動きでもあったんでしょうか」

相手は名刺を差し出しながら訊いてきた。

「いえいえ。今日はちょっと私事でして……実は『日本シナリオ大賞』で赤林さんと峰岸さんが選んだ受賞者の方のお名前と連絡先を教えて頂ければと……」

「それはまた、どういう……？」

「いえ。私、以前から『日本シナリオ大賞』を獲られた方の作品のファンでして……毎年正月特番で放映されているでしょ？　それで機会があれば、お恥ずかしいのですがファンレターなどを……」

「ああ。そういうことですか。それはお気に留めて頂きまして恐縮です」

プロデューサーはポケットからスマホを取り出し、赤林幻児が推挙して受賞したという安斉美《み》雪《ゆき》、峰岸岳史が選んだという藤本奈緒の住所と電話番号を言い並べた。

「お二方ともお若い女性ですか」

桜木が訊いた。

「そうです。二十代の独身女性です」

「お若いのにフリーで頑張っている、ってことですね」

「いや。確かにフリーですが、一応、二人とも赤林、峰岸両先生と同じ『全日本シナリオ作家組合』には所属しています」

「そういう団体があるんですか」

「ええ、赤坂に、はい。……ただ、言いにくいのですが……」

「はあ」

「赤林先生が選んだ安斉美雪の方は、所属していることはしているのですが……」

プロデューサーは顔を曇らせて喋り始めた。それによると、藤本奈緒は仕事も順調だが、赤林幻児が選んだ安斉美雪は作家組合に所属はしているものの、仕事をまわしてくれていた赤林の死後、全く無職の状態となり、今は大久保のアパートで役者志望の若いヒモと同棲し、新宿歌舞伎町の「大奥」というクラブのホステスに転落している、ということだった。

「脚本家からホステスですか」

「結局、実力が伴っていなかったのかもしれませんけどねえ」

芸能界は競争熾烈《しれつ》な世界だ。実力がなければ仕事の注文も途絶えてしまう。枕営業にも限界があろう。仕事を失った安斉美雪が、絶望と妬《ねた》みの果てに殺意を抱いて暗躍した、と考えられないこともない。それを探るべく、桜木は夜の歌舞伎町へと足を向けた。

クラブ「大奥」へ行くと、桜木はそこの黒服のマネージャーに安斉美雪を呼んで貰った。彼女は〝レイコ〟という源氏名で出ていた。深紅のラメ入りのロングドレスで現れた美雪は、細身で色白の美人だったが、水商売の垢にまみれたのか、どことなく不潔感が漂っていた。

桜木は単刀直入に、峰岸が死亡したとされる日の彼女の行動を質した。が、その日、彼女は店の仲間たちと新潟県の〝GALA湯沢スキー場〟で春スキーを楽しんでいたという。それを証明する四、五人の女の子たちも集まってきた。彼女たちはガーラ湯沢駅から上越新幹線で東京に戻り、そのまま店に出たと口を揃えて言った。確かなアリバイがあり、疑う余地は全くなかった。桜木は女たちから酒を飲んでゆくようせがまれたが、下戸だからと断ってほうほうの体で逃げるように店を飛び出したのだった。

そうなると、桜木の狙いは藤本奈緒一人となった。桜木が最初から睨んでいたのは、峰岸によって受賞の栄冠を勝ち取った藤本奈緒であった。T映画のプロデューサーの話でも、奈緒は今現在、脚本家としてテレビや映画で活躍しているという。T映画の脚本も峰岸と一緒に書くはずだったと聞いた。峰岸の死が他殺であるとするならば、動機は分からぬが、峰岸とその頃、最も密接な位置にいた藤本奈緒の犯行の可能性が高い。そう思うのは桜木だけではなかろう。しかし桜木は、その夜、藤本奈緒を訪ねはしなかった。それとは違う思惑が彼にはあったのである。

4

翌週、桜木は上野駅から特急草津号に乗り、長野原草津口駅へと向かった。特急だと、上野から直通で二時間半ほどの距離である。桜木の疑惑の矛先《ほこさき》は藤本奈緒しか残っていないが、安易に奈緒のアパートを訪ねても、簡単に尻尾を出すとは思えなかった。いきなり本人を訪ねるよりも、まずは外濠《そとぼり》から攻めた方が何か収穫が得られるかもしれないと慎重を期したのである。それに峰岸の自殺の状況も新聞記事でしか知らない。まずは管轄の長野原警察署で詳細な情報を得るべきだと判断したのだった。

長野原草津口駅を降りると、桜木は身震いした。北関東はまだ冬であった。そこからバスで二十分も登れば草津温泉だ。東京は桜が近いが、草津には広大なゲレンデがあり、今もたくさんのスキーヤーたちが銀世界を満喫している。桜木は、冬の格好でくるべきだったと後悔した。

彼は駅前からタクシーで五、六分ほど上野寄りに戻った長野原署を訪ねた。その三階建ての老朽化した署内に入り、彼は捜査一係長に身分と用件を伝えた。

「で、峰岸の件の何をお知りになりたいんですか」

中年のでっぷりとした係長は、テーブルと椅子が置かれてあるコーナーに座るなり、訊いてきた。

「これはまだ確定ではないので、私がお邪魔したことは、どうかご内密に願いたいのですが……」

「おお。何か奥がありそうですね」

「実は、峰岸岳史の件とウチの方で起きたヤマに繋がりがあるかもしれないんです」

「殺しですか」

「ええ、まあ」

「すると何ですか、峰岸は自殺ではない、とでも言いたいんですか」

係長は気色ばんで吠えた。

「いえいえ、滅相もない。ただ私としては詳しい状況が知りたいだけでして」

「詳しい状況……？」

「ええ。新聞では離婚が引き金の孤独な自殺とありましたが、別れた妻はその日は……？」

「それはねえ、ウチの方でちゃんと調べましたよ。奥さんは離婚騒ぎで疲れたってことで、その日は気分転換も兼ねてハワイに行ってたんです」

「確かですか」

「奥さん本人のパスポートも確認させてもらったし、念のため航空会社の方の裏もきちんと取りましたよ」

「それはご丁寧に……」

「何と言っても、動機の点では、別れたとはいえ妻が一番疑わしいですからなあ」

「それはそうでしょうが……じゃあ、別荘の玄関の鍵は……？」

「別荘は……確かに玄関ドアの鍵は閉まっていなかったです。しかし、そこには自殺者特有の願望があったんでしょう」

「願望ですか」

「うむ。早く誰かに見つけて欲しかったんでしょうなあ」

「………」

桜木は、それには納得しかねるものを感じたが、心理学の専門家ではないので口を噤《つぐ》んだ。その他に、報道されていること以外の目新しいことと言えば、峰岸の東京の自宅に最後に電話を掛けたのが、藤本奈緒だったということだった。それは峰岸が亡くなったと思われる日の午後で、峰岸が別荘に向けて車で出発した後らしく留守電であったという。その内容は「今日は風邪をこじらせてしまったので、行けなくなりました。申し訳ありません」というものだった。留守電を聞いた峰岸は奈緒のアパートへは寄らずに単独で別荘へ向かったものらしい。それと、奈緒は「全日本シナリオ作家組合」の会員手帳の末尾に載っている住所録で、峰岸の自宅の住所と電話番号は知っていたが、携帯電話の番号までは知らなかった。だから自宅の電話に掛けたと言っている、ということだった。収穫はそれだけであった。

その晩、帰京した桜木は、杉並区高井戸の藤本奈緒のアパートを訪ねた。いよいよ本丸だと念じて、彼はアパートの鉄階段を一歩一歩、踏みしめて上り、その古びた合板のドアをノックした。室内からは「はい」という女の声があり、間もなくドアが開いた。

「藤本奈緒さんでいらっしゃいますか」

「はい。そうですが……」

そう言って奈緒は桜木を見つめた。桜木は思わず眼を瞠《みは》った。奈緒の美しさにである。T映画のプロデューサーから元女優とは聞かされていたが、安斉美雪など比ではない。現代の美人画を目《ま》のあたりにしているようで、眼がくらんだ。全身からそこはかとなく気品が漂っていて、裏方の脚本家などにしておくのは惜しい天女のような印象であった。

ドアの隙間から見ると、六畳一間の炬燵《こたつ》の上には電源の入ったパソコンが置かれていて、奈緒はどうやら映画脚本執筆の真っ最中のようだった。

「築地警察の者なんですが」

桜木が名乗ると、奈緒は「築地……ですか？」と怪訝そうな表情を浮かべた。が、桜木は構わず本題に入った。

「実は、峰岸岳史さんの件でお訪ねしたんですが」

「はい」

「峰岸さんとはどういう関わりだったかお教え願いたくて」

「はあ……それは長野原署の刑事さんにもお話ししましたが……」

「それをもう一度……」

「はい」

奈緒が言うには、共同で脚本を書くことになり、北軽井沢の別荘に誘われたが、数日前から引いていた風邪が当日になって悪化し、申し訳ないとは思ったが、峰岸とは同行しなかったのだという。前の晩の電話で、峰岸は北軽井沢の別荘でプロットを完成させようと言っていたので、そのために出かけて行ったのだと思う。が、彼女自身は風邪薬をのんで寝ていたので、事件に関しては皆目分からない、ということだった。

「共同脚本でというのは、T映画からの要望だったのですか」

「いいえ。まだ自信がなかったので、私の方からお願いさせて頂きました」

「あなたが峰岸さんを指名したんですね」

「はい。昔から尊敬していましたし、受賞も先生のお陰だと思っておりますので恩もありました」

「峰岸さんとは親しかったのですか」

「いいえ。先生とは二、三度お電話で話したことはありますが、お目にかかったことは一度もありませんでした」

「一度も？」

「ええ。私の授賞式の時も先生はお仕事の都合で欠席されましたので」

「そうだったんですか」

桜木は、峰岸と奈緒は親しい関係にあると思い込んでいたので、それはちょっとした驚きであった。

「これからいろいろと勉強させて頂きたかったので、本当に残念でなりません」

そう言って、奈緒は首を垂れた。桜木は引き下がるしかなかった。風邪を引いて一人で部屋で寝ていたということは、アリバイもないということだが、それ以上押すだけのネタもなかった。

「分かりました。夜分にすみませんでした」

そう言って背を向けた。すると奈緒が、

「あ、刑事さん」

と呼び止めた。桜木は振り返った。

「はい？」

「刑事さんはお酒は召し上がりますか？」

「え……あ、いや、私は下戸でして、ビール一口で頭が痛くなるタチなんですよ」

奈緒の顔に喜色が湧いた。

「それならよかったわ。実は友人から今日、東北の温泉旅行のお土産だと言って栗羊羹を貰ったんですが、宜しかったら召し上がって頂けませんか」

「え。私にですか」

「ええ。私、子供の頃から栗のアレルギーなんです。貰い物で申し訳ないんですが、ほんとに宜しかったら」

「そうですか。それは恐縮です」

奈緒は部屋に戻り、ビニール袋に入った羊羹を一本持ってきた。

「栗羊羹だって分からなかったので、ちょっと箱を開けてしまったのですが」

「あ、いえいえ、恐れ入ります。じゃあ頂いて帰ります」

桜木は恐縮して栗羊羹を持ち帰った。が、彼は下戸だが特別に甘党というわけでもない。捜査でストレスが溜まった時など、年に何度か近所の老舗の鯛焼き屋で二、三個買って頬張る程度であった。だから奈緒に貰った栗羊羹も娘でもきた時にでも……と、その夜、冷蔵庫の奥に放り込んでおいたのだった。

それよりも、彼は捜査が頓挫したことに落ち込んでいた。奈緒はとても殺人を犯すような女には見えない。ということは、峰岸は本当に自殺だったのか。それとも第三の人物がいるのか……。自分の思い過ごしかもしれないと、桜木の心は揺れた。峰岸の別れた妻もシロだとすると、第三者がいるとすれば、やはりシナリオの関係者しか考えられない。そう思った桜木は、ダメモトを覚悟の上でT映画のプロデューサーに教えられた「全日本シナリオ作家組合」を訪ねてみることにしたのだった。

翌日、桜木刑事は風邪を理由に休暇を取った。そして赤坂にある「全日本シナリオ作家組合」を訪ねたのだった。そこは所属している脚本家が五百人にのぼるということだったが、赤坂から乃木坂に向かう途中の雑居ビルのワンフロアで、事務所も無人の会議室もこぢんまりとしていた。事務所には初老の男性事務局長と若い男女の事務員が二人いるだけであった。

桜木が身分を名乗って、勧められるままパイプ椅子に腰かけると、

「築地警察の方がどんなご用でしょうか」

と事務局長が訊いてきた。

「その前に失礼ですが、こちらはどういった性格の組織なんですか」

今度は桜木が訊き返した。

「ああ……簡単に申し上げますとね、作家さんが書いたドラマや映画が二次使用された場合、再放送料やビデオ印税といったものが発生します。私どもはテレビ局や制作会社の支払う二次使用料を作家さんの口座に振り込む役目なんです。もちろん、その中から一定額の中間マージンは頂くし、毎月会員の皆さんから会費も頂戴していますがね」

「なるほど……それじゃあ売れっ子の作家さんはそれだけ副収入も大きいというわけですね」

「そういうことになりますが、それが何か……」

「いえいえ。――ところで藤本奈緒さん……彼女もこちらに所属しているとお聞きしたんですが」

「ええ。そうですが……藤本さんが何か……」

「あ、いえ。彼女はご自分から所属されたんですか」

「ええ。と言いますか……日本シナリオ大賞を受賞された方はこちらに入ってもらう仕来たりですので、藤本さんも慣例通りに……」

「なるほど」

「もっとも、そうでなくとも藤本さんはウチに所属したでしょうけどね」

「と言いますと……」

「藤本さん、受賞されるずっと前に、先日亡くなった峰岸先生宛にファンレターを送って寄越したことがあったんですよ」

「それは、いつ頃ですか」

桜木は身を乗り出した。

「私の記憶の限りでは、受賞される一年半ほど前と、それから半年ほどした頃だったと思いますよ」

「二度も?」

「ええ。もっとも、最初の頃は峰岸先生には奥さんも、そうでない特別な関係の女性もいましたから、そんなファンレターはゴミ箱に捨てていましたけどね」

「二度目は……?」

「その頃はもう奥さんも愛人さんもいなくなっていましたからねえ。それに二度目の手紙には藤本さんの女優時代の宣材写真と履歴書みたいなものも入っていたんですよ」

「ほお」

「女優としてはプロダクションの力量不足だったのか芽が出なかったようですが、ご存じかもしれませんが、あの通りの美人でしょう。私も見とれましたよ」

「それで峰岸さんは藤本さんに連絡を取ったんですか」

「いや。それはどうか分かりませんけども、峰岸先生のことだからもしかしたら……」

奈緒は峰岸とは一度も会っていないと言っていた。それは本当に信用できるのか、桜木は疑念を抱いた。

「ところで……」

「はい」

「峰岸さんが誰かに怨まれていたようなことはありませんでしたか」

「やっぱり峰岸先生の件だったんですか。でも、築地署の方がなぜ……」

「それは捜査上の秘密ということで、ご勘弁を……」

「はあ」

事務局長は釈然としないといった顔をした。

「でも……峰岸先生のことは群馬県警の刑事さんにも訊かれましたが、私どもで知る限りではそういうことはなかったと……」

「その特別な関係にあった女性のこととか……何でもいいんですが」

「その女性なら先生と別れた後、すぐに郷里の北海道に帰って結婚したって噂ですよ。まあ、世の中には奇特な男もいるもんだと、みんな笑っていましたがね」

「そうですか……じゃあ、峰岸さんに関してはトラブルはなかったんですね」

「うーむ」事務局長は腕を組んで目を閉じた。「トラブルねえ……トラブル……あ、もう、ずいぶん昔のことなんですがね、国営放送の脚本家だけを集めたパーティーがあったんですよ」

「はあ」

「それまで国営放送の番組を担当した脚本家だけを集めてのパーティーです」

「はい」

「そこで峰岸先生がある脚本家に殴られて怪我を負ったということがありましたなあ」

「峰岸さんが殴られたんですか」

「ええ。ですから怨んでいるのは、むしろ峰岸先生の方とも言えるんですがね」

「殴られた原因はどんなことだったんですか」

「ええ。それが……」

事務局長によると、その相手の男はテレビアニメを専門に書いている脚本家だったが、酔った峰岸が「マンガなんか書いている連中を俺は一人前のライターとは認めんからな。そんなものはライターの屑《くず》だ。下の下だ。そうだろう、マンガ屋さんよ」と執拗に絡み、ついに忍耐の限界を超えた相手の男が峰岸を殴り、鼻骨を骨折する全治二週間の怪我を負わせてしまったのだという。酔っていたから出血がひどかったために救急車が呼ばれ、警察やマスコミまで来て大騒ぎになったというのだった。

「その相手方の名前は……？」

「それがもう亡くなっているんです。だから、たとえ怨んでいたとしても何もできないわけでして……」

「その方は病死ですか」

「いや。その人は峰岸先生との一件で警察に逮捕されまして、それですっかり仕事を干されてしまいましてね。それで酒に溺れているって噂を聞きましたが、新宿の悪い店に入って……」

「悪い店……？」

「暴力バーですよ。そこで水割り二、三杯飲んだだけで三十万円を請求されて……つまりボラれたんですよ。それで支払いを拒否したら喧嘩になってヤクザたちに袋叩きの目に遭いましてね……その上、ナイフで滅多刺しにされて……可哀そうに、警察が気づくまで雨の降る路上に投げ捨てられていたっていうことですよ」

「その人のお名前は……？」

「藤島春彦と言います。峰岸先生との件も当時は世間の話題になって、週刊誌やワイドショーが騒いだんですけどねえ」

「その人の住所は分かりますか」

「住所と言っても、当時まだ三十代で、アパートで独り暮らしでしたから」

「じゃ、本籍地を教えてもらえますか」

すると若い男性事務員が、

「脱会した方の住所は分からないと思いますよ」

と口を挟んだ。

「いや。待って下さいよ。昔のファイルにあるかもしれません」

事務局長はスチール製の書類ロッカーの扉を開けると、昔ながらの黒い事務用の表紙のついた分厚いファイルを取り出した。

「えーと。ハ・ヒ・フ……藤島春彦、これですね」

桜木はのぞき込んだ。そこには、

『群馬県吾妻郡東吾妻町大字新田八六五の××番地』

という住所が記されていた。それを見て、桜木は眉をひそめた。そこは先日、長野原署へ行った時に特急草津号で通った町だった。最寄り駅は群馬原町という小駅であった。長野原草津口駅の三つ手前の駅で、時間にしても十五分ほどしか離れていなかった。偶然にはちがいないが、何か匂った。桜木は、藤島春彦なる人物の本籍地を素早く手帳にメモした。

「この人は今、ご家族は……」

桜木が訊いた。

「いや。東京へ出てくる前に離婚したって噂でしたから、いるとしても年老いた親御さんか御兄弟だけでしょう」

「分かりました。有難うございました。あ、それと藤本奈緒さんの出身地はどちらでしたか」

「彼女は……青森県十和田市です」

女性事務員がファイルを見ながら言った。

5

翌朝、桜木は特急草津号で群馬県東吾妻町へ向かった。藤島春彦の実家を訪ねるためである。被害者とトラブルがあった人間については、一応、調べておかねばならない。すでに死亡しているとはいえ、その裏にどんな〝鉱脈〟が眠っていないとも限らないからだ。

上野を出て二時間十五分後に桜木は列車を降りた。東吾妻町は人口一万三千人足らずの盆地町である。町の中央部にある群馬原町駅はすり鉢状の町の底辺にあり、どこへ行くにも坂を上らなくてはならない。駅前にはちょっとした広場があり、タクシーが列をなして客待ちをしていた。町はずれに戦国時代の真田氏の支城であった岩櫃《いわびつ》城跡がある。真田のファンや古城めぐりを趣味とするマニアが多く訪れるので、その客待ちをしているのだった。桜木はタクシーに乗り込むと、年輩の運転手に藤島の名前と住所を告げた。

「ああ、久乃《ひさの》婆ちゃんちだな」

そう言うと、運転手は車を走らせた。すぐに狭い国道に出て右折し、シャッター通りの町並みを少し走って途中で左に曲がり吾妻川を渡った。そこからさらに急坂を上ると駅前から十五分足らずで高台の開墾地に辿り着いた。

「そこの赤いトタン屋根のウチがそうだよ」

と運転手が指差した。

「どうも」

桜木は礼を言って車を降りた。そして藤島家に近づくと、家の横で八十半ばと思われる老婆が、鍬《くわ》で畑を掘り起こしていた。

「すみません。藤島さんのお宅でしょうか」

赤い毛糸の帽子を被った老婆は、腰がやや曲がり、老齢の皺を顔に畳んでいた。

「……はあ」

「藤島春彦さんのお母さんですか」

「はあ。オタクさんは？」

「私、警視庁の桜木と言いますがね」

「警視庁って、東京の警察かね」

「はい」

「東京の警察が何か……」

「ええ。息子さんの件でお話を伺いたいことがありましてね」

「今頃なんだろう……ま、どうぞ」

桜木は母親の後について玄関を入ると、茶の間に置かれてある仏壇に向かった。その間に母親は、茶菓の用意を始めていた。桜木は焼香して合掌し、あらためて小さな額縁に納められた藤島春彦と思われる遺影に目をやった。髪を七三に分け、色白の聡明そうな顔が穏やかに微笑んでいた。

「さ、熱いうちにお茶でも飲んで下さい」

桜木は勧められるままに湯呑を手に取った。

「お母さんは、今はお独りですか」

「ええ。主人も一人息子も亡くなりましたからねえ」

「それはお寂しいですね」

桜木は茶を一口啜《すす》った。

「で、今日はどんな用事なんかね」

「ええ。春彦さんのことをいろいろと知りたくて」

「そんなこと聞いてどうするんかね」

「いや……実は、私の孫娘が春彦さんの古い番組をテレビで観ましてね、すっかりファンになってしまったんですよ」

「あれま」

「それで私も興味が出てきて……たまたま仕事で近くまで来たもので、ちょっとお話を伺えればと思いまして」

老婆を騙すようで気が引けたが、これが最も相手を傷つけない方便だと桜木は心の中で深く詫《わ》びた。

「いろいろって言われても……まあ、あの子は子供の頃から手のかからない子で……誰に似たのか、勉強はよくできたいねえ」

藤島春彦は小学生時代から秀才で、高校は県下一のレベルを誇る男子校に進んだが、母子家庭だったため経済的な理由で大学進学は断念したのだという。藤島は高校時代から鯉沼麻美《あさみ》という小・中学校時代の同級生とつき合うようになったが、高校卒業後、二人は同棲して藤島は土木作業員として働きながら麻美を養った。そのうち麻美が妊娠して結婚し、可愛い女の子が生まれた。だが、若いのに家庭に縛られる生活に不満を抱いた麻美は夜遊びや浮気を繰り返したのだという。そんな麻美に藤島の方から離婚を言い渡した。

「最初から、あんな女とつき合ったのが間違いのもとだったんだよ」

母親は、すべての元凶が麻美にあると今でも悔やんでいるように愚痴をこぼした。

離婚した時、藤島と麻美の娘はまだ三歳だったが、彼女は誰よりも父親を慕っていたので、藤島も娘の親権を得ようと弁護士事務所に足を運んだ。しかし、藤島の実家は母子家庭、それにひきかえ麻美の父親はＪＡの幹部職員で裕福である上に、母親は専業主婦で暇を持て余している。経済的にも環境面からしても麻美の方が優位にちがいなかった。果たして弁護士は、たとえ離婚の原因を作ったのが妻であったとしても親権を得るのは無理だ、と断言したというのだった。それで藤島はやむなく娘と別れ、娘は麻美とともに彼女の実家に引き取られ苗字も鯉沼となった。が、同じ町に住んでいながら、麻美の両親は麻美を離縁した藤島に娘と会うことを許さなかった。藤島も娘も泣いた。その辛さから逃げるように藤島は単身上京し、トラックの運転手をしながら独学でシナリオの勉強を始めた。藤島は幼い頃から一人で映画館に通い、家でもテレビ画面に齧《かじ》りつくようにドラマを観ていた。また、彼は文学にも強く惹かれていた。そこで彼の出した結論が、脚本家になることだったのである。彼は毎日たゆまぬ努力を重ね、寝る間も惜しんで懸命にシナリオを書いた。そして東京へ出て三年後に懸賞シナリオを受賞したのだった。そんな頃、麻美はまたも男ができて娘を実家に残して男のもとへ走ってしまった。一方、父親の藤島は、上京後、毎日、娘に電話をし、毎月、養育費も送りつづけた。藤島が脚本家になりアニメばかり書いたのは、田舎にいる幼い娘を喜ばせるためだったのだという。

「狭い田舎町だから、いろんな噂が伝わってきたもんですよ」

「噂って……藤島さんの娘さんのですか？」

「ええ。テレビでお父さんのアニメ、って言うんですか……その番組を観ると、そりゃあ喜んでいらしいです。あの子にとっては自慢のお父さんだったからねえ」

母親は感慨深そうな目をして言った。

ところが、藤島に不幸がのしかかった。国営放送のパーティーで峰岸に侮蔑され暴力沙汰を起こし、すっかり仕事を失ってしまったのだ。藤島も娘もさぞ辛かったにちがいない。

「その上、あんな事件に巻き込まれて、命まで落として……」

母親は溜息を吐いた。

「父親が死んだと知った時から、あの子はまるで人が変わっちゃって……」

「娘さんですか？」

桜木が訊いた。

「ええ……向こうの両親の話では、テレビも観なくなったし、全く笑わない子になっちゃったらしいんですよ」

そう言って母親は黙り込んだ。

「それで……その娘さんは、今どうしているんですか」

桜木は幾分声を高めて訊いた。

「父親の血を引いたんですかね。東京へ行って脚本家になっていますよ」

「え……！」桜木の背筋に寒気が走った。「もしかして、その人のお名前は……」

「ええ。ペンネームって言うんですか、それは藤本奈緒って言いますよ。離婚するまでは藤島奈緒だったんですがね」

「脚本家の藤本奈緒……！」

「はい」

「――」

桜木の中で点と線が繋がった瞬間だった。

母親が言うには、奈緒も県下で最高峰の女子高に入ったが、その直後、ある朝、学校へ向かったまま帰ってこなかったのだという。制服と鞄が前橋駅のトイレの個室に捨てられていて、家には、

『今まで育ててくれて有難う。私は東京に行きます。どうぞ、お元気で。　奈緒』

という簡単な置手紙が一枚残っていただけだという。

祖父母のネグレクトと男に走った母親、そんな事情を知っている世間の目、そのすべてが嫌だったのだろう。それで、ただ一人優しかった父親の生きていた東京に愛着を感じたのであろう。

祖父母は家出とみて、一応、警察に捜索願を出したが、無数の若者でごった返している大都会で一人の少女を見つけ出すのは至難の業だ。いや、警察もそんな事案には積極的に動いてはくれない。麻美の両親もほんの形だけの手続きをして奈緒のことなど忘れてしまった。が、藤島の母親である祖母のもとにだけは脚本家になった奈緒から音沙汰があったという。そして、それから時折、電話を掛け合うようになった。奈緒は、自分の書いた番組が放映される度に知らせてきてくれるのだという。祖母は、それを観るのが今は唯一の楽しみだと語った。父亡き今でも奈緒は、父親の名から〝藤〟という一文字を継承しているのだ。それだけでも、どれほど父親を慕っていたかが桜木にも理解できた……。

藤島家を辞した桜木は、群馬原町駅に向かって見知らぬ道を歩きつづけた。今や彼にはすべてが見えていた。峰岸の死は、藤本奈緒の復讐だったのだ。そのために苗字も出身地も偽った。しかし、それならなぜ峰岸が選考委員長を務めている懸賞シナリオなど獲《と》ろうと思ったのか。もっと簡単に接近する方法があったのではないか。そうか、それでファンレターを送ったのか。しかし、相手にされなかった。だが考えてみると、どんな方法も完全犯罪はほぼ不可能だ。彼女は脚本家になる前は女優をしていた。だが、芽が出なかった。そんな時、どこかで演劇雑誌でも見て「日本シナリオ大賞」の募集記事を目にした。そして、その選考委員の中に峰岸の名前を見つけたのではないか。峰岸は父親を死に追いやった憎き仇《かたき》だ。奈緒は、父親の血を受け継いで脚本の執筆には自信があったにちがいない。それを受賞すれば堂々と峰岸に近づける。完全犯罪のチャンスも生まれる。「日本シナリオ大賞」の受賞者にはT映画の映画脚本執筆という特典も与えられている。彼女の真の目的はそれだったのだ。それで峰岸に共同脚本の依頼をもちかけた。そして都合よく峰岸の方から北軽井沢の別荘という自殺劇に格好な舞台も提供してくれたのだ。いや、待てよ。そうだとすると赤林幻児でなく峰岸が実権を握っている時に受賞したということは、藤本奈緒は受賞前から峰岸と何らかの関係……たとえば男女の関係にあったとも考えられる。そして自分が受賞するためには峰岸を選考委員長に据える必要があった。ということは、赤林幻児殺害も後ろで糸を引いていたのは藤本奈緒の可能性が高い。藤本奈緒と赤林幻児殺害犯の杉本雅樹は裏で繋がっている。二人はグルなのだ。桜木は、そう確信した。が、いずれにしても証拠がない。しかし、いつか尻尾を出す日はくる。その日こそ、自分の出番だ。今までの刑事生活の中で最も憂鬱な仕事になるが、自分は刑事なのだ、情けをかけていては刑事は務まらない、と桜木は自らに言い聞かせた。そして、あらためて天網恢恢《かいかい》疎にして漏らさず——その言葉を、胸の中に深く刻み込んだのだった。

6

それから二年余りの月日が経った。

桜木刑事にとってその日は待ちに待った特別な一日であった。長野刑務所に収監されていた杉本雅樹の出所日なのである。桜木は一日千秋の思いでこの日を待っていたのだ。もしも赤林幻児殺害の件に藤本奈緒が関与しているのであれば彼女も必ず動くはずだ。二人はどこかで待ち合わせるにちがいない。二人が顔を合わせれば共犯の何よりの証拠である。その時こそ、自分の本領発揮のチャンスなのだ。それにはまず、奈緒のアパートを張り込んで、姿を現した彼女を尾行しなければならない。心の底では奈緒の無実を祈る気持ちもあるが、ここは現実を直視するのが刑事の使命というものだ。桜木は、つくづく刑事とは因果な商売だと思った。そんな、さまざまな想念が湧いて気分が昂《たかぶ》り、桜木は昨夜はなかなか寝つかれず、今朝は珍しく寝坊をしてしまったのだった。すぐにも家を出なければならなかった。奈緒がいつ動くか分からないからだ。彼は焦って外出の準備をした。朝食を食べている暇などなかった。が、腹が減っては戦はできぬ。彼は冷蔵庫を開けた。何か口に入れようと物色したが何もない。その彼の目に、奥まったところにある栗羊羹が見えた。二年ほど前に奈緒のアパートを訪ねた際、彼女から貰ったものだ。期限切れかもしれないが、そんなことはどうでもいい。羊羹なら災害時の非常食にも選ばれているくらいだからエネルギー補給にはうってつけだ。そう思い、桜木は箱から羊羹を取り出し、包装されているアルミ箔を引き裂き、まるで飢えた野獣のようにそれに齧りついたのだった――。

その日の午後、神宮外苑はいつものように老若男女で賑わっていた。晴れ渡った空の下、新緑の銀杏並木の見物客も多い。その一角にあるカフェの窓際の席で、奈緒が一人の青年と会っていた。髪を整え、髭を剃《そ》り、爽やかな淡いグリーンのジャケットに身を包んでいるが、彼こそ出所したばかりの杉本雅樹だった。

「あらためて、出所おめでとう」

奈緒が微笑みを浮かべて言った。

「有難う」

杉本も頬をゆるめた。

「私のために……本当に辛い目に遭わせてしまって……」

「気にしなくていいよ。それに野宿よりは快適だったし、貴重な人生経験ができて、俺こそ感謝したいくらいだよ」

「そう言ってもらえると……」

「ほんとだって……俺は一種の人助けをしたんだ。自分の行為を決して恥じてはいないよ」

「有難う」

そう言うと、奈緒はハンドバッグを開き、その中から銀行の貯金通帳とキャッシュカード、それに一枚のメモ用紙を取り出し、杉本の前に置いた。

「私の名義になっているけれど、この中に約束のお金が入っているわ。メモの数字が暗証番号よ」

「有難う。遠慮なく頂くよ」

杉本は胸の内ポケットにそれをおさめた。

「これからどうするつもり？」

奈緒が訊いた。

「刑務所の中でいろいろ考えたんだけど、やっぱり俺にはこの日本という国は性に合わない」

「どういうこと」

「これから世界の貧困地域に行こうと思う。そこでこの金は役立てるつもりだよ」

「それはいいわね」奈緒の眼は輝いた。「私も一緒に行きたいくらいだわ」

「ハハハ……。君には折角つかんだ脚本家という道があるじゃないか」

「ううん。私も日本にいい思い出なんてないわ。それに、やるべきことはやったから脚本にも未練はないの。ほんとに私も連れて行ってもらえないかしら」

「本気かい？」

「ええ。本気よ」

「君がその気なら、俺は大歓迎だよ」

「じゃ、決まりね」

奈緒は声を弾ませた。

「君ならどこへ行きたい？」

杉本が訊いた。

「テレビで観たんだけれど、アジアの貧困層は国民の多くが一日二ドル未満の生活を強いられているんですって。子供もお腹を空かせているし満足に学校にも行けていないらしいわ」

「アジアか……アジアもいいけど、俺はアフリカ大陸に渡りたいな」

「アフリカ？」

「うん。その中でも南スーダンかコンゴだ。もう長く内戦がつづいていて百五十万人以上の市民が隣国のウガンダに逃れているんだけど、何しろ支援が足りなくて難民は苦境に追い込まれているんだ。一切れのパン、一杯の水でもいいから彼らに届けてやりたい。君にその勇気があるかい？」

「それがあなたの望みなら、私はついて行くわ」

「俺が大学時代に知り合った留学生にウガンダ人がいて、彼は今、祖国に帰って人道支援活動に身を投じているんだ。まずは彼の所へ行ってみようと思ってる」

「それは、いいわね」

またも奈緒は目を輝かせた。

それと同じ頃、渋谷区内の桜木家では、久し振りに訪ねてきた桜木の一人娘真弓によって桜木庸介の遺体が発見されていた。彼は台所の冷蔵庫の前に倒れ、その傍らには食べかけの栗羊羹が転がっていた。真弓はすぐに警察に通報した。そして桜木は不審死扱いとなり、その日のうちに渋谷署内に築地署との合同捜査本部が設置されたのである。桜木の遺体は即座に司法解剖され、その結果、死因は羊羹の中に混入されていたトリカブトの成分であるアコニチンとメサコニチン中毒と判明したのだった。警察は他殺の可能性もあるとみて、迅速に羊羹の箱に付着していた指紋を調べた。警察庁には全国一千万人の前科者の指紋が保管されている。しかし、そのデータベースの中に適合する者はいなかった。羊羹の箱からは桜木本人の他に、いくつかの指紋が検出されたが、流通過程でさまざまな人間の手に触れているのでその特定は不可能であった。また、二年以上も前に製造された商品であるため、販売された商店、駅売店、空港その他の洗い出しも無理であるという結論に至ったのである。

むろん、羊羹にトリカブトを混入させたのは奈緒の仕業であった。自分に疑いを抱いた刑事が訪ねてきたら渡そうと準備しておいたのである。トリカブトはどこの園芸店でも普通に売られているが、その毒性は青酸カリをはるかに超える。しかし、奈緒が青酸カリを使わなかった理由はそれだけではない。青酸カリは完全な密封状態で保存しない限り炭酸化して約二、三年でただの無害な物質に変化してしまう。それを知っていた彼女は、青酸カリを避けてトリカブトを選んだのである。そして、トリカブトの根っこをすり鉢を使って粉末状にし、それを羊羹とウイスキーに混ぜ込んだのだ。その際、彼女は指紋検出を恐れて羊羹にもウイスキーにも一切、直接手を触れることはなかった。そして相手が甘党か辛党かをさりげなく確認し、下戸の桜木には羊羹を渡したのである。それで足がつく可能性も充分にあった。一種の賭けだったが、もう二人の男を殺しているのだ。危ない橋も渡らねばならなかった。特に桜木に関しては、群馬県警が訪ねてくることは予想していたが、築地署は想定外だった。赤林と峰岸の死に疑念を抱いたにちがいない。この男は鋭い、危ない、と思った。それで咄嗟に羊羹を渡したのである。しかし偶然にも奈緒はその賭けに勝った。それは桜木が独り暮らしであったからだ。羊羹を貰ったことを家族に話していたとしたら……そして桜木を含む家族の誰かがそれを食べていたとしたら、奈緒の計略はたちどころに打ち砕かれていたことだろう。だが運命の女神は、彼女に勝利と真の自由を与えてくれたのである……。

桜木死亡の記事は、その翌日、朝刊の社会面に『刑事　不審死！』という小見出しで簡単に報じられた。警察の見解も載ったが、それによると、桜木は他人から怨みを買うようなタイプの人物でないことから、自殺でないとするならば、愉快犯による無差別の快楽殺人ということも考えられる、とのことであった。

7

桜木の死から二日後、その新聞記事に目をとめた「全日本シナリオ作家組合」の事務局長から、合同捜査本部の担当課長に一つの情報がもたらされた。事務局長は二年ほど前、桜木刑事が事務所を訪れ、峰岸の自殺の一件に関連して藤島春彦と藤本奈緒の本籍地などについて訊いていったと伝えたのである。それを受けて捜査本部は慌ただしく動いた。まずは藤本奈緒の本籍地である青森県十和田市を調べたが、そこに該当する住所は存在しなかった。後に奈緒は、本籍地を偽った理由を〝家族との不和のため〟と説明した。次に警察は、群馬県東吾妻町役場で藤島春彦の戸籍について照会したが、彼には離婚によって除籍となった当時三歳の〝奈緒〟という娘がいたことが判明したのである。藤島春彦は峰岸との喧嘩が原因で脚本家としての地位を奪われ、その果てに新宿歌舞伎町で殺害されている。娘の〝奈緒〟が藤本奈緒と同一人物だとするならば、彼女が父親の怨みを晴らすために峰岸に復讐したとも考えられる。そして具体的な手段は分からぬが、それを嗅ぎ付けた桜木刑事をトリカブトによって毒殺したと推測することもできる。であるとすると、藤本奈緒には逃亡の恐れも考えられなくはない。警察は直ちに奈緒のアパートへと急行し、事情を聴くべく任意同行を求めたのだった。

が、その後の取り調べで、奈緒は自分が藤島春彦の娘であることは認めたものの、峰岸、桜木の両件とは一切無関係で、なぜ自分が疑われなければならないのか、その理由が全く分かりません、と、さも、しとやかな表情で芝居を演じ、一貫して無実を主張しつづけたのだった。警察としても、奈緒に疑惑を抱きはしたが、彼女を屈服させるだけの証拠は一片もなく、結局、これ以上奈緒を聴取するのは不可能と判断し、三日間でやむなく任意同行を打ち切り、彼女を解放したのだった。

結果、桜木の死に関しては、やはり姿の見えぬ愉快犯の犯行との結論に終息させざるを得なかった。そうなると、それと連動していると思われた峰岸の件も群馬県警の〝自殺〟という見解を覆す要素は全く失われてしまったのである。

奈緒は、渋谷署を出るとまっすぐ自宅へと向かった。その帰途、青葉の溢《あふ》れる都会の青空の下を歩きながら、やがて杉本と訪れるであろう新天地で汗を流して躍動している自らの姿を想像し、そんな第二の人生にわくわくと心を弾ませるのだった。

袋小路《ふくろこうじ》の男

1

九月に入ったが、相変わらずの猛暑日がつづいている。夕暮れだというのに蒸し暑さはおさまらない。ビルの谷間からは熱風が吹き込んでいた。

宇梶俊一《うかじしゅんいち》は、新宿駅中央東口近くの高級喫茶『田園』で紺野由夏《ゆか》と向かい合っていた。この喫茶店を待ち合わせ場所にするのは、出会った当初からの由夏の希望だった。店はビルの地下にあり、〝談話室〟と謳《うた》っているだけあって内部の造りも重厚である。が、コーヒー、紅茶、ジュース……どれも一杯千二百円。たかが一時のお茶のために二人分で二千四百円も払わねばならなかった。細かいことを言うようだが、昼飯をたった四百円の牛丼で我慢している宇梶にとっては痛い出費なのである。これから軽く食事をし、渋谷辺りのラブホテルにもぐり込む、というのが金曜日の夜のいつものコースであった。しかし、飲食代もホテル代も宇梶の負担である。どんなに少額でも決して由夏がバッグから財布を取り出すことはない。しがないトラック運転手の彼の懐は悲鳴を上げている。なけなしの金を投じて結婚相談所に入会したものの、貯金は雀の涙ほどしかない彼である。今日は世田谷にある六畳一間の自分のアパートに連れ込もうか、と、宇梶は思案した。由夏が彼のアパートを訪れたことは一度もない。宇梶も千葉県柏市にあるという由夏のマンションに招かれたことはなかった。

宇梶と由夏は、二ヵ月ほど前、西新宿の超高層ビルの中に入っている結婚相談所主催のお見合いパーティーで知り合った。宇梶は、両親と早く死別していてきょうだいもいない。そのせいか、結婚して家庭を持ちたいという願望が人一倍強かった。もっとも三十五歳の彼が結婚を望むのはごく当たり前のことだろう。が、なかなか良縁には恵まれなかった。学歴もその原因の一つかもしれない。彼は田舎の高校しか出ていなかった。今や女性でも短大くらいは出ているのが普通だ。現に、由夏は一流大学の英文科出身で、日本橋にある大手商社に勤めている。年収も、彼女のほうが宇梶よりもずっと上なのだ。

由夏は普段は陽気な性格だが、どうしたことか、今日はほとんど喋らなかった。表情も浮かない。うつむいたまま長い睫《まつげ》毛を伏せてストローでアイスコーヒーを啜っている。その色白で卵型の容貌は、まさに和風美人で、宇梶の理想そのものだった。体形も背が高く細身だが、男を悦ばせるふくよかさは存分に備えている。今日も青いチェックのボウタイブラウスに白のミニスカートというスタイルだが、その胸にも腰にも男の肉欲をそそる魅力が悩ましいほどにはちきれていた。

宇梶は、レモンティーのカップを持ったまま、声をかけてみた。

「元気ないようだけど、どうかしたの？」

すると、由夏がストローを口から離して呟いた。

「言いにくいんだけど……」

「なに？」

「私たち、今日で終わりにして欲しいの」

宇梶は一瞬、言葉を失った。

「どういうこと？」

「やっぱり私、まだ結婚なんて考えられないのよ」

「だって……じゃあ、なんでお見合いパーティーなんかに参加したっていうの」

宇梶は責めるような口調になっていた。

「あの時は、そういう気になっていたんだけど……」

「俺のことが嫌いになったの？」

宇梶は恐る恐る訊ねた。

「ううん。あなたのことは好きよ。結婚も真剣に考えたわ」

「だったら……」

「でも、私には夢があるの。この間も話したでしょ？　私やっぱりジュエリーデザイナーになりたいのよ。二十七歳の今が最後のチャンスだと思うの」

「それは俺も賛成するよ」

「でも、そのためにはフランスの専門学校に二年間留学しなければならないの」

「待つよ。君が帰ってくるまで、何年でも……」

由夏はアイスコーヒーを啜ると、溜息を洩らした。

「でもね、すぐに行けるわけじゃないの。私、父があんな病気でしょ？　今まで多額の入院費を払ってきたからフランス行きの費用がまだ足りないのよ」

由夏の父親は二年前に脳梗塞で倒れ、現在は東京都下のリハビリ施設に入所していた。母親は彼女が中学生の時に癌で亡くなり、家には三歳年下の弟がいるだけだった。

「いくらあればフランスへ行けるの？」

宇梶は思わず訊いた。

「あと三百万円、ってところかしら」

「三百万？」

「学校の入学費やら教材費、それに向こうにアパートも借りなくちゃならないでしょ？」

宇梶はレモンティーを一口飲んだが、味がなかった。

「それで……そのお金は、いつまでに必要なの？」

「今月いっぱいに払い込まなくちゃいけないの。でないと、また来年までチャンスを逃しちゃうのよ」

宇梶はティーカップを皿に戻した。

「その三百万、俺が何とかするよ」

彼には何のアテもなかったが、由夏の気を引きたい一心で言ってしまった。

「そんなこと、俊一さんに頼めないわよ」

由夏はグラスをテーブルに置くと、きっぱりと答えた。

「水臭いこと言うなよ……でも、その代わりってわけじゃないけど、君が日本に帰ってきたら、今度こそ真剣に俺との結婚を考えて欲しいんだ」

「それは私もそのつもりよ」

「それまでに俺も結婚の準備をしておくからさ」

「うん。でも、やっぱり悪いわ」

「遠慮するなよ。結婚すれば財布は一つなんだから」

「うん。でも……」

「これで話は決まり。いいね」

宇梶は力強く言い切った。

「分かったわ。じゃ、一時的に借りるっていうことで」

由夏の表情は明るくなった。宇梶も嬉しくなり、

「君がその方がいいって言うなら、俺は構わないけど、結婚のことは忘れないでくれよな」

と念を押した。

「忘れるもんですか」

「約束だよ」

「あなたこそ、私がいない間に誰かと結婚したりしないでしょうねえ」

「するもんか」

「裏切ったりしたら嫌よ」

由夏にそう言われ、宇梶は元気が出てきた。そして、

「じゃ、食事に行こうか」

と席を立とうとした。が、

「今日はダメなの。父が病院から一時帰宅するから、早く帰らないと……」

「あ、そうなんだ」

「ごめんね」

「ううん。じゃ、今度会った時にお金は渡すから」

「悪いわね」

「ただ、いっぺんに全額っていうわけにはいかないかもしれないけど」

「うん。分かってる」

「でも、今月中には必ず……」

「ええ。感謝するわ」

2

由夏と別れた宇梶は、歌舞伎町の居酒屋へと入った。週末とあってサラリーマンだけでなく、若いカップルの客も目立った。皆、いかにも楽しそうに飲んでいる。宇梶は、自分にも相手がいないわけではないのに、こうして一人で飲んでいると、由夏との密着度が周りのカップルに較べて薄いように感じられた。それは由夏との結婚に漕《こ》ぎつけるまでに色々と障害が立ちはだかっているからだろうと思えた。由夏の留学も内心では厄介事の一つだった。宇梶としては、今のままの由夏で十分なのだ。なのに二年間も待たされるのは正直なところ辛かった。それと、病気の父親の存在も彼の気分を暗くしていた。一日も早く由夏との結婚を実現させたいが、父親の面倒まで見なければならないと思うと気が重かった。それにひきかえ、周りのカップルたちは何の悩みもなく、お互いの信頼にも疑いの余地など微塵もなさそうに見える。宇梶は、そんな彼らに羨ましさをおぼえるとともに、腹立たしさも感じないわけにはいかなかった。

宇梶は、ホッケの干物で腹を満たし、酎ハイのお代わりを重ねたが、彼の頭の中には由夏に渡す三百万円のことが充満していた。思わず約束したものの、そんな大金はすぐには作れない。いくら知恵を絞ってもいい方策は思い当たらなかった。友人もなく、酒を飲み歩くのだけが楽しみの彼は、これまで宵越《よいご》しの金は持たないといったタイプだったので、余分な金などない。

宇梶は、日本を代表する大手家具メーカーの配送センターに勤めている。だが正社員ではなかった。そこにいる社員は、本社から出向している管理職の数人で、それ以外の彼を含めた男女従業員はパートとアルバイトであった。毎日、二tトラックに木目調の家具を積み込み、それを顧客の自宅までワンマンで届けるのが彼の仕事だった。日給は悪くないが、アルバイトなのでボーナスや退職金はない。将来に何の保証もないのである。金もない上に肩書はアルバイトであった。

そんな彼の唯一の取り柄は、二枚目であるということだ。背が高く筋肉質の引締まった身体つきに加え、顔も日に焼けて彫りが深く精悍《せいかん》さに満ちていた。一見したところ、爽やかな体育教師のようにも見える。だから女性に不自由したことはない。上京以来、十人以上の女性と深い関係を結んだ。その中には、結婚したいと思う女性も何人かいた。しかし、彼女たちは口にこそ出さないが、内心では彼の職業や収入にこだわり、結婚という言葉が出ると、まるで引き潮のように遠ざかってしまうのだった。所詮、女は俺の容姿に惹かれても、一時の遊びと割り切っているのだ。――彼は、そんな恨み言を心の中で何度も吐き出した。アルバイト待遇のトラック運転手では、お前たちは満足できないのだろう、と。だからといって、彼には今から人生を切り拓いてゆくほどの学歴も資格も才能もない。ならばこの際、女性のレベルを下げてみようかとも思ったが、生まれ持ってのプライドがそれを許さない。自分ほどの外見があれば、相手にも上位ランクを求めても許されるはずだ、という強い思い込みがあるのである。だからこそ、今回の由夏とのチャンスは逃したくなかった。たとえ病気の父親がいようが、彼女をどうしても自分のものにしたかった。そのためには何がなんでも三百万円を用意しなければならない。が、ないものはないのだ。どんなに頭をひねってみたところで目の前は真っ暗闇だった。

――畜生……！

彼は自棄のように酎ハイをがぶ飲みした。そして考えた。いっそ、サエない女を騙して金をむしり取ってやろうか、と。三百万円くらいの金のことで悩むなんて……そんなものはポケットマネーのようにポイッと出せるようになりたい。そう痛切に願った。

そう思った宇梶の脳裏に、先日、週刊誌に載っていた結婚詐欺師の法廷でのセリフが蘇《よみがえ》った。その男は、女を信用させるためにいくつもの職業を偽っていたという。宇梶は、その被告人質問のセリフを頭の中で反芻《はんすう》してみた。

『たくさんの仕事を偽ってきました。学校の教師、弁護士、医者……女性は人格よりも容姿よりも、男の仕事や収入を重視すると思ったからです。その通りでした。職業を聞いただけで女たちは簡単に金を融通してくれました……』

宇梶は、そのくらいのことなら自分にもできる、と確信した。ちょっと悪知恵を働かせればいいのだ。そんなにむずかしいことではない、と自信も湧いてきた。周りで飲んでいる女性客の顔を見ても、あんな連中を騙すのは赤子の手をひねるようなものだと思えた。みんな無防備そうな表情をしている。こちらが職業を偽り、好青年を演じれば、すぐにでも銀行へ走って虎の子を引き出してくるにちがいない。といって、一生、死ぬまで結婚詐欺師をつづけるわけではないのだ。一時のことでいいのである。三百万円さえ手に入れば……。そうすれば理想の女である由夏との結婚が決まるのだ。由夏は美しい上に、今のままの俺を愛してくれている稀有《けう》な女である。逃してたまるものか。しかし、そのためにはターゲットを見つけなければならない。それも早急に。タイムリミットは今月いっぱいなのだ。それまでに三百万円を手にしないと、由夏との縁は……。

宇梶の酔眼は、野望と不安に揺れた。

3

宇梶が地元である小田急線千歳船橋駅を降りたのは、深夜に近かった。彼は駅を出て北方向の商店街へ向かいかけた。宇梶のアパートは、商店街を抜けて〝森繁通り〟に入り、そこを五分ほど歩いて左折すればすぐなのだが、しかし、その夜は酔い覚ましに遠回りをしてみようと思った。新宿の居酒屋での想念が、まだ頭の中で燃えていた。すぐにアパートに帰ろうという気分にはなれなかった。それで彼は商店街には入らず、環八方面に向かって西方向の路地を進んだのだった。普段は歩かない道だが、適当なところで右折すればアパートへの路地に辿りつけるだろうと考えたのである。

しばらく行くと、住宅街に入りかけた路地の暗がりに一軒のバーの看板が見えた。こんな所にバーなどあったろうかと彼は思った。十年近く住んでいるが、今まで気がつかなかった。アパートから離れていても、一度もこの路地を歩いたことがないということは考えられなかった。が、バーというのは昼間は存在感のないものである。それできっと見落としたのだろう。そう思い、あらためて電光看板に目をやると、紫色の地に赤い文字で『ＢＡＲ　ペルソナ』と書かれていた。その変わった店名に好奇心を抱いた宇梶は、一杯だけ飲んで行こうかという気になった。

宇梶は、焦げ茶色の重い木の扉を引いてみた。すると、薄暗い店内にはバラード調のギターの音色がかすかに流れていた。入口のすぐ目の前にカウンターがあり、左側の奥にはボックス席が並んでいたが、閉店間近とあって客の姿はなかった。カウンターの端でタバコを吹かしていた女が、黙って宇梶の顔を見てから、おもむろに、

「いらっしゃい」

と、アンニュイな声で迎えた。

宇梶がカウンター席に腰を下ろし、酎ハイを注文すると、女は黙ってカウンターの向こうにま

わった。やがて突き出しの小鉢が宇梶の前に置かれた。筑前煮だった。女は、料理はマメのようであった。宇梶は、見るともなく女を観察した。年齢は宇梶よりも少し若そうだった。色は白いが下膨れで、目尻が重そうに垂れていた。深紅の地に白やピンク色の幾何学模様のちりばめられたジョーゼットのワンピースを着ているが、由夏とは違って背が低く、体形にも締まりがない。この女なら男もいそうにないし、バーを経営しているくらいだから小金も持っているかもしれない。宇梶の意識は、そんなところに走っていた。

宇梶の前に酎ハイのグラスが置かれた。

「どうぞ」

宇梶はそれを一口飲むと、

「お店の名前……ペルソナって、どういう意味なの？」

と訊いてみた。

「ああ。みんなによく聞かれるわ。ラテン語なのよ」

「ほう」

「仮面、っていう意味なんですって」

「仮面とは不気味だね」

「昔、本屋さんで画集を立ち読みしていたら、そういう題の油絵があったのよ。髪の長い女性像なんだけど、肝心の顔は真っ白でのっぺらぼうみたいなの」

「へえ」

「顔の造作とか表情は、見る人のその時の気分に任せるんですって」

「そういう絵がママの好みなのかい？」

「お客はみんな仮面を被って飲んでいるのよ。そう言う私も本当の顔は見せたことないけど」

そう言って、女は自分もウーロンハイを口にした。

「俺にも仮面しか見せないの？」

宇梶は笑みを浮かべて問いかけた。

「さァ」

「せめて名前くらい教えてもらおうかな」

「あら、ごめんなさい」

女は、四隅を丸くカットしたピンク色の名刺を差し出した。そこには「ＢＡＲ　ペルソナ　詩乃」とあり、下段に住所と電話番号が印刷されていた。

「詩乃さんか……綺麗な源氏名だね」

「ううん。それ母がつけた本名なのよ」

「へえ。お母さんは詩が好きだったのかな」

「まさか。そんなインテリじゃないわよ」

そう言って、女は苦笑した。

宇梶も頬をゆるめて酎ハイを飲んだ。その脳裏に苦い思い出が浮かんでいた。宇梶はその昔、まだ幼い頃に〝シノ〟という女の子を知っていた。自分よりも二、三歳年下だった。まさか、あの女の子が、今、目の前にいる女なのか。いや、そんな偶然があるはずがない。シノなどという名前は世間にはいくらもいるだろう……。そう思いながらも、

「ママ、出身はどこなの？」

と思わず訊ねていた。

「あら。今度は身元調査？」

「ハハハ……。昔、同じ名前の女の子とちょっとした縁があってね」

「お客さんは、どちらなの？」

詩乃が訊いてきた。

「俺は栃木」

「あ、そう……お名前は？」

「宇梶、って言うんだ」

「ウカジさん？　どういう文字を書くの？」

「宇宙の宇に、木偏に尾っぽの尾だよ」

「へえ。珍しいお名前だわね。栃木のどちら？」

「福島県境のNっていう町だよ。言っても分からないだろうけど」

「その町には宇梶さんてお名前、多いの？」

「いや、うち一軒だけだよ。先祖が北海道なんだ」

「ふーん。じゃ私とは正反対ね。私は九州の熊本なの」

「九州か……九州の詩乃さんか。人違いだったな」

宇梶の記憶に残っているシノは、九州ではなかった。彼はいくらかほっとした。シノとの記憶は短く、顔を見たのもたった三度だけだった。だが、なぜあんな残酷な真似をしてしまったのかと、今でも心の傷として残っている。


宇梶がシノという少女と出会ったのは、彼が小学校一年生の時だった。シノは幼稚園児くらいだったろうか。顔立ちはもう忘れてしまった。色白で、幼児らしくふくよかだったという印象しか残っていない。名前の文字も分からない。母親が「シノちゃん」と呼んで噂をしていたのだ。シノは暮れと盆にやってきた。母親と二人で、横浜から。宇梶の家から六、七十メートルほど奥に「シゲばあさん」と呼ばれている六十歳代の老婆が独り暮らしをしていた。確か苗字は堀田といった。農家だった。その娘がシノの母親であった。母親は横浜でバーのホステスをしていて、夫とは離婚しているということだった。つまり、母親は娘を連れてシゲばあさんの家に里帰りをしていたわけだが、離婚、横浜のバー、ホステス……それを耳にしただけで田舎の子供であった宇梶は、その母娘に不潔なイメージを抱いたものだ。おまけに母親は、服装も化粧も髪型も水商売然として派手であった。娘のシノは、母親の見栄もあったのか、いつも胸元や袖口にフリルのついた新品のワンピースという格好をしていた。しかし、それは都会的というよりも母親と同類の夜の匂いを感じさせた。

宇梶の家の近所には彼の同級生の男の子が他に二人住んでいて、いつも宇梶の家で遊んでいた。シノはその仲間に入りたがり、頻繁に宇梶の家の前の路地に立っていた。冬の夕暮れ、路地に面した土間の台所で宇梶たち三人が七輪で餅を焼いていると、シノは黙って近づいてきた。宇梶たちは嫌悪に満ちた顔で「オマエは汚いんだよ。オレたちの近くにくるな。帰れ、バカ！」と口汚く罵った。シノは泣き出したが、それでも帰ろうとはしなかった。普段、横浜の狭いアパートで母親と二人だけの生活をしているシノは、同じ年頃の友達が欲しかったにちがいない。宇梶がサッシの引き戸を閉めてしまうと、泣きながらも「おにいちゃん、おにいちゃん……」と、外から弱々しい声で宇梶を呼んだ。夜になっても帰らないので苛立った宇梶たちは、一計を案じた。そして引き戸を開け、そこに立っているシノに、

「シノ、おいで。入っていいよ。お餅やるぞ」

と猫撫で声で誘ってみた。途端にシノは笑顔になり、台所の中へ入ろうとした。刹那、宇梶が思い切り引き戸を閉めたのだった。シノは引き戸と柱に挟まれ頭蓋骨がゴツン！　という鈍い音を立てた。火がついたように泣き出すシノに皆が洗面器や鍋などを使って冷水を浴びせかけた。そんなことがあったにもかかわらず、シノはその翌年にも姿を見せた。今度は餅に見立てた洗濯石鹸に海苔を巻いたものを食わせた。シノは目を輝かせてそれを齧った。が、すぐに顔をゆがめ、石鹸を吐き出して泣き出した。それを見た宇梶たちは、「オマエは汚いんだから、石鹸でも食ってろ！　ハッハハハ……！」と腹を抱えて嘲笑ったのだった。

夏休みにもシノは一度訪れたが、その時の悪戯が最も狡猾《こうかつ》だった。宇梶たちは裏の古い農家の畑にスイカを置き、今からスイカ割りを始めるという体裁《ていさい》を整えた。案の定、それをシゲばあさ

んの家の玄関から見つけたシノは、すぐにやってきた。

「シノ、オマエもスイカ割りやるか？」

宇梶が誘うと、シノは、

「うん、やる！」

と、嬉しそうに声を上げた。

「じゃ、こっちへ来い、こっち、こっち」

「おいで、おいで」

「まっすぐ、まっすぐ」

と皆で手招きをした。シノは小走りにやってきた。が、突然、姿が消えた。ムシロで覆った肥溜めに落ちたのだ。ムシロは宇梶たちが仕掛けた罠だった。お陰でシノは、どっぷりと全身が顔まで糞尿まみれになり、フリルのついた自慢のワンピースは二度と着られなくなった。それでも、母親やシゲばあさんが宇梶の家に怒鳴り込んでくることはなかった。さぞ口惜しかったろうが、隣近所に遠慮しながら生きていた彼女たちには、それができなかったのか。じっと怒りを抑えるしかなかったのだろうか……。しかし、そんなことに懲《こ》りたのか、あるいは母親が遠くへ引っ越しでもしてしまったのか、それ以来、シノを見かけることは二度となかった。自分のやったこととはいえ、宇梶は、子供の頃のシノという少女への冷酷な悪戯《あくぎ》を、今でも時折思い出しては悔いている。恐らく、シノはもうそんな古い過去のことなど憶えてはいまいが、それでも、一度彼女に会って心から許しを乞いたいと願っているのである……。

「宇梶さん、宇梶さんったら……」

その声で、宇梶は我に返った。

「え、なに？」

「何、考えてんのよ」

「あ、いや……」

宇梶は慌てて酎ハイを飲んだ。

「ところで、宇梶さんって、奥さんはいらっしゃるの？」

詩乃が訊いてきた。

「とんでもない。女房どころか彼女もいないよ」

宇梶は、咄嗟《とっさ》に口から出まかせを言っていた。

「それじゃあ、私と同じね」

「ママも独りなの？」

「バツイチだけどね」

「俺はまだ真っ白だよ。この年で自慢にはならないけどさ」

「じゃ、寂しい者同士、今夜は飲み明かしましょうか」

「俺、今夜はハートも寂しいけど、懐のほうも心細いんだよ」

「いいわよ。ここからは、私の奢《おご》りだから」

そう言うと、詩乃は看板の灯を落とし、扉の鍵をかけた。

「いいのかい？」

宇梶が形ばかり気遣ったが、

「いいの。どうせ今夜はもう誰も来ないから」

と、詩乃はあっさりと応じた。

4

その晩、宇梶は詩乃と寝た。

店の二階が彼女の住居だった。八畳の和室に絨毯《じゅうたん》を敷き、窓辺にセミダブルのベッドやドレッサーがあり、詩乃の手製なのか、部屋のあちこちに布で作られた女の子の人形が鎮座していた。さまざまな色のキャンドルも目についた。そんなものを灯《とも》した薄暗い部屋の中で、彼女はいつもたった一人で心を癒やしているのだろうか……。宇梶の目に、女の孤独が伝わってきた。部屋の隣に目をやると、そこは四畳半ほどのフローリングの台所で、ダイニングテーブルの上も流しの周りも意外なほど小綺麗に整頓されていた。築三十年ほどの中古だが、彼女はそれを離婚した夫からの慰謝料を元手に手に入れたのだという。寝物語でそれを聞き、宇梶の目は光った。この女なら、三百万円くらいの金を引き出すのはむずかしいことではない、と確信した。そして、さっそく相手の反応を探りにかかったのである。なにしろ由夏との約束は今月いっぱいなのだ。その期限までに一日も早く金を届けなければならなかった。

「ところで、あんた……苗字は？」

宇梶は、隣で裸の体を横たえている詩乃に訊ねた。

「長沢よ」

「長沢詩乃さんか」

「あなたのお名前は？」

詩乃が訊いた。

「俺は俊一……宇梶俊一」

「真面目そうなお名前ね」

「人間も真面目だよ」

「そうだといいけど」

「真面目な俺から一つ、提案があるんだけど」

「何かしら」

詩乃は宇梶の方へ体を向けた。その目を見て、宇梶は神妙な声で告げた。

「俺と……結婚してくれないか」

「結婚？」

詩乃は素っ頓狂な声を上げた。が、その顔は笑みに染まっている。

「新宿の占い師に、今夜出会った女性と結婚しろって言われたんだよ」

詩乃は「ハハハ……」と声を上げて笑い出した。

「そんなに、おかしいか」

「ううん。それも悪くないかもね」

「そうだろ？」

「でも……でも、まだ、あなたのこと何も知らないのよ」

詩乃はまだ息を喘《あえ》がせている。

「体の相性は悪くなかったろ？」

「それは、お互いに最高だったんじゃない？　最後も一緒にいったし」

「それだけで十分じゃないか」

宇梶がタバコを一本抜きとると、それに詩乃が火を点けた。

「ところで……あなた、お仕事は？」

宇梶は思わず息が止まった。当然の質問だが、こんなにあっさりと男女の関係になるとは思っていなかったので、そこまで考えていなかった。トラックの運転手、とは言えない。それで今まで失敗してきたのだ。そうだ、思い切って週刊誌で読んだ結婚詐欺師のように医者か弁護士を騙《かた》ろうか……。そう焦慮した時、

「肉体労働よね」

と、詩乃が言い放った。

「な、なんで……？」

「だって、手を見れば分かるわよ」

宇梶の手は大きく、指も太く節くれだっている。長年の荷作業の勲章だ。宇梶は、落胆の溜息を洩らした。ところが詩乃は、

「私、そういう仕事の人、好きよ。逞《たくま》しい人って尊敬しちゃう。自分が普段、あまり太陽を浴びないような生活しているからかも」

と、あっけらかんとしている。その言葉に勇気を得た宇梶は、思い切って仕事内容や給料まで彼女に告げた。すると詩乃は、

「いいなあ。毎日ドライブしてるのね。それでお金が貰えるなんて羨ましい」

と、まるで頓着しないのだった。

「ドライブが好きか？」

宇梶は訊いてみた。

「うん。前の亭主にはよく箱根とか江ノ島なんかに連れて行ってもらったわ」

「じゃあ、今度レンタカーを借りて箱根どころか九州の実家まで行ってみようか」

「今さら帰ってもしようがないわ」

「なぜ」

「田舎にはもう誰もいないのよ。私、一人っ子だったし、両親は私が物心つく前に別れて……私は母に育てられたんだけど、その母も長年の酒浸りが祟《たた》ったのね、五年前に膵臓癌《すいぞうがん》で亡くなったわ」

「じゃあ、天涯孤独なんだ」

宇梶は、布団の掛かっていない炬燵の上にある灰皿に灰を落とした。その横には、白い薬袋が無造作に置かれていた。

「風邪でも引いたの？」

宇梶は何気なく訊いてみた。

「え」

「薬の袋があるからさ」

「ああ。睡眠薬よ」

「睡眠薬？」

「眠れない時のために心療内科で貰ってるの」

「君でも眠れないことがあるの？」

「女一人、頼りになるのはお酒と薬だけよ」

宇梶はタバコの煙を大きく吐き出した。

「俺は絶対に嫌だな、睡眠薬なんて。だって怖いよ」

「あら、使ったことないの？」

「昼間、体を動かして働いていれば眠れないなんてことないからな」

「そういう人が羨ましいわ」

「あんまり薬なんかに頼らない方がいいよ」

「心配してくれるの？」

「だって、うっかりのみすぎて永遠に目が覚めなかった、なんてことにでもなったら……」

「大丈夫よ。今の睡眠薬は昔と違うのよ。たとえ百錠のんでも死んだりしないの」

「ほんと？」

「そうよ。ただ深く眠ってしまうだけなの」

「ふーん」

宇梶は灰皿にタバコを揉《も》み消した。

「私のことより、あなたの話を聞かせてよ」

「どんなこと？」

「じゃあ、田舎の町のことが知りたいな」

「そう言われてみると懐かしくなるな。もう、しばらく帰っていないけど」

「N町って、どんな所？」

「うん。人口は一万七千人の小さな盆地町だよ。町の周りを一千メートル級の山々が取り囲んでいて、新緑とか紅葉の時期はそりゃあ綺麗だよ」

「行ってみたい」

「一度おいでよ。きっと気に入るから」

「駅から実家までの行き方は？」

「そんなこと聞いてどうするの？」

「私、ふだん東京から滅多に出ないでしょ？　だから知らない町を散歩しているような気分を味わってみたいのよ」

「なるほどな。分からないでもないよ」

「ね、話して？」

「うん、いいけど」

宇梶は二本目のタバコに火を点けると、やおら話し始めた。

「N駅は小さな駅だけど、そこを出るとロータリーの広場があって、その真ん中に白い東京タワーが立ってるんだ」

「東京タワー？」

「小さいけどね。町のシンボルなんだよ」

「それから？」

「駅前広場を抜けて狭い国道を渡ると、急な上り坂になっていて、突き当りが小学校……その校庭にはそれは大きな樹齢何百年ていうケヤキの木が一本枝を広げて立っていて、それから広い校庭を突っ切ると静かな道路にぶつかるんだ。そこを右に真っすぐ上って行くと間もなく十字路がある。右前方には保健所の建物があって、その十字路を左に曲がるとすぐ右側が俺の実家さ」

「保健所の道向かいってことね」

「ああ、嫌な所さ」

宇梶は苦々しそうな表情で吐き出した。

「どうして嫌な所なの？」

「保健所は嫌いだ」

「あら。なんで？」

「捨て犬を殺処分するまで、裏庭の鉄格子の檻に入れておくんだ。一晩中悲しそうな鳴き声が聞こえてきてさ……可哀想でとても眠れなかったよ」

「あなた、犬が好きなのね」

「うん。猫は自分勝手だけど、犬は忠実だからね。それを殺すなんて……人間のやることじゃないよ」

「優しい人なのね、あなたって」

「そりゃあ、人にはいろんな顔があるさ」

「いろんな苦い過去も？」

「まあね」

「ところで、ご実家には今、誰が住んでいるの？」

「いや。俺も一人っ子で、親父は地元で信用金庫の営業をしていたんだけど、俺が十歳の時に過労が原因で死んで、おふくろも俺が東京へ出てきて三年目に癌で死んでしまって、もう誰もいないんだ」

「家だけが残ってるの？」

「うん。でも、今は誰か知らない他人が住んでいるみたいなんだ。もともと借家だったんだよ」

「ふーん。あなたも天涯孤独なのね」

「そういうこと」

「でも、ありがとう。話してくれたお陰で、あなたの田舎へ旅行したような気分になれたわ」

そう言って、詩乃もタバコを一本抜き取った。それを宇梶が制した。

「待てよ。まだプロポーズの返事を聞いてないぜ」

「ずいぶん急ぐのねえ」

「そ、そりゃあ、お互いに若くはないからね」

宇梶は、心なしか狼狽《ろうばい》した。

「そうね。この辺りで二度目の人妻、っていうのも悪くないかもね」

「じゃ、いいのか？」

すると、詩乃は裸のままベッドの上に身を起こし、正座をした。そして、

「どうぞ、末永くよろしくお願いします」

と、しおらしそうに手をついたのだった。

5

それから宇梶は、毎日のように詩乃の部屋に入り浸った。一緒に酒を飲み、体を合わせた。詩乃の体は宇梶を満足させるものではなかったが、それは宇梶にとって計画実行までの大事な〝仕

事〟であった。日を追うごとに、彼は熟練した結婚詐欺師のような気分に溺れていった。それとは気づかず、そんな宇梶に、詩乃もすっかり心を許した。そろそろ本番に臨んでもいい頃合いだと、宇梶は踏んだ。とはいえ、いきなり三百万円を要求したら詩乃も警戒心を抱いて渋るかもしれない。失敗したら元も子もない。そこで宇梶は、まずは小手調べの金額を提示して詩乃の反応を窺うことにした。

そして五日後の深夜、彼は、詩乃の前に土下座して頭を絨毯にこすりつけたのである。

「詩乃、済まない！」

「なに？　どうしたの？」

詩乃は訳が分からず、きょとんとしている。

「実は、お前との結婚資金を作ろうと思って、競馬に手を出して……」

「負けたのね」

「そうなんだ」

「いくら？」

「百万」

「そんな……勿体ない」

「そうじゃないんだ。俺の金ならお前に謝らないよ」

「誰のお金なの？」

「サラ金で借りたんだ」

詩乃は呆れたような顔をした。

「それで、どうするの？」

「済まない。利息が膨らまないうちに返さなけりゃならないんだ」

「それを私が払うの？」

「頼む。貸してくれ。毎月、給料からこつこつ返済するから」

詩乃はタバコに火を点けると、しばらく黙ってそれを吹かしていたが、やがて声を低めて喋りだした。

「私ね、お酒のことは何も言わないけど、ギャンブルだけは絶対に嫌なの。両親の離婚の原因が父親のギャンブルだったから、たとえパチンコでも嫌なのよ」

「…………」

「理由が何であれ、もう二度とギャンブルにだけは手を出して欲しくないの」

「うん」

「誓える？」

「誓う。もう金輪際馬鹿な真似はしないよ。だから頼む」

すると、詩乃はタバコを灰皿に揉み消し、

「分かったわよ。明日、用意しておくから、すぐに返してきてよ」

と折れた。

「済まない、詩乃！」

宇梶は内心、やれやれと胸を撫で下ろした。それと同時に、女を騙すことなどたやすいことだと、自らの手腕に自信を深めたのだった。

その翌日、詩乃から百万円を受け取った宇梶は、すぐに由夏に電話をし、新宿の高級喫茶「田園」で顔を合わせた。由夏は百万円の入った封筒を覗くと、嬉々としてそれをバッグに納めた。そして、甘い声で囁いた。

「ありがとう、あなた」

「まだ、これだけじゃあ君の期待には応えられないよ。この次には残りの分を持ってくるから」

「うん。感謝するわ。お陰であなたとの未来もずっと近くなった気分よ」

「ああ。待ち遠しいよ」

それから二人は店を出たが、その日、彼らの間に異変が起こった。二千四百円のコーヒー代を「あ、それは私が」と、由夏が自分から支払ったのである。愛する女の財布でお茶を飲む。それがこんなにも心地よいものだとは宇梶は知らなかった。その由夏の姿は、傍目には夫に代わって妻が財布を開いていると映ったことだろう。宇梶は、まるで相思相愛の本物の夫婦になったような気分に酔いしれた。由夏が自分と所帯を持つことを本格的に意識してくれたものと確信したのだった。それはあたかも、女神のベールに包まれたような幸福感で彼の胸を満たした。

新宿を後にした二人は、タクシーで渋谷区円山町《まるやま》のラブホテルに乗りつけ、そこで我を忘れて燃えたのだった。宇梶は由夏の肉体《からだ》を心ゆくまで堪能した。やはり、贅肉のついた詩乃とは見た目も味も格段に違った。詩乃が牛丼用の細切れ肉なら、由夏はＡ５ランクの和牛ステーキ肉であった。

だが、まだそれで終わりではなかった。あと二百万円という大金を用意しなければならない。それでようやく由夏は名実ともに自分のものになるのだ。でも、それを作らないと……。

宇梶は唸《うな》った。呻《うめ》いた。熱風のような焦燥感の中で知恵を絞った。何かいい手はないものか。今度は詩乃にとっても他人事であってはならない。自分のシナリオの中に詩乃も巻き込む必要がある。でなければ彼女もそんな大金を出してはくれないだろう。金の使途は、二人の結婚に即したものでなければならなかった。そう考えると、すぐに答えは見えてきた。これしかない、という名案が浮かんだのである。その晩、宇梶はさっそく行動に出たのだった。

深夜、酔って二階へ戻った詩乃に、宇梶は真面目な口調で切り出した。

「なあ、結婚しても二人でこの部屋に住むのは窮屈だろう」

「それはそうねえ。どうしようかしら」

「家を買わないか」

「家？」

「マンションだよ」

詩乃は酔いも醒めたようだった。

「それはいいけど、この辺りは高いわよ」

「実は、いい物件を見つけてきたんだよ」

「ほんとに？」

詩乃は吃驚《びっくり》したように目を見開いた。

「住む所がなきゃ結婚もできないだろ？」

「それはそうだけど……どんな物件なの？」

宇梶は、新宿の不動産会社から貰って来たチラシを見せた。

「築二十年だけど、２ＤＫで三千六百万円なんだよ」

「ずいぶん安いわねえ。場所は？」

「希望ヶ丘団地の近くだよ。店には自転車ですぐだ」

「不動産会社はどこ？」

「新宿のＳ不動産」

「Ｓ不動産なら一流じゃない」

「そうなんだよ。ただし、人気のある希少物件だから、もう何人も申し込みが入っていて、すぐに頭金を入れないと流れちゃうんだよ」

「すぐにって？」

「そりゃあ一日でも早い方がいいよ。明日にでも手を打たないと」

「でも、一度お部屋の中を見てみないと……」

「そんなことしてたら、他の連中に取られちゃうんだよ。頭金を払ってからゆっくり見に行けばいいだろう」

「そうねえ。で、頭金はいくらなんだって？」

「二百万」

「二百万でいいの？　普通、頭金は最低でも一割でしょ？　そんなに少なくていいの？」

「俺が特別に頼んだんだよ。だから頼む。ここに決めよう？」

「うん……あなたがそこまで言うなら、私は構わないけど……」

「ほんと？」

「ただし、二人の家なんだからローンの返済はあなたも協力してよね」

「そんなこと夫婦なんだから当たり前じゃないか」

「アテにしていいの？」

「もちろんだよ」

そう言って宇梶は、詩乃と前祝の乾杯をした。その後、詩乃にたっぷりとサービスも施した。その日は念入りだった。それは宇梶にとっては別れの儀式でもあったのだ。

そして翌日、会社を休んだ彼は、駅前の銀行で詩乃から二百万円を受け取ると、その足で新宿へ向かった。行き先は不動産会社ではなく、高級喫茶「田園」である。そこには由夏が待っていた。二百万円は、今度も由夏のバッグの中へと納まったのである。これで合計三百万円。宇梶は、ついに約束を果たしたのだった。

「これで後は、君がフランスから帰ってくるのを待つだけだな」

宇梶は喜んでいる由夏に念を押した。

「ええ。一生懸命勉強して、一日も早く帰ってくるわ」

「その間に結婚の準備をしておくよ」

「ええ。楽しみにしているわ」

そこで宇梶は、以前からちょっと気になっていたことを訊ねてみた。

「ところで、君がフランスへ行っている間、お父さんのことは心配じゃないのかい」

「その間は弟が面倒を見てくれることになっているの」

「弟さんも大学を出たばかりだっていうのに、大変だな」

「でも、仕方ないわよ。私だっていつまでも父の犠牲になって夢を諦めるわけにはいかないわ。父もそれは望んでいないと思う」

「うん、そうだね。俺もそう思うよ。俺がお父さんなら、やっぱり君の夢を応援するよ」

「あなたにそう言ってもらえると、元気が出るわ」

「頑張れよ、由夏」

「ありがとう。あなた」

その日、由夏は会社の送別会があるというので、二人はそこで別れた。由夏はフランス行きのために今月いっぱいで退社するのである。その代わり、宇梶とは翌日にあらためて待ち合わせることになっていた。西新宿の超高層ホテルの中にあるフレンチレストランでフルコースに舌鼓を打ち、都心の夜景を眺めながら二人だけの送別会をするのである。そして夜は、その上階の部屋に泊まり、留学前最後の熱い夜を存分に楽しむのだ。まるで蜂が蜜を吸うように、互いに相手の体をむさぼり合うのである。

6

翌日の夕方六時半、宇梶は約束通り、新宿の高級喫茶「田園」に行った。由夏との最後の夜である。これで当分、彼女とお別れだと思うと寂しさが胸を襲ってきた。しかし、二年後には彼女は自分の妻になっているのだ。今夜は精いっぱい思い出深い夜にしてやろう。そう自らに言い聞かせた。

待つこと三十分。由夏は姿を現さなかった。宇梶は由夏の携帯に電話をしてみた。すると、「おかけになった電話は電波の届かないところにいらっしゃるか電源が入っておりません……」というテープが流れた。宇梶は舌打ちした。きっと仕事で残業を押しつけられているのだろうと思った。それで電源を切っているのだ、と。間もなく退社だというのに人使いの荒い会社だ。しかし、仕事が終われば向こうから「ごめんなさーい」と、いつもの調子で電話をかけてくるにちがいない……。

それからまた三十分が過ぎた。が、電話は鳴らなかった。宇梶は、次第に不安になった。新宿へくる途中に交通事故にでも遭ったのではないだろうか。それとも父親の容態が急に悪化したのか……。それからも三十分おきに電話したが、同じテープが流れるだけだった。空になったアイスコーヒーのグラスを前に、夜十時まで粘った。だが、電話は繋がらなかった。すでに会社にいる時刻ではない。そう思い、彼は由夏から聞いていた自宅の電話番号をタップしてみた。すると

今度は、

「おかけになった電話番号は現在使われておりません。番号をお確かめの上おかけ直し下さい……」

というテープが流れたのだった。宇梶は唖然《あぜん》となった。全く事態が呑み込めなかった。携帯があるから固定電話は撤去したのか……。宇梶は仕方なく、腰を上げた。が、その夜、彼はアパートに帰っても一睡もできなかった。不安がつのった。由夏の身に何かあったのではないか……。今まで約束を破ったことなど一度もなかったのだ。彼は得体のしれない不安に包まれた。由夏は近い将来、自分の妻になる女である。彼女が何かの災難にでも遭っていたらどうしよう。そればかりを考えていた。その時点で、彼はまだ由夏を疑っていなかった。彼女のことが心配だったし、本能的に疑うことを避けていたのかもしれない。一パーセントでも自分にとって希望的観測といえるものを見出せば、それを絶対的に信じた。たとえば、会社で過労が原因となって倒れ、会社指定の救急病院に運ばれて点滴を受けているのではないか、とか。あるいは、美人の由夏のことだから、何者かによって強引に拉致され、どこかの暗い部屋に閉じ込められているが、今まさに自力で脱出を試みようとしている……、等々。何でもかんでも頭に思い浮かべて自分と由夏の未来予想図を妨害する妄念を排除し、ただひたすら由夏を信じようと必死に努めていたのである。

翌朝七時、宇梶は再度、由夏の携帯に電話してみた。すると昨夜とは違うテープが流れた。

「おかけになった電話番号は現在使われておりません。番号をお確かめの上おかけ直し下さい。……」

なんと携帯は解約されていたのである。どういうことなのか。ますます宇梶の頭は混乱した。残るは会社しかないが、会社では私用電話は厳しく禁じられているので絶対に掛けないで、と言われていた。しかし、今さらそんなことは言っていられない。

宇梶は、不安に耐えきれず104をダイヤルした。すると由夏の勤務先であるM物産の番号はすぐに分かった。宇梶は、まず自分の会社に電話をし、風邪を理由に欠勤を申し入れた。それから九時になるのを待ち、M物産に電話をかけてみた。

「はい。M物産でございます」

交換が出た。

「経理部の紺野由夏さんをお願いしたいのですが」

宇梶は勢い込んで頼んだ。

「少々お待ち下さい」

無言になった。宇梶の胸は高鳴った。由夏の元気な声が響いてくることを願った。

「お待たせしておりますが、経理部にその名前の者はおりませんが」

「いや。そんなはずはないんですが」

少時、無言があった後、

「少々お待ち下さい」

そう言うと、パソコンのキーボードを叩くような音が聞こえてきた。が、やがて相手は、

「会社全体の部署を調べましたが、やはり、そういう名前の社員は現在はもちろん過去にも在籍

しておりませんが」

と断じてきたのだった。

宇梶は茫然《ぼうぜん》と電話を切った。頭の中は真空状態だった。何も考えられなかった。しかし、

――何かの間違いだ。ことによったら、よく似た名前の違う会社なのではないか……。

そう思ったが、調べようがない。彼は無意識に立ち上がっていた。そして、眠い目をこすりながら駅へと向かった。意識は朦朧とし、放心状態であった。千歳船橋から新宿行きの各駅停車に乗り、代々木上原まで行くと、そこから地下鉄千代田線に乗り換えた。彼の目指した先は、由夏の自宅マンションがある千葉県柏市である。

アパートを出てから一時間四十五分、彼はようやく柏駅に到着した。すぐに駅前からタクシーで豊四季《とよしき》に向かった。そして由夏から聞いていた所番地を辿って行くと、そこはなんとマンションではなく児童公園だった。夢中になって遊んでいる主婦や幼児の姿を見て、宇梶はようやく騙されたことに気づいたのである。いや、薄々感づいてはいたが、それを必死に打ち消そうともがいていたのだった。が、もはや現実を認めざるを得なかった。宇梶は、がっくりと肩を落とし、その場に膝をついた。何もかも失ったという絶望感に襲われた。自分はなんて馬鹿だったんだ。結婚したいがあまりにあんなお見合いパーティーなんかに参加して……。そう自らをなじった。その時、

――そうだ……！

と、彼の頭に閃くものがあった。

由夏と出会った結婚相談所を訪ねてみようと思ったのである。そこが彼に残された唯一の由夏との接点だった。が、すぐに思い直した。結婚相談所が由夏の個人情報など教えてくれるはずもないし、そもそも入会申込書に記入した内容自体アテにならない。あんなものは、あくまでも自己申告なのだ。本当のことなど書くわけがない。父親や弟の存在も全くの出鱈目《でたらめ》だろう。経歴もフランス留学の話も真っ赤な嘘だったのだ。ただ一つ嘘でなかったのは携帯電話の番号だが、それも解約されてしまった。今さら探し当てるのは困難だ。警察に訴えたところで金が戻ってくるわけでもない。女の色香に惑わされた間抜けな男と嗤《わら》われ恥をかくのが関の山だ。結婚詐欺の真似までして金を捻出した俺が、実は本当のプロの詐欺師にまんまと騙されていたのだ。

「畜生、あのアマ！　おぼえていやがれ……！」

宇梶は地面に向かって叫んだ。そして悔し涙を流した。しかし、それは負け犬の遠吠えにすぎなかった。それから、やおら立ち上がり蹌踉《そうろう》とした足取りで柏駅へと引き返したが、そこから自宅アパートまでの記憶がなかった。

7

それから一週間が過ぎて、ようやく宇梶は「ペルソナ」に顔を出した。金を奪ったら詩乃の前から消えるつもりでいた。結婚するつもりなどなかったのだから。会社もアパートもどこかに移り、由夏の帰国を待つというのが当初の計画であった。しかし、前途が空白になってしまった今、詩乃の存在だけが自分の救いのように思えた。また、騙したままでいることが辛くなったのだ。

「どうしたの？」

扉を開けるなり、詩乃は訊いてきた。

「何が」

「何がって……一週間も顔を出さないいんだもの」

「……うん」

「今日あたり様子を見に行こうかと思っていたのよ」

「心配かけて悪かったな」

「元気ならいいのよ。それよりマンションの件はどうなったの？」

「ン？　あ、ああ、それが……」

「何よ」

「じ、実は……」

宇梶は、不動産会社の担当社員に頭金を持ち逃げされた、と詩乃に作り話をした。領収書を貰っていなかったので、会社側も責任を持てないと言っている、とも付け加えた。もう嘘をつくのは嫌だったが、返す金もないので仕方なかった。

「済まない」

「…………」

詩乃は黙っていた。

「俺の勇み足だったよ」

「これで三百万ね。あなたにあげたお金」

そう言って詩乃は、ビールの栓を抜いた。そして、

「お金はまた稼げばいいわよ」と、宇梶にビールを注いだ。「でも、これ以上は駄目よ」

「許してくれるのか？」

宇梶は詩乃の顔を見た。

「あなただって被害者なんだから、責めても仕方ないじゃない」

「………」

「でしょ？」

「あ、ああ……ありがとう」

宇梶は、ほっとした。と同時に、傷心の彼は、詩乃と本当に結婚してもいいと思えるようになった。詩乃と一緒にいる時が、一番落ち着けることに気づいたのである。

「結婚しようか」

宇梶は思わず呟いた。

「最初から、その約束よ」

「う、うん。そうだったな。じゃ、早い方がいいな」

「今度の大安でいいんじゃないの？」

「ああ。そうしよう」

そして嘘が誠になり、それから一週間後に、宇梶は詩乃と結婚したのだった。といっても、隣町にある区役所の出張所に婚姻届けを提出しただけである。詩乃が二度目ということもあり、彼女の意向で結婚式は挙げなかった。宇梶も冠婚葬祭に限らず賑やかな席は苦手なので、特に拘《こだわ》らなかった。ペルソナの常連客たちと祝杯を挙げたのが、ささやかな披露宴のようなものであった。新婚旅行は、これも詩乃の希望で、いつか暇を見つけて宇梶の古里である栃木県のN町へ行くことになった。すでに宇梶に実家はないので、二人はN町にほど近い古来から由緒のある鬼怒川温泉を訪ねるのを楽しみにした。

宇梶はアパートを引き払い、ペルソナの二階で詩乃と一緒に暮らし始めた。そして今まで通り、自転車で環八沿いにある配送センターへ通った。宇梶は真面目に働いた。毎月の給料もそっくり詩乃に渡した。酒も外へ行くことはなくなり、部屋で飲むか、時に店に降りて客にまじる程度であった。そんな生活を、詩乃も喜んでいるようだった。宇梶にとっても詩乃は理想のタイプとはかけ離れていたが、心根が優しく世話女房の詩乃との暮らしは居心地が良かった。

そんなある夕方、宇梶が仕事から帰ると、

「ねえ、あなた」

と、詩乃がパンフレットを手に二階から駆け下りてきた。詩乃によると、昼間、保険会社の外交員が訪ねてきたのだという。外交員は宇梶と詩乃が新婚だということを聞きつけて訪ねてきたのだ。宇梶も詩乃も保険に入っていなかった。詩乃は外交員の勧める保険内容を聞いて、その気になったらしい。夫婦二人で加入し、お互いを受取人にするというタイプであった。病気でも不慮の事故でも死亡時の受取額は五千万円で、掛け金はそれぞれ月額四万円であった。

「五千万円か……毎月の八万はでかいなあ」

宇梶は渋った。

「二、三千万円じゃ、いざっていう時に何の役にも立たないわよ」

「まあ。あっという間に消えちゃうだろうなあ」

「それに、あなたは危険なお仕事なんだから」

「まあな。アルバイトだから何の保証もないしな」

「そうよ」

「でも、お前はまだ保険なんて早いだろ。俺一人でいいんじゃないのか？」

「そんなことないわよ。私だってお酒を飲む商売だから、いつ命を落とすような病気に罹《かか》らないとも限らないし」

「うん。俺に甲斐性があれば酔っ払いの相手なんか辞めさせるんだけどな」

「いいのよ。好きでやっているんだから」

「そう言ってもらうと救われるけど」

「それより、私の身に何かあったら、あなただって困るでしょ？　今はまだ若いからいいけど、将来のこともあるし」

「うん。お互い様だな」

そうして二人は、お互いを受取人にした五千万円の生命保険に加入したのだった。毎月八万円の出費は痛かったが、保険に入ったことで、夫婦の絆はいっそう強くなったように思えた。

それからも二人の平穏な日々はつづいた。そして結婚から二ヵ月ほどが過ぎ、年の瀬も迫った頃、宇梶の口から「子供が欲しい」という話が出た。間もなく詩乃も高齢出産の年齢に達してしまうことを意識してのことだった。それを話すと詩乃は、

「そうねえ……でも子供ができたら当分は収入が減ってしまうわよ」

と不安を洩らした。

「でも、生活ができないってわけじゃないんだから」

「それはそうだけど……」

「何だお前、子供が嫌いなのか？」

「そんなことないわよ」

「だったら……」

「分かったわ。あなたが今まで通り働いて私を養ってくれるっていうなら……」

と同意した。

詩乃も心の底では子供が欲しかった。両親と早くに別れ、一人っ子だった二人にとっては、子供はどうしても欲しい〝家族〟なのである。

「あなたに似た男の子なら、きっと可愛いわね」

詩乃が言った。

「いや。イタズラっ子かも」

「じゃあ、あなたに似た女の子が生まれればいいのね」

「お前に似た女の子でいいよ。きっと優しい子になるよ」

「女の子は嫌だわ」

「どうして」

「ううん」

詩乃はかぶりを振った。

「男の子と女の子、両方が生まれればいいんだよ」

宇梶が声を上げて言った。

「一体、何人欲しいって言うの？　全く欲張りなんだから」

「ハハハ……」

二人は笑いながら夢を語り合った。それは絵に描いたような幸せな風景であった。宇梶は、詩乃との生活に心から安堵をおぼえていた。結果的に、瓢箪《ひょうたん》から駒という格好になったわけだが、結婚して本当によかったと、今では詩乃との出会いを神に感謝するのだった。

そして、その年も暮れていった。

8

結婚して足掛け五ヵ月が過ぎた。

その日、宇梶は名古屋の顧客の家まで家具を届けることになり、朝早く出掛けることになっていた。長距離を運転しなければならないが、朝食は抜きだった。それは朝が早いからではなく、毎晩のように酒を飲む宇梶は、独身時代から朝食を摂らなかった。一日二食が彼の習慣だった。詩乃も夜が遅いので、朝の早起きは辛いが、結婚してからは宇梶と一緒に起きて彼を送り出すのが日課になっていた。朝食もありあわせのものをテーブルに並べるが、宇梶の胃袋はそれを受けつけず、せいぜい生野菜ジュースを一杯飲む程度であった。

そんな宇梶に、その朝、詩乃がチョコレートを差し出した。宇梶に気を利かせ、彼の好きな犬の横顔の型にチョコレートを流し込んで作った詩乃の手製だった。その日は、バレンタインデーだったのである。

「朝食抜きなんて体に毒よ。特に今日は遠くまで運転するんだから、このチョコレートで栄養をつけてね」

「うん」

「何時になってもいいから、きっと食べてね、元気が出るから。山に登る人もスタミナが切れた時には食べているくらいなんだから」

「分かった。食べるよ」

「必ずよ」

「うん」

そう言い残して宇梶は家を出た。そして、一人で二tトラックを運転して名古屋へと向かったのである。名古屋は配送センターのある環八から東名高速に乗れば一本であった。時間にすると、顧客の家までは片道四、五時間であるが、家具の組立てもあるので帰りは夕方になると思われた。

その日の午後遅く、詩乃は二階の台所で店に出す突き出しの準備に取りかかっていた。今日のメニューはポテトサラダである。客に人気があるので、最近はそれを店の定番にしている。茹《ゆ》でた熱々のじゃが芋の皮を指先で剝いた後、それをボールの中で潰している時、テーブルの上に置いた携帯が鳴った。表示画面を見ると、相手は宇梶であった。

「今、どこ?」

詩乃は問いかけた。

「今、名古屋の仕事が終わって、東名の海老名サービスエリアまで来たんだけどさ」

「うん」

「遠くまで運転して疲れたから、ちょっと休憩してから帰るよ」

「分かったわ。気をつけてね」

「うん」

「あなた、チョコレート食べた?」

「いや」

「疲れた時にはチョコレート、って言ったでしょ？」

「分かった。ちょうど甘いものが欲しかったから、これから食べるよ」

「きっとよ。いいわね」

「うん。ありがとう」

二人はそれで電話を切った。詩乃は再びサラダ作りに没頭した。そして一時間ほどしてようやくそれが完成し、大皿を抱えて店へ降りようとした時であった。突然、八畳間のサイドボードの上の固定電話が鳴り響いたのだった。思わず詩乃はベルの方に目をやった。夫ではない。彼なら携帯に掛けてくるのが常だった。こんな忙しい時に一体誰だろう……。詩乃は煩わしいと思いながらも受話器を取った。

「はい」

「城西家具配送センターの中野と申しますが……！」

相手は宇梶の上司であった。その声は妙に昂っている。

「奥さん、大変です。宇梶君が交通事故で……」

「交通事故？」

詩乃の胸に緊張が走った。

「ええ。警察から連絡があって、宇梶君が亡くなったって言うんですよ」

「そんな……！」

「お辛いでしょうけど、奥さん、お気を強く持って下さい」

「そんな……嫌よ！」

詩乃は受話器を放り出すと、リモコンでテレビのスイッチを入れた。テレビ画面には夕方のニュースが流れていた。中年の男性アナウンサーが、すっかり動転した様子で宇梶のニュースを伝えるところであった。

「――ここで、たった今事故のニュースが一本入りました。東名高速の川崎インター付近で上り車線を走っていた二ｔトラックが中央分離帯の側壁に激突し、横転して大破したということです。この事故でトラックを運転していた宇梶俊一さんが全身を強く打って死亡しました。後続車などが巻き込まれたという情報は入っていません。目撃者の証言によると、宇梶さんのトラックは事故現場の一キロほど手前から蛇行運転を繰り返していたということです。警察では、宇梶さんの居眠りが事故の原因ではないかとみて詳しい状況を調べています。この事故の影響で東名高速上り線は車線規制がされており、夕方のラッシュとも重なってかなりの渋滞になっている模様です。……」

テレビ画面に事故現場のヘリコプターからの空撮映像や、免許証の宇梶の顔写真がアップで映し出された。詩乃は、茫然と画面を眺めていたが、あまりのショックのため、もはや、その映像と音声は彼女の耳目には入ってこなかった。

それから間もなくして、詩乃は、迎えにきた宇梶の会社の車に乗って、着の身着のままで宇梶の遺体が収容されているという川崎市内の大学病院に向かった。そして、そこの地下にある遺体安置室で宇梶の遺体と対面したのだった。全身打撲ということで、遺体の顔にはほとんど損傷は見られなかった。穏やかな表情であった。が、確かに死んでいた。詩乃は、「あなたァ――！」と叫ぶなり、宇梶の遺体に取り縋《すが》って泣いた。「あなた、起きて、起きてぇ……！」と宇梶の体を揺さぶったが、宇梶の目が開くことはなかった。そんな詩乃の姿を、川崎東警察署の刑事たちが痛々しそうに見守った。

その後、詩乃は川崎東署に連れて行かれた。そこの二階の交通課で詩乃は中年の太った刑事からいろいろと訊かれた。アルコールや禁止薬物の摂取によるハンドル操作の誤りも疑われたが、宇梶の血液から検出されたのは、多量の睡眠薬と思われる成分であった。それで妻である詩乃にも事情を聴く必要があったのである。

刑事は、詩乃の心境を考慮し、穏やかな口調で訊ねてきた。

「ご主人は日頃から睡眠薬を服用されていたのですか」

「はい。時々眠れないと言って」

詩乃は憔悴《しょうすい》しきった顔で答えた。

「昔からですか？」

「はい。そう聞いています」

「病院で処方された睡眠薬のようですが……」

「はい。私も眠れないことがあるので、病院で貰っているんです」

「それをご主人ものんでいたんですね？」

「はい」

「昨夜は何錠のみましたか」

「昨夜のことは分かりません。私の方が先に眠ってしまいましたので」

「なるほど」

刑事は、溜息を洩らしながらパソコンのスイッチを切った。

「あの……睡眠薬と事故が関係あるんでしょうか」

詩乃は訊いた。

「ご本人が亡くなられているので、事故の原因が過労か睡眠薬かは判然としませんが、いずれにしろ、居眠り運転の可能性が高いでしょうな」

「………」

詩乃は無言で首を垂れた。

9

それから九ヵ月ほどが経った。季節は移り、秋も後半を迎えていた。

詩乃は久しぶりに東京を離れ、一人、栃木県のN町を訪れた。宇梶の古里である。聞いていた通り、周囲は一千メートル級の山々に囲まれ、山肌は燃え立つようなローズマダーの紅葉に染まっていた。この景色を、宇梶は子供の頃からずっと目にしていたのだ……。詩乃はそんな思いで連なる山並みを見まわした。

宇梶の事故は、結局、過労による居眠り運転として処理された。お陰で保険金はもちろん、会社からもわずかばかりだが弔慰金が支払われた。亡くなった宇梶の遺骨は、現在、神奈川県相模原市郊外の桜の樹の下に眠っている。今はやりの樹木葬である。それを選んだ理由は、埋葬費用が安かったからだ。墓参には不便な場所だが、そんなことは関係なかった。少しでも安価なところであればよかった。

N駅の狭い駅舎を出ると、目の前のロータリーの広場に白い小さな〝東京タワー〟が屹立《きつりつ》していた。宇梶が寝物語で話してくれた通りだ。ロータリーの広場を抜けて狭い国道を渡り、小学校の校庭に入ると幹の太い大きなケヤキの木が立っていた。これも聞いていた通りである。広い校庭を横切り、静かな車道に出た。そこを右に曲がって詩乃は歩き出した。

詩乃がこの町を訪れるのは、かれこれ三十年ぶりである。祖母のシゲも九十歳を超えた。しかし、まだ元気に毎日畑へ行って農作業にいそしんでいる。祖母が元気なうちにひ孫の顔を見せてあげたい。早くそんな相手にめぐり会えればよいが……。そのために宇梶に隠れて密かにのんでいたピルもやめた。けれど、本当に子供ができて、その子をこの町に連れて帰ったとしても、田舎のイジメっ子なんかに負けてなるものか。自分の子供には絶対にあんな辛い思いはさせない。詩乃はそう強く誓った。あの頃の近所の子供たちからのイジメは、いまだに彼女の心に生傷として残っている。横浜にも誰一人として友達のいなかった詩乃にとって、あの陰惨なイジメは少女の心をねじ曲げるに十分な体験だった。徹底的にあの三人を怨んだ。特にリーダー格であった宇梶への憎しみは大人になっても消えることはなかった。子供の頃の一時の気まぐれだったのだろうが、それでも許すことはできなかった。そんな男と広い東京の片隅でばったり出会ったのも、ただの偶然とは思えない。まさに神のたくらんだ運命の悪戯である。

宇梶がペルソナを訪れた最初の晩、故郷がN町であることと彼の珍しい名前を聞いた時点で、彼があの時の宇梶であることを詩乃はおおよそ察していた。そしてその夜、N駅から実家までの道筋を聞き出したことで、彼こそあの時の宇梶張本人であることを確信したのである。その瞬間、詩乃の心の底に詭計《きけい》が芽を吹いた。完全犯罪だ。それを実行するために、彼女は、ずっと自分を押し殺して良妻の仮面をかぶりつづけてきたのである。憎い憎い男に体まで許して……。

——でも、復讐は果たしたのだ……！

詩乃は胸の中で声を張った。すると、積年の怨みを晴らした達成感のようなものが湧いてきた。だが、彼女に与えられたものは、それだけではない。宇梶の遺した五千万円。ボーナスとしては莫大である。——出会った当初、宇梶は自分から三百万円を奪い取っていった。それを彼が何に使ったかは知らないが、彼の言った口実が嘘であることなど最初から分かっていた。それが見抜けないほど私は阿呆《あほう》ではない。が、金を出し渋ったらあの男は私から離れて行ったろう。それでは復讐はできない。あの三百万円は、彼の心を自分に引きつけるための投資だったのだ。それが結局は五千万円という大金に化けて返ってきたのである。これで古くなった店内の改装もできる。それをしても充分におつりがくるだろう。みんな宇梶のお陰だ。イジメの代償としては少々高くついたかもしれないが、それも自業自得といえる。因果応報というやつだ。ふふふ……。

思わず詩乃はほくそ笑んでいた。

やがて行く手に保健所の建物が見えてきた。宇梶の嫌っていた保健所である。殺処分される犬の悲しげな鳴き声で夜も眠れなかったと言っていたが、それなら、幼女の泣き声を聞いて心は痛くなかったのか。時が過ぎても後悔はなかったのだろうか。詩乃はふと、そんなことを思った。が、すぐに気を取り直して保健所の手前の十字路を左に曲がった。彼女の前方に現れたのは、宇梶の実家ではなく、シゲばあさんの住む古い農家だ。こうして祖母の家を眺めるのは子供の時以来である。

「ただいまァ」

詩乃は誰にともなく呼びかけてみた。耳の遠い祖母に聞こえるはずがない。母もすでにいない。では誰に……。一体誰にだろうか。幼い頃の哀れな自分にだろうか。結局はイジメっ子をやっつけた勝利者としての今の自分にだろうか……。誰でもいい。とにかく今がこれまでの人生の中で最も幸福なのだ。詩乃は自らにそう言い聞かせた。そして、満面に晴れやかな笑みを浮かべると、まっすぐに祖母の家へと向かった。その上空には、季秋の抜けるような蒼穹《そうきゅう》がひろがっていた。

ピエロの行方《ゆくえ》

1

昼下がりのアトリエは、油絵具独特の匂いで充満していた。アトリエといっても、ここは六畳一間のアパートである。絵の具の変色を避けるために、雨戸を四六時中閉め切っている。それで匂いが籠っているのだ。部屋の中にはピエロが描かれたカンバスが所狭しと鎮座している。作者である北村耕平《こうへい》は、ピエロの画しか描かない。それも頬に雨のしずくのような涙をこぼしたピエロだった。その表情は、伏し目がちにうつむいていて愁色に満ちている。彼がそんな画ばかり描くのは、彼自身の運命がこのピエロのようなものだと信じているからである。

北村は、北海道旭川市の出身だが、生後間もなくの雪の朝、産院の玄関前に捨てられていたのだった。だから、彼は親の顔というものを知らない。乳児院から児童養護施設へと預けられたが、そこには上司に対しては犬のように尻尾を振る一方で、〝子供〟たちには日常的に暴力を振るう慈悲のかけらもない中年の男性職員がいた。それで日頃の鬱憤を晴らしていたのだろうが、北村はそれに我慢できず、逆に半殺しの目に遭わせるまで殴りつけてやったのだった。そしてその晩、高校一年だった彼は逃げるように真冬の東京にやってきたのである。けれど上京はしたものの、仕事も金も知己もなかった彼は、人影も疎《まば》らな公園の公衆トイレなどで野宿を強いられる羽目になったのだった。そんな彼を警察は不審者扱いし、北村は警官によって最寄りの駅前交番に連れて行かれたのである。警官たちは高圧的な態度で彼に名前と住所、学校名を言えと迫った。しかし施設に送り返されることを恐れた彼は、まるで聾啞者《ろうあ》のように口を固く閉ざしたのである。すると今度はパトカーが呼ばれ、彼は本署へと連行され取調室の椅子に座らされたのだった。刑事は警官たちと同じ質問を繰り返したが、そこでも彼は沈黙を通した。そして犯罪などとは無縁の彼は、刑事の態度に腹を立て、刑事の制止を無視して立ち去ろうとした。そんな彼を警官たちが引き留めにかかった。それを振り払おうとした時、受付カウンターの上にあった一輪挿しの花瓶に手が触れ、それが床に落ちて割れてしまったのだった。その途端、一人の警官が「器物損壊だ！」と叫んだ刹那、彼は周りにいた五、六人の警官たちからすさまじい暴行を受け、全身打撲のほか口や鼻からも血を流してその場に倒れ込んだのであった。結局、彼は一昼夜という長い取り調べを受けたが終始無言を貫き、それに根負けした警察は、ようやく翌日になって彼を解放したが、警察を放り出された彼は、寒さと飢えで命の火が消えかかっていた。が、たまたま街頭の掲示板で求人告知の貼り紙を目にし、日雇い人夫の仕事を見つけ何とか生きのびることができたのである。しかし、そんな苦い記憶から十八年、三十四歳になった彼は、今、これまでの半生を振り返り、さながら前時代的とも思える己の絵に描いたような不運を、神の所業を、心の底から怨まずにはいられないのだった。

そんな彼にも心躍らせる思い出が一つだけある。それは中学三年の時、道内の中学生を対象とした絵画コンクールで金賞を獲得したことだった。彼の画は、緑あふれる北海道の広大無辺な耕地や森、山並みなどを描いた自然豊かな風景画であった。それは多くの者が素材とするポピュラーな構図だが、彼の作品は他の生徒と較べて独特の色彩感覚が際立っていた。その頃の彼は、大自然の静けさの中に心の救いを求めていたのである。その後、東京に出てからは働きながら自己流で油絵を描くようになったが、東京には彼の創作意欲を掻き立てるような風景はない。そこで、いつしか部屋に籠り、ピエロばかりを描くようになったのだった。彼には師匠もいなければ絵画教室に通う時間も金もなかった。だから、全くの独学であった。だが昨年、彼は「ピエロの悲愁」という作品によって、新人洋画家の登竜門として知られる〝Y賞〟のグランプリを射止めたのだった。美大を出た人間たちが切磋琢磨《せっさたくま》して狙っている賞を彼は独学で勝ち取ったのである。快挙であった。そのお陰で、銀座並木通りの画廊にも作品を置いて貰えるようになったが、生活はまだ楽ではなかった。画壇には、日本美術協会のランク付けで1号のカンバスが百万円に達する画家や美大の教授などもいるが、新人の北村はそんな著名人には遠く及ばず、F8号で二十万円というところが相場であった。しかし、画家を志したお陰で菜穂子《なおこ》という女性と出逢えたことだけは、彼は天から授けられた僥倖《ぎょうこう》と信じて感謝しているのだった。

今日も北村は、菜穂子と逢っていた。

「ねえ、菜穂子……」

北村は、隣に横たわる菜穂子に声をかけた。

「はい」

菜穂子は、北村の肩にすがりつくようにして応えた。

「君とこうしている時だけが、俺にとっては最高に幸せな瞬間なんだよ」

北村は笑みを浮かべながら囁いた。

「私もよ。あなたと出逢えたことは、人生でたった一つの幸運だと思っているわ」

二人は、六畳間の真ん中にのべてある北村の万年床で情事を終えたばかりだった。北村は、菜穂子の裸の曲線を愛おしそうに指先で撫でた。菜穂子の肢体は美しかった。すらりと背が高くしなやかな軀つきをしている。瘦身ではあるが女性としてのふくよかな均整も持ち合わせていた。北村は、彼女の容貌にも惹かれている。長い髪に覆われた卵型の顔の中央にすっきりと鼻筋が通っていて、黒い大きな瞳は情熱の深さを感じさせた。

「早く自由に逢えるようになりたいね」

北村は言葉をつづけた。

「私だって、同じよ」

菜穂子も長い睫毛を伏せて呟いた。

「でも、離婚はできないんだろ？」

「ごめんなさい」

菜穂子には夫がいた。二人は、いわゆる不倫関係なのだった。

「離婚なんて言い出したら、きっと殺されるわ」

北村は、タバコに火を点けながら言った。

「そんな旦那とよく一緒にいられるね」

「………」

「あ、ごめん。君を責めてるわけじゃないんだよ」

「分かってるわ。私だって早く別れたい」

そう言って、菜穂子はさらに北村にすがりついた。

北村は、一気に煙を吐き出すと、「いっそのこと旦那が交通事故にでも遭って、死んでくれたらいいのにな」と、思わず口走って自分でもハッとした。

「あ、ごめん」

「ううん」

菜穂子はかぶりを振ると、また北村の胸に顔を埋めた。

二人が出会ったのは、まだ三ヵ月ほど前である。彼らは世田谷区経堂に住んでいる。経堂駅前に『街路樹』という名の喫茶店があった。経営しているのは七十代の未亡人で、北村にとっては無名時代からの応援者であった。その店のショーウィンドーにはコーヒーやサンドイッチなどのサンプルと一緒に数枚の画家たちの労作も飾られていた。あまり広くない店内の壁にはたくさんの画が掛けられていて、コーヒーが飲める画廊といった趣きである。むろん、画は売買されている。菜穂子は、駅前のスーパーへ買い物に来た帰りにショーウィンドーに展示されている北村のピエロと出合ったのだった。初めてそれを見た瞬間に、彼女は心惹かれた。まるで自分の中に眠る孤独な魂が激しく揺さぶられたような衝撃をおぼえ、思わず店の扉を押していた。その時、たまたま店内でコーヒーを飲んでいた北村と挨拶を交わしたのが、二人の始まりだった。それからも菜穂子はピエロに逢いたくて毎日のように「街路樹」に顔を出すようになり、二人はたちまち接近していった。そして、間もなく深い関係に陥ったのである。

鳥影社出版案内

2024

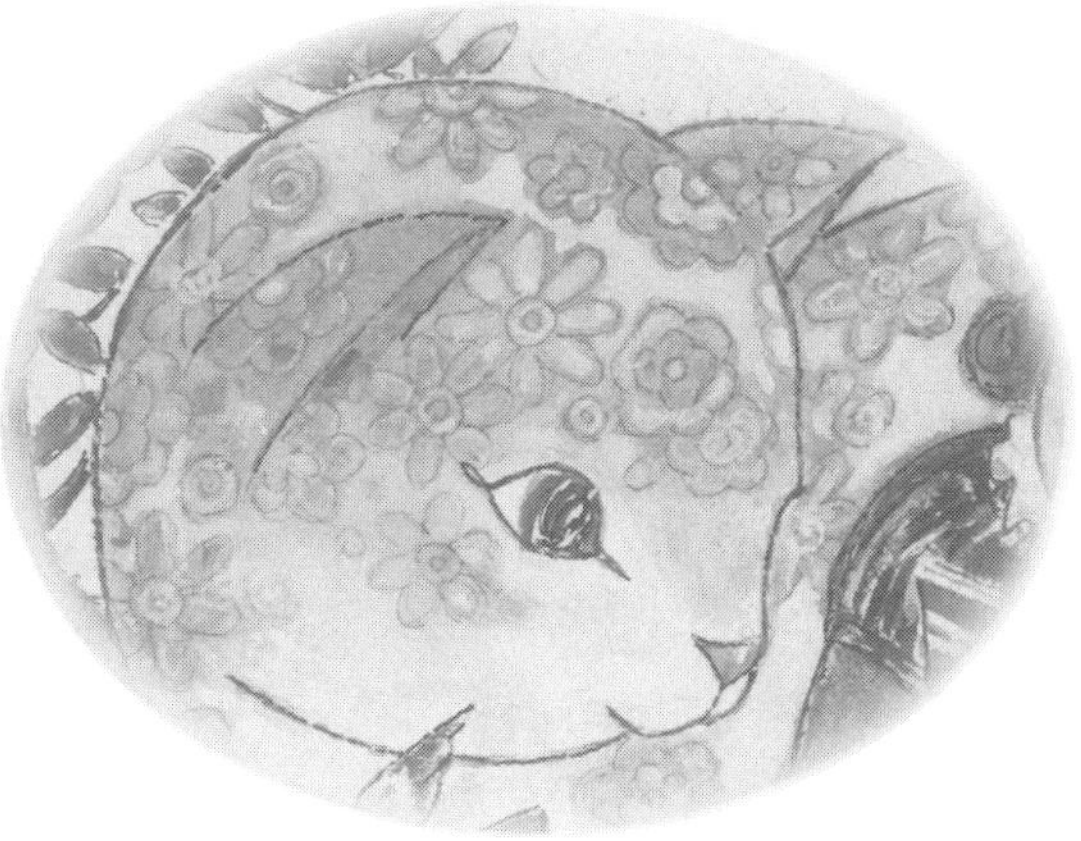

イラスト／奥村かよこ

choeisha
文藝・学術出版 鳥影社

〒160-0023 東京都新宿区西新宿 3-5-12 トーカン新宿 7F
TEL 03-5948-6470 FAX 0120-586-771（東京営業所）
〒392-0012 長野県諏訪市四賀 229-1（本社・編集室）
TEL 0266-53-2903 FAX 0266-58-6771 郵便振替 00190-6-88230
ホームページ www.choeisha.com ウェブストア choeisha.stores.jp

お求めはお近くの書店または弊社（03-5948-6470）へ
弊社へのご注文は 1000 円以上で送料無料です

＊新刊・話題作

解禁随筆集

笙野頼子

発禁から解禁へ。一つの判決が出るとこのような本はもう出せなくなるかもしれない。今ならまだ書けるぎりぎりまでを書いた。　2200円

東京六大学野球人国記

激動の明治、大正、昭和を乗り越え1世紀

（2刷）　丸山清光

1世紀に及ぶ人間模様をかつての名選手が著す。6大学の創成期1世紀分のメンバー表など膨大なデータも収載した決定版。　2970円

さようなら大江健三郎こんにちは

（日経新聞等で紹介）

司　修

長年、大江作品の装丁を担当した著者が知られざるエピソード、書簡、対談などを交え、創作の背景とその心髄に迫る。　2420円

奇跡の女優　芦川いづみ

（読売新聞、週刊読書人、キネマ旬報で紹介）（2刷）

倉田　剛

引退から半世紀以上。未だに根強い人気を誇る彼女の出演全映画作品を紹介し、貴重な写真を多数収録したファン必見の一冊。　2970円

舞台の上の殺人現場

「ミステリ×演劇」を見る

日本推理作家協会賞候補作

麻田　実

ホームズ、クリスティから、現代社会の謎の深淵まで〝ミステリ演劇〟の魅力のすべてがこの一冊にちりばめられている！　1980円

「空気の研究」の研究

ゲーム理論と進化心理学で考える大東亜戦争開戦と御聖断のサイエンス

金澤正由樹

「空気」は理論的に説明できる！　終戦の御聖断は3回あった！　開戦の理由は誰もが知っていた！　対日石油全面禁輸の意外な真相とは？　1650円

夜を抱く

佐藤洋二郎

作者の実人生と重なる登場人物達の、逞しくも苦い哀しみと愛おしさに満ちた、二つの物語。　1980円

親子の手帖〈増補版〉

鳥羽和久

（初版4刷、増補版2刷）

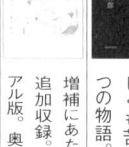

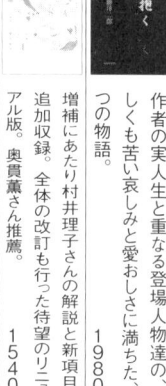

増補にあたり村井理子さんの解説と新項目を追加収録。全体の改訂も行った待望のリニューアル版。奥貫薫さん推薦。　1540円

デーファ劇映画大事典

東ドイツ製作劇映画の全記録

1946〜1993年

F・B・ハーベル 著　山根恵子 監訳

壁の向こうにもハリウッドがあった！　デーファ製作の劇映画を網羅。貴重なスチール写真も満載。

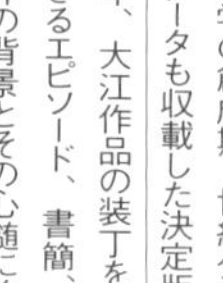

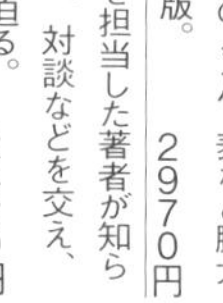

B5判変形・上製　1194頁　上・下巻セット　2万9700円

マリーア・ズィビラ・メーリアン スリナム産昆虫変態図譜1726年版

岡田朝雄・奥本大三郎 訳　白石雄治・製作総指揮

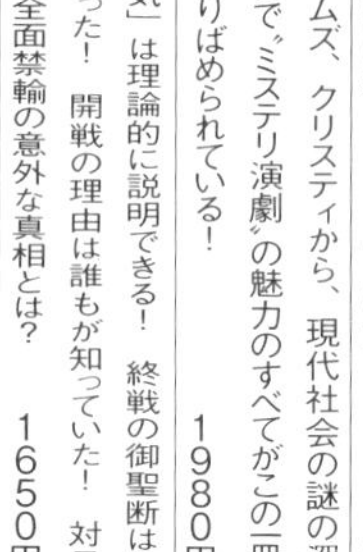

A3判・上製　世界限定600部

3万5200円

純文学宣言 季刊文科25〜98

（61より各1650円）

〈編集委員〉伊藤氏貴、勝又浩、佐藤洋二郎

富岡幸一郎、中沢けい、松本徹、津村節子

【文学の本質を次世代に伝え、かつ純文学の孤塁を守りつつ、文学の復権を目指す文芸誌】

新訳金瓶梅 上巻・中巻（全三巻予定）

田中智行訳（朝日・中日新聞他で紹介）

三国志などと並び四大奇書の一つとされる、金瓶梅。そのイメージを刷新する翻訳に挑んだ意欲作。詳細な訳註も。　各3850円

ヴィンランド

ジョージ・マッカイ・ブラウン著
山田修訳

北欧から北米へ海と陸をめぐる大冒険。波乱に富んだ主人公の一代記。11世紀北欧の知られざる歴史物語。　2750円

スモッグの雲

イタロ・カルヴィーノ著　柘植由紀美訳

樹上を軽やかに渡り歩く「ペンのリス」、カルヴィーノの一九五〇年代の模索がここにも。他に掌篇四篇併載。　1980円

キングオブハート

G・ワイン・ミラー著　田中裕史訳

心臓外科の黎明期を描いた、ノンフィクション。彼らは憎悪と恐怖の中、未知の領域へ挑んでいった。　1980円

四分室のある心臓

アナイス・ニン著　山本 豊子訳
（図書新聞で紹介）

生誕120年記念。愛そのものは人生が続いていくようにとぎれない。松尾真由美氏推薦。　2420円

メスメリズム—磁気的セラピー—

フランツ・アントン・メスマー著
ギルバート・フランカウ編　広本勝也訳

催眠学、暗示療法の祖、メスマーの生涯と学説。スピリチュアル・サイコロジーの概略も紹介している基本文献。　1980円

イーグル・クロー作戦

在イラン・アメリカ大使館人質事件の
解決を目指した果敢な挑戦
J・ウィリアムソン著　影本賢治訳

拉致問題解決のために知るべき事実。人質救出作戦によって示されたアメリカ人の決意と覚悟。　2200円

アルザスワイン街道

—お気に入りの蔵をめぐる旅—
森本育子（2刷）

アルザスを知らないなんて！　フランスの魅力はなんといっても豊かな地方のバリエーションにつきる。　1980円

ヨーゼフ・ロート小説集

平田達治
佐藤康彦 訳

第一巻　優等生、バルバラ、立身出世
　サヴォイホテル、曇った鏡　他
第二巻　ヨブ・ある平凡な男のロマン
　タラバス・この世の客
第三巻　殺人者の告白、偽りの分銅・計量検査官の物語、美の勝利
第四巻　皇帝廟、千二夜物語、レヴィアタン（珊瑚商人譚）
別　巻　ラデツキー行進曲（2860円）
四六判・上製／平均480頁　4070円

ローベルト・ヴァルザー作品集

カフカ、ベンヤミン、ムージルから現代作家にいたるまで大きな影響をあたえる。

新本史斉／若林恵／F・ヒンターエーダー＝エムデ 訳

1　タンナー兄弟姉妹
2　助手
3　長編小説と散文集
4　散文小品集Ⅰ
5　盗賊／散文小品集Ⅱ

四六判、上製／各巻2860円

詩人の生　新本史斉訳（1870円）
絵画の前で　若林恵訳（1870円）
微笑む言葉、舞い落ちる散文　新本史斉著
ローベルト・ヴァルザー論　（2420円）

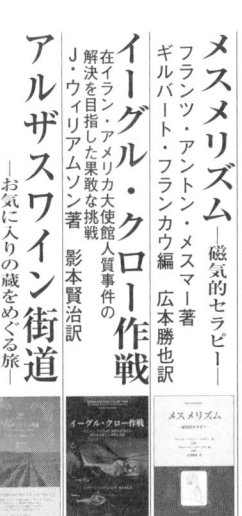

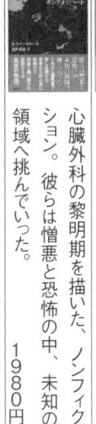

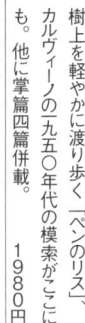

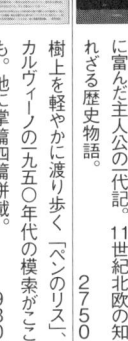

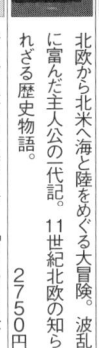

＊歴史

小説 山紫水明の庭
七代目 小川治兵衛
日本近代庭園の礎を築いた男の物語　中尾實信

平安神宮神苑、無鄰菴、円山公園を手がけ、近代日本庭園を先駆した植治の生涯を丹念に描く長編小説1700枚。　4180円

善光寺と諏訪大社
神仏習合の時空間
長尾晃

一五〇年ぶりの同年開催となった善光寺の「御開帳」と諏訪大社「御柱祭」。知られざる関係と神秘の歴史に迫る。　1760円

古代史サイエンス
DNAとAIから縄文人、邪馬台国、日本書紀、万世一系の謎に迫る（3刷）
金澤正由樹

最新のゲノム、AI解析により古代史研究に革命が起こる！　ゲノム解析にAIを活用した著者の英語論文を巻末に収録。　1650円

五島列島沖合に海没処分された潜水艦24艦の全貌
浦環（二刷出来）

日本船舶海洋工学会賞受賞。実物から受けるオーラは、記念碑から受けるオーラとは違う。実物を見よう！　3080円

幕末の大砲、海を渡る
―長州砲探訪記―
郡司健（日経新聞で紹介）

連合艦隊に接収され世界各地に散らばった長州砲を追い求め、世界を探訪。二〇年にわたる研究の成果とは。　2420円

民族学・考古学の目で感じる世界
―イスラエルの自然、人、遺跡、宗教―
平川敬治

民族学・考古学の遺跡発掘調査のため、約40年間イスラエルと関わってきた著者が見て感じた、彼の地の自然と文化が織りなす世界。　1980円

天皇の秘宝
―さまよえる三種神器・神璽の秘密―
深田浩市

二千年の時を超えて初めて明かされる「三種神器の勾玉」衝撃の事実！　日本国家の祖、真の皇祖の姿とは!!　1650円

西行 わが心の行方
松本徹（二刷出来）（毎日新聞で紹介）

季刊文科で「物語のトポス西行随歩」として十五回にわたり連載された西行ゆかりの地を巡り論じた評論的随筆作品。　1760円

小説木戸孝允 ―愛と憂国の生涯―
中尾實信（2刷）四民平等の近代国家を目指した生涯を描く大作。　上・下　各3850円

浦賀与力中島三郎助伝 木村紀八郎
幕末という岐路に先見と至誠をもって生き抜いた最後の武士の初の本格評伝。　2420円

軍艦奉行木村摂津守伝 木村紀八郎
若くして名利を求めず隠居、福沢諭吉が終生敬愛したというサムライの生涯。　2420円

フランク人の事蹟 第一回十字軍年代記
丑田弘忍訳　第一次十字軍に実際に参加した三人の年代記作家による異なる視点の記録。　3080円

大村益次郎伝 木村紀八郎
長州征討、戊辰戦争で長州軍を率いて幕府軍を撃破した天才軍略家の生涯を描く。　2420円

魚食から文化を知る 平川敬治
―ユダヤ教、キリスト教、イスラム文化と日本
日本に馴染み深い魚食から世界を考察。　1980円

天皇家の卑弥呼（三刷）深田浩市
倭国大乱は皇位継承戦争だった!!　文献や科学調査から卑弥呼擁立の理由が明らかに。　1650円

新版 日蓮の思想と生涯 須田晴夫
日蓮が生きた時代状況と、思想の展開を総合的に考察。日蓮仏法の案内書！　3850円

Y字橋（日経新聞・東京・中日新聞、週刊新潮等で紹介）

佐藤洋二郎

各文芸誌に掲載された6作品を収録した至極の作品集。これこそが大人の小説。小説家・藤沢周氏推薦。 1760円

地蔵千年、花百年（3刷）

柴田 翔（読売新聞・サンデー毎日で紹介）

芥川賞受賞『されど われらが日々―』から約半世紀。約30年ぶりの新作長編小説。戦後からの時空と永遠を描く。 1980円

女肉男食 ジェンダーの怖い話

（夕刊フジ、週刊読書人等で紹介）

笙野頼子

辞書なし翻訳なし併読なしでそのまま読めば判る。TERFとして追放された文学者笙野頼子による、報道、解説、提言の書。 1100円

笙野頼子発禁小説集

（東京新聞、週刊新潮、婦人画報等で紹介）（2刷）

笙野頼子

多くの校閲を経て現行法遵守の下で書かれた難病、貧乏、裁判、糾弾の身辺報告。文芸誌掲載作を中心に再構築。 2200円

出来事（2刷）

吉村萬壱（朝日新聞・時事通信ほかで紹介）

季刊文科62～77号連載「転落」の単行本化 芥川賞作家・吉村萬壱が放つ、不穏なるホンモノとニセモノの世界。 1870円

くたかけ

小池昌代（日経新聞、週刊読書人等で紹介）

海辺の町に暮らす三世代の女たち。一家にからみつく奇妙な男。男の持ち込んだ三羽の鶏。彼は宗教者か犯罪者か……。 2200円

まれねこ

寺村摩耶子（図書新聞で紹介）

失われた足跡を求めて―。九〇年代後半の東京。築二〇年の庭つき古アパート。そこには内と外を行き来する猫たちがいた―。 1980円

紅色のあじさい 津村節子 自選作品集

（読売新聞で紹介）

津村節子

「季刊文科」に掲載されたエッセイを中心に、大河内昭爾との対談、自身の半生を語った中沢けいとの対談なども収録。 1980円

「へうげもの」で話題の〝古田織部三部作〟

久野 治（NHK、BS11など歴史番組に出演）

新訂 古田織部の世界 3080円

千利休より古田織部へ 2420円

改訂 古田織部とその周辺 3080円

そして、ニューヨーク 私が愛した文学の街

鈴木ふさ子 文学、映画ほか、この街の〝魅力の秘密〟に迫る。（2刷） 2090円

百歳の陽気なおばあちゃんが人生でつかんだ言葉

佐藤洋二郎

空白の絵本 ―語り部の少年たち― 1540円

司修 広島への原爆投下による孤児、そして幽霊戸籍。平和への切なる願い。 1870円

創作入門―小説は誰でも書ける

小説を驚くほどよくする方法

奥野忠昭 1980円

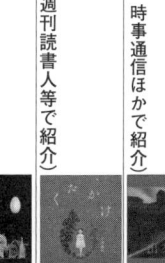

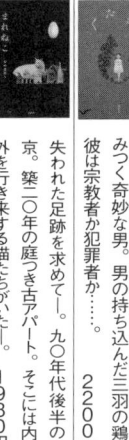

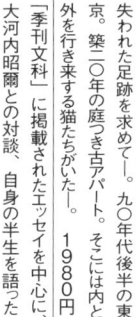

＊ドイツ語圏関係他

詩に映るゲーテの生涯〈改訂増補版〉
柴田 翔

小説を書きつつ、半世紀を越えてゲーテを読みつづけてきた著者が描く、彼の詩の魅惑と謎。その生涯の豊かさ。　1650円

ルイーゼ・リンザーの宗教問答
――カルトを超えて
中澤英雄 訳

カルトの台頭がドイツ社会を揺るがしていた頃、著者は若者たちに寄り添い、「愛」と「理性」の道しるべを示した。　1980円

ヴィレハルム ティトゥレル 叙情詩
ヴォルフラム・フォン・エッシェンバハ 著
小栗友一 監修・訳

キリスト教徒と異教徒間の戦いを、両方の視点から重層的に描いた「ヴィレハルム」は、優れた十字軍文学として、今日的価値を持つ。　4180円

リヒテンベルクの手帖
ゲオルク・クリストフ・リヒテンベルク著
吉用宣二 訳

18世紀最大の「知の巨人」が残した記録、本邦初となる全訳完全版。I・II巻と索引の三分冊。　各8580円

光と影
ハイデガーが君の生と死を照らす！
村瀬 亨

河合塾の人気講師によるハイデガー『存在と時間』論を軸とした、生と死について考えるための哲学入門書。　1650円

ニーベルンゲンの哀歌
岡崎忠弘 訳　（図書新聞で紹介）

『ニーベルンゲンの歌』の激越な特異性とその社会的位置を照射する続篇『哀歌』。待望の本邦初訳。　3080円

グリム ドイツ伝説選
暮らしのなかの神々と妖異、王侯貴顕異聞
鍛治哲郎 選訳

グリム『ドイツ伝説集』の中から神や妖異、王や国々にまつわる興味深く親しみやすいこれだけは読んでほしい話を選ぶ。　1980円

グリム ドイツ伝説集〈新訳版〉
鍛治哲郎／桜沢正勝 訳

グリム兄弟の壮大なる企て。民族と歴史の襞に分け入る試行、完全新訳による585篇と関連地図を収録。　5940円

ゲーテ『悲劇ファウスト』を読みなおす 新妻 篤
ゲーテが約六〇年をかけて完成。著者が明かすファウスト論。　3080円

ギュンター・グラスの世界 依岡隆児
つねに実験的方法に挑み、政治と社会から関心を失わなかったノーベル賞作家を正面から論ずる。　3080円

グリムにおける魔女とユダヤ人 ―メルヒェン・伝説・神話―

奈倉洋子
グリムのメルヒェン集と伝説集を中心にその変化の実態と意味を探る。　1650円

フリードリヒ・シラー美学＝倫理学用語辞典 序説
ヴェルンリ／馬上 徳 訳　難解なシラーの基本的用語を網羅し体系化をはかり明快な解釈をほどこし全思想を概観。　2640円

新ロビンソン物語 カンペ／田尻三千夫 訳
18世紀後半、教育の世紀に生まれた「ロビンソン・クルーソー」を上回るベストセラー。　2640円

東方ユダヤ人の歴史 ハウマン／平田達治 荒島浩雅 訳
その実態と成立の歴史的背景をこれほど見事に解き明かしている本はこれまでになかった。　2860円

ポーランド旅行 デーブリーン／岸本雅之 訳
長年にわたる他国の支配を脱し、独立国家の夢を果したポーランドのありのままの姿を探る。　2640円

ヘーゲルのイエナ時代 完結編 松村健吾
―『精神の現象学』の誕生―
初版の空白を手がかりに読み解く。　6600円

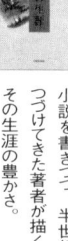

ジョージ・セル 音楽の生涯

マイケル・チャーリー著　伊藤氏貴訳

（週刊読書人で紹介）

大指揮者ジョージ・セルの生涯。膨大な一次資料と関係者の生証言に基づく破格の評伝。音楽評論家・板倉重雄氏推薦。　4180円

塹壕の四週間

あるヴァイオリニストの従軍記

フリッツ・クライスラー著　伊藤氏貴訳

伝説のヴァイオリニストによる名著復活！　偉大な人格と情緒豊かな音楽に結びついた極限の従軍体験を読み解く。　1650円

ジョルジュ・ブラッサンス

―シャンソンは友への手紙―

F・トレデズ著　緒方信雄訳　高岡優希監訳

フランスの国民的シャンソン歌手、待望の評伝が本邦初訳！　現地の有名ジャーナリストによるファン待望の一冊。　2200円

フランスの子どもの歌Ⅰ・Ⅱ

50選　―読む楽しみ―

三木原浩史・吉田正明（Ⅱより共著）

フランスに何百曲あるかわからない子どもの歌から50曲を収録。うたう・聴く楽しみとは、ひと味違う読んで楽しむ一冊。　各2200円

モリエール傑作戯曲選集 1～4

柴田耕太郎訳

現代の読者に分かりやすく、また上演用の台本としても考え抜かれた、画期的新訳の完成。　各3080円

インゴとインディの物語Ⅰ・Ⅱ

大矢純子作　佐藤勝則絵

黒板の妖精インゴとインディとあまえんぼうのマーニの物語。　各1650円

科学捜査とエドモン・ロカール

フランスのシャーロック・ホームズと呼ばれた男

ジェラール・ショーヴィ著　寺井杏里訳

ロカールがいなければ、あのテレビドラマも誕生しなかったかもしれない？　科捜研の礎を作った男の生涯を描く。　2860円

雪が降るまえに

A・タルコフスキー／坂庭淳史訳（二刷出来）

詩人アルセニーの言葉の延長線上に拡がっていた世界こそ、息子アンドレイの映像作品の原風景そのものだった。　2090円

オットー・クレンペラー　中島 仁

最晩年の芸術と魂の解放

1967～69年の音楽活動の検証を通じて　2365円

ヴィスコンティ　若菜 薫

「郵便配達は二度ベルを鳴らす」から「イノセント」まで巨匠の映像美学に迫る。　2420円

ヴィスコンティⅡ　若菜 薫

高貴なる錯乱のイマージュ。「ベリッシマ」「白夜」「前金」「熊座の淡き星影」　2420円

アンゲロプロスの瞳　若菜 薫

『旅芸人の記録』の巨匠への壮麗なるオマージュ。（二刷出来）　3080円

聖タルコフスキー　若菜 薫

「映像の詩人」アンドレイ・タルコフスキー。その全容に迫る。　2200円

感動する、を考える　相良敦子

NHK朝ドラ（ウェルかめ）の脚本家による斬新な「感動」論。　1540円

永田キング　澤田隆治

今では誰も知らない幻の芸人の人物像に、放送界の名プロデューサーが迫る。　3080円

宮崎駿の時代 1941～2008　久美 薫

宮崎アニメの物語構造と主題分析、マンガ史からアニメ技術史まで宮崎駿論一千枚。　1760円

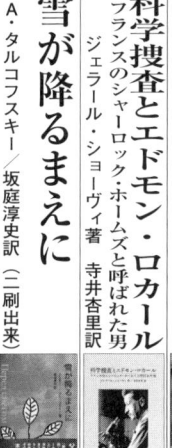

＊実用・ビジネス・ノンフィクションほか

経営という冒険を楽しもう　1〜5巻
仲村恵子

中小企業経営者が主人公の大人気のシリーズ。経営者たちは苦悩と葛藤を、仲間たちと乗り越えてゆく。各1500円

一事入魂　増補版　なんとかせい！　丸山清光
島岡御大の10の遺言

御大の下で主将・エースとして東京六大学野球の春秋連覇、神宮大会優勝を果たした著者が語る、その人物像と秘話。1980円

オートバイ地球ひとり旅　松尾清晴
アメリカ大陸編／ヨーロッパ編／中央アジア編
アジア・オーストラリア編／アフリカ編（全七巻予定）

19年をかけ140ヵ国、39万キロをたったひとりで冒険・走破した〝地球人ライダー〟の記録。各1760円

長期化・重症化させない！
新型コロナ後遺症に向き合う（2刷）
邦和病院　和田邦雄／中川学

コロナ後遺症1500人以上の患者を直接診療治療してきた、第一線の医師による本質に迫る待望の一冊。2150円

犬とブルース
Sentimental Blues Boy
大木トオル著　小梶勝男編

アメリカに唯ひとり戦いを挑んだ伝説のミスターイエローブルース。読売新聞『時代の証言者』好評連載の自叙伝を書籍化。1980円

日本で一番「早く」「簡単に」「エンドレスで」
業績を上げる人事制度
松本順市

松順式人事制度とは、評価と賃金が完全に一致するので社員に説明できる。全ての社員が成長するので会社の業績が向上できる。1980円

語根主義による
現代アラビア語辞典
田中博一

アラビア語辞典本来の、語根から調べる辞典。現代語の語彙を中心に語根毎に整理。熟語、例文等で構成した必携の書。12100円

中級アラビア語読本
新聞の特集記事を読む
宮本雅行

アラビア語の文法を一通り学んだ学習者が、次の段階として、少し硬い文章を読んでみようとする場合の効果的な手引書。5280円

初心者のための蒸気タービン　山岡勝己
原理から応用、保守点検、今後へのヒントなど
ベテランにも役立つ。技術者必携。3080円

開運虎の巻　街頭易者の独り言　天童春樹
三十余年六万人の鑑定実績。あなたと身内の運命と開運法をお話しします　1650円

成果主義人事制度をつくる　松本順市
30日でつくれる人事制度だから、業績向上が実現できる。（第11刷出来）1760円

腹話術入門（第4刷出来）　花丘奈果
発声方法、台本づくり、手軽な人形作りまで一人で楽しく習得。台本も満載。1980円

自律神経を整える食事
胃腸にやさしいディフェンシブフード
松原秀樹（2刷出来）　1650円

アラビア語文法コーランを読むために
田中博一　初心者でも取り組めるように配慮した画期的文法書。4620円

現代アラビア語辞典アラビア語日本語
田中博一／スバイハット レイス　監修
千頁を超える本邦初の本格的辞典。11000円

現代日本語アラビア語辞典
田中博一／スバイハット レイス　監修
見出語約1万語、例文1万2千収録。8800円

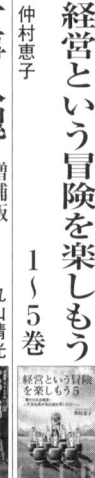

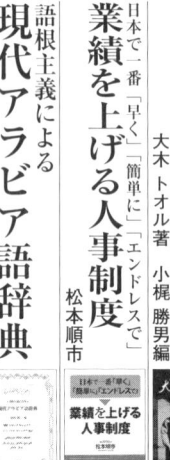

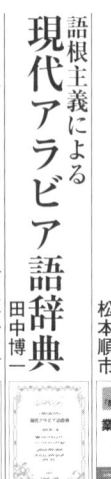

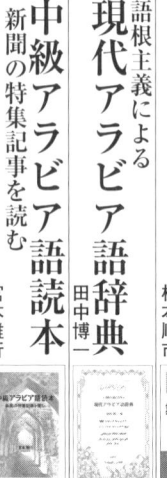

菜穂子は京都府の出身だった。きょうだいはいない。父親は彼女が生まれる前から単身赴任生活をしていて、存在感の薄い人であった。それとは逆に、母親は活動的な女で、地元のある男性府議の熱烈な信奉者だった。後援会のリーダー格として選挙事務所や議員の講演先、また政治資金を集めるパーティーにまで応援スタッフとして顔を出し、家にいることは滅多になかった。友達も少なかった菜穂子は、誰もいない家の中で孤独な少女時代を送ったのだった。母親は、菜穂子がインフルエンザに罹り高熱にうなされていても、娘を一人残し、出かけて行った。

やがて彼女は東京の短大に進学したが、そこを卒業すると、今度は母親によって議員の遠縁にあたる男と見合いをさせられ、彼女の意思のないところで勝手に結婚まで段取られてしまったのである。その相手が現在の夫・松宮琢郎《たくろう》であった。それが八年前のことである。夫の琢郎は東大出身で、現在三十六歳という若さだが、大手M銀行の新宿支店長というポストにある。結婚するまで菜穂子は男性とつき合った経験がなく、琢郎は初めての男であった。そのせいか、琢郎は菜穂子の周囲に異常なほどの警戒心を払っていて、彼女が誰かに奪われることを恐れるがあまり、彼女が外で働くことも禁じ、子供がいるわけでもないのに3DKの社宅に籠の鳥にしてしまったのである。その上、嫉妬深い夫は酒癖も悪く、泥酔すると彼女の浮気の妄想に取り憑かれて言いがかりをつけ、狂ったように理不尽な暴力を振るうのだった。頭髪が薄く肥満体型であるという負い目が余計に彼の不安を煽《あお》っているのかもしれなかった。琢郎は、日中でも時々勤務先から電話をかけてきて菜穂子の様子を窺うほどだった。そんな夫に、もはや菜穂子は愛情などかけらもなかった。

その琢郎には、ただ一つ大切にしている趣味があった。毎週のように土曜日になると知らない温泉地へ出かけ、日帰り旅行を楽しんでいるのである。その時ばかりは頑として一人旅を貫いた。それが唯一のストレス解消法のようだった。朝、家を出て遅くとも夕食の時刻までには帰ってくる。だから遠くへは行かない。せいぜい伊豆や箱根、那須や房総といった距離である。目的地に着くと、まず町の通りを散策し、土地の名物で腹を満たしてから温泉に浸かる、というのが彼の定めた行動パターンだった。

「旦那、今週はどこへ行くの？」

北村が訊いた。

「群馬県の四万《しま》温泉、って言っていたわ」

「ああ。テレビでよくやっているところだな」

北村はそう言うと、短くなったタバコを灰皿にもみ消した。その時、菜穂子のトートバッグの中で携帯電話が鳴った。菜穂子は、急いで裸の上半身を起こすと、やや緊張した声音で電話に出た。

「はい……ええ、今、駅前のスーパーです。今夜は筑前煮にしようと思っていますけど……それともお肉の方がいいかしら。はい、はい、分かりました」

携帯を切ると、菜穂子は北村の胸に上半身を重ねた。そんな菜穂子をいたわるように、北村がぽつりと口を開いた。

「君も大変だね」

「お互いさまだわ」

「……うん」

お互いさま……。実は北村にも妻がいた。つまり、彼らは今時珍しくもないが、ダブル不倫なのだった。北村の妻邦子《くにこ》も経堂に住んでいる。北村のアトリエは駅の近くにあり、菜穂子の社宅は北側の奥まったところに位置しているが、北村夫婦の２ＤＫのアパートは駅から西へ十二、三分ほど歩いた住宅密集地の一角にあった。北村はＹ賞を受賞して以来、ほとんどアトリエに籠って生活しているが、時折、そこに邦子が訪れてくることもある。ここも決して安全な場所ではなかった。

2

その晩、北村は一週間ぶりに自宅アパートへと足を向けた。そろそろ必要になってきた秋物の着替えを取りに向かったのだが、それだけの理由ではなかった。彼は三ヵ月ほど前から邦子に離婚を迫っていた。しかし、邦子はなかなか応じてくれない。それで彼女を説得しなければならなかったのである。

北村と邦子が知り合ったのは、五年ほど前である。当時、北村は画筆を磨きながら宅配便のトラック運転手として働いていた。現在、邦子は「宇宙企画」という個人経営の芸能プロダクションでマネージャーをしているが、その頃はまだデスクとして事務所の電話番などをしていた。そこへ北村が時々荷物を届けていたのである。邦子の勤める「宇宙企画」は、名前こそ大きいが、元俳優で今は地方局の芸能レポーターをしている社長以外は数人の無名俳優が所属しているだけである。事務所自体も小田急線の梅ヶ丘にある六畳一間のアパートだった。真夏に北村が汗だくになって荷物を担いでゆくと、邦子が冷えた麦茶を一杯出してくれた。そこで言葉を交わしたのがきっかけで、休日になると街で待ち合わせるようになり、次第に親しくなったのである。

邦子は北村の画家への志を誰よりも理解してくれた。邦子は北村よりも一歳年上だが、まるで彼女のその気持ちに甘えるように北村はアルバイトを辞め、創作だけに専念したのである。部屋も邦子の借りていた現在のアパートに転がり込んだ。それと同時に夫婦としての籍も入れた。夫という名のヒモになったわけだが、すべては画の制作に集中したいがためであった。むろん、それ以後の経済的な支えには感謝しているし、愛情もないわけではない。ところが、昨年のある夜に、彼は絶望の淵に突き落とされたのだった。

邦子の仕事は、普段はテレビ局やドラマの制作会社をまわって俳優たちの仕事を得ることだが、毎週末にはレポーターをしている事務所の社長の付き人として地方局へ一泊で出向いている。その出張中にアパートの押入れの整理をしていた北村は、邦子の古い日記帳や手帳を目にしてしまったのである。そこには社長との十余年に及ぶ男女の愛欲の歴史と女の情念が赤裸々に綴《つづ》られていた。三十歳近くも年の離れた社長と邦子は不倫をつづけていたのである。しかも、それは現在進行形であった。北村は、衝撃を受けた。邦子がまるで汚物のように不潔なものに感じられた。しかし、その事実を知っても北村には文句も言えなかった。自分が画を描いてゆくためには、現在の生活を壊すことは許されなかった。愛情は消えても別れることはできなかったのである。その分、彼は邦子から離れてアトリエで創作に打ち込んだ。そうしてY賞を受賞することができたのである。それから数ヵ月して彼は、菜穂子と出会った。すると、ますます邦子の存在が疎ましくなり、菜穂子との出逢いから間もなく離婚の意思を告げたのだった。

アパートのドアを開けると、邦子は在宅であった。タバコを吹かしながらソファーに身を投げ出してテレビを観ていた。その目が、無言で北村をジロッと睨んだ。邦子は小柄な女で、髪は短く丸い顔は色が浅黒かった。その中にいかにも勝気そうなどんぐり眼《まなこ》が光っている。北村は、邦子の視線は無視して、特に言葉もかけずに押入れから衣類を取り出し始めた。厄介な話は用事が済んでからにしようと思ったのである。そんな彼の背に、邦子が声をかけてきた。

「この間の話だけど……」

「ん？」

「離婚のことよ」

「うん」

「いいわよ。別れてあげても」

「ほんとか？」

北村の顔に思わず喜色が湧いた。が、どうして邦子がそんな心境に変化したのか彼は訝《いぶか》った。

すると、邦子がつづけた。

「ただし、条件があるわ」

「条件……？」

邦子はソファーに座り直して、タバコを灰皿にもみ消した。

「慰謝料……？」

「慰謝料をちょうだいよ」

「当然でしょう。今までずっとあなたの生活の面倒を見てきたんだから」

北村もぼつぼつ画が売れるようになって多少の蓄えはある。それに今まで世話になったのも事実だ。だから、自分なりにできることはしたかった。むしろ、その方が気分もすっきりする。

「いくら」

北村は訊いた。

「そうねえ。三千万円、ってところかしら」

「三千万？」北村は耳を疑った。「あんまり馬鹿なこと言うなよ」

「馬鹿なこと？　私があなたのためにいくら使ったと思ってんのよ」邦子は声を張った。「あなたはこれから画が売れて儲かるんだもの、それくらい安いもんよ」

「だからって……」

「アトリエの家賃だって、絵の具から筆からカンバスから……誰がお金を出してたっていうのよ」

「だからって、そんな大金払えるわけないだろ。それはお前が一番よく知ってるだろう」

「そうかしら」

邦子は意味ありげな薄笑いを浮かべて、新しいタバコに火を点けた。

「私ね、今日あなたのアトリエに行ったのよ」

北村は嫌な予感がした。

「ちょうどそこへ綺麗な女の人が出て来たわ」

予感は的中した。

「私、その人をずっと尾行したの」

「何だと？」

「M銀行にお勤めの松宮さんの奥様なのね、あの人」

「………」

北村の表情は凍りついた。

「ご主人が一流銀行の支店長なら、三千万くらい……」

「馬鹿なこと言うな」

「どっちが馬鹿よ。三千万払ってくれなきゃ私も絶対に別れないからね」

「脅すのか！」

すると、邦子は不敵な笑みを浮かべて言った。

「そうね……来月いっぱいまで待ってあげるわよ」

「無理だって……！」

「一ヵ月半あるんだから何とかなるでしょ。来月いっぱいに私の口座に三千万振り込んでよね」

「そんな大金、無理に決まってるだろ」

「そんなこと私は知らないわ。せいぜい二人で仲良く苦しめばいいのよ」

「俺は払わんからな」

「いいわよ。その時は銀行員の旦那に真昼の情事をバラしてあげるから」

「貴様……そんなことしてみろ！」

「あんな綺麗な奥さんを寝取られて、旦那、どんな顔するかしらね。きっと雷に打たれたようなショックを受けるでしょうね。その仕返しが楽しみだわ」

「貴様、なんて汚い女なんだ……畜生！」

北村は嚇怒《かくど》した。彼は手早く衣類を紙袋に詰め込むと、怒りにまかせてアパートを飛び出した。

そして夜道を歩きながら必死に考えた。邦子から逃れる方法をである。一つ思い浮かんだのは菜穂子との駆け落ちだった。誰も知らない土地に二人で身を隠すのだ。しかし、それをしたら折角つかんだ画家としての将来は閉ざされてしまう。画家でいる限り、居所も露見するし、邦子が要求を諦めることもないだろう。一度言い出したら絶対に自分の主張を曲げない女だ。今回も口先だけではなかろうと思えた。北村は、完全に後退の許されぬ断崖に立たされたのだった。

3

菜穂子の夫松宮琢郎が群馬県の四万温泉に出掛けたのは、九月二十四日の土曜日だった。が、その晩、夕食の時刻になっても松宮は社宅に戻らなかった。菜穂子は夫の携帯に電話をしてみたが、電源が切られていた。それから何度か電話をしたが、電源は切られたままで、とうとうその晩、松宮は帰らなかった。翌朝、菜穂子は目を覚ますとすぐに夫の携帯にまた掛けてみたが、やはり繋がらなかった。今まで夫が黙って外泊することは一度もないことであった。菜穂子は、当然の行動を取った。所轄の北沢西警察署に電話で相談したのである。すると、すぐに〝捜索願〟を出すことを勧められ、彼女は署員に言われた通り、松宮の写真、印鑑、それと自分が琢郎の配偶者であることを証明する免許証をバッグに入れて、梅ヶ丘にある北沢西署に赴いた。そこで今度は、松宮の本籍、生年月日、職業、体格、外出時の着衣などを訊かれ、〝捜索願〟は警察本部のコンピューターに登録されたのだった。松宮の場合は、家出の可能性のないことから「特異家出人」として手配された。むろん、菜穂子は松宮の向かった先が群馬県の四万温泉であることも忘れずに伝えた。

その日の午後二時過ぎに、北沢西署から社宅にいる菜穂子のもとに電話が入った。四万温泉の地元である群馬県中之条町で松宮によく似た他殺死体が発見されたというのだった。菜穂子は再び北沢西署を訪れ、コンピューター画像で遺体写真を見せられたが、九十パーセントの確率でそれは夫琢郎と思われた。それを告げると、

「どうします？　今すぐ確認に行きますか？」

と刑事に訊かれ、菜穂子は即座に頷いた。

菜穂子が確認に向かうことは、ただちに先方の警察署に伝えられた。そして相手の了解を得ると、菜穂子は北沢西署の中西という中年の太った刑事に伴われて埼玉県の大宮駅へと急いだ。二人が向かうのは群馬県の中之条駅であった。中之条へ行くには赤羽から直通の特急草津号が最も早くて便利だが、中西刑事の調べでは、草津号は十八時過ぎまでなかった。そこで二人は新宿から埼京線で埼玉県の大宮まで行き、そこで長野新幹線あさま号に乗り換え、最初の停車駅である高崎で下車し、そこからさらにＪＲ吾妻線で中之条を目指したのである。中之条に到着したのは夕暮れ迫る午後六時過ぎであった。

列車を降り、跨線橋《こせんきょう》を渡って狭い改札を抜けると、そこに立っていた背の高いパンチパーマをかけた四十過ぎの男が声をかけてきた。

「北沢西署の中西さんですか」

「どうも、中西です」

彼は答えた。

「お待ちしていました。私、吾妻東署の丸岡です」

「お世話になります。こちらが松宮さんです」

「この度は、お世話になります」

菜穂子は深く頭を下げた。

「車に乗って下さい。署までお送りします」

丸岡は吾妻東署の覆面パトカーで来ていた。

菜穂子と中西は丸岡刑事の運転する車で吾妻東警察署へと向かった。中之条町は吾妻郡の郡都であるが、吾妻東署は隣の東吾妻町にあった。車で十分余りのところである。

菜穂子はその三階建ての警察署に着くと、すぐに地下の死体安置室に案内された。彼女が恐る恐るそこに入ると、丸岡刑事が「いいですか？」と事務的な乾いた声をかけ、遺体を覆っている白い布を顔の部分だけめくった。刹那、菜穂子はその場に頽《くずお》れた。中西がとっさに彼女を抱きかかえた。そこに眠る遺体は、間違いなく夫琢郎であった。覚悟はしていたが、実際に対面すると、涙があふれた。

「ご主人に間違いないですか？」

中西刑事が訊ねた。

「……はい」

菜穂子は、ようやくそれだけ答えた。

その後、菜穂子は中西に体を支えられながら一階にある捜査課まで連れて行かれ、応接セットが置かれたコーナーの椅子に腰を下ろした。すると、今度はそこに捜査係長の岩崎が加わった。銀縁の眼鏡をかけた五十がらみの細身の男であった。丸岡刑事が遺体確認を終えたことを報告すると、係長は火葬許可を出し、翌日には中之条の火葬場でお骨になる段取りを告げてきた。

「この度は、とんだことで……」

岩崎係長が決まりきった挨拶をした。

「どうも、お手数をおかけいたします」

菜穂子は、やっとの思いでそれだけ答えた。

「今回の事件について、ざっとご説明します」

「はい」

「ご主人のご遺体は、昨日、中之条の水道山の森の中で発見されました」

係長は状況説明を始めた。水道山というのは中之条駅からさほど遠くなく、東西に細長い町を貫いている国道353号線から住宅地を北に抜け、そこから九十九折りの山道を登った頂上で、車が何とかUターンできる程度の広場からは中之条町が一望できるのだという。松宮の遺体は、その広場の下の木々に覆われた斜面に倒れていた。普段はほとんど人が訪れることのない山だが、土曜日の夕方五時ごろ、日課のウォーキングをしていた地元の老夫婦によって発見されたということだった。水道山に防犯カメラはなく、不審者の目撃情報もないため今のところ犯人の手掛かりは摑めていないが、松宮の上着のポケットには財布や携帯電話などの所持品が一切ないことから警察では強盗殺人事件とほぼ断定している。死因については、警察医の検視によると、鋭利な刃物で胸を一突きされたことによる失血死で、死亡推定時刻は直腸内温度から、土曜日の午後十二時から十四時の間と推定される。なお、松宮は中之条駅の防犯カメラの映像と駅員に渡した特急券により、当日、赤羽駅発午前十時十分の特急草津1号に乗ってやって来て、中之条駅を午後十二時七分に降りたことが判明している。つまり、中之条駅を降りて間もなく殺害されたと思われる、ということだった。

「ご主人は以前にも中之条に来られたことがあるんですか？」

係長は訊いた。

「いえ。今回が初めてだったと思います」

菜穂子は答えた。

「ほう。こちらにお知り合いでも……？」

「いえ。実は主人は温泉めぐりが趣味でして、毎週のように土曜日になると日帰りで東京近郊の温泉地へ行っておりました。今回は四万温泉に行くんだと言って出掛けたのです」

「なるほど。しかし、それなら何で水道山に行かれたのか分かりませんな」

「それは……温泉に入る前に地元の町を散策するというのが夫の習慣でしたので、恐らくそれで……」

「そうですか……ところで、つかぬことをお聞きしますが、誰かご主人を恨んでいたというようなことは……」

「いえ、そんなことは。夫は仕事一筋の人でしたから……」

若い女性警官がお茶を運んで来て、係長と同席していた中西刑事、それと菜穂子の前に湯呑を置いた。係長は、それを一口飲むと、また口を開いた。

「これはどなたにもお聞きしているので、決してお気を悪くされては困るのですが……」

「はあ」

「ご主人が亡くなられた頃、つまり昨日の午後十二時から十四時の間ですな……奥さんはどちらにおられましたか」

菜穂子は係長の言葉に驚いた。が、これも警察特有の型通りの質問なのだろうと思って答えた。

「私は社宅におりました」

「お一人で？」

「はい」

「ずっと、お一人でお宅におられたのですね」

「いえ。二時半ごろに経堂駅前の喫茶店に行きました」

「何という喫茶店ですか」

「『街路樹』というお店です」

「お茶を飲みに出かけられたわけですね？」

「いえ。お昼がまだでしたのでサンドイッチでも食べようと思いまして」

「お一人でしたか？」

「いいえ。お友達から連絡があったので、待ち合わせたのです」

「その方のお名前は……？」

「北村耕平という方です」

「その方から連絡があったのは何時ごろでした？」

「午後二時ごろだったと思います」

「その方と二時半ごろ、駅前の喫茶店におられたわけですね？」

「はい」

係長は背広のポケットから〝メビウス〟を取り出すと、一本抜き取り百円ライターで火を点けた。そして、つづけた。

「その北村さんというのは親しいお友達ですか？」

「いえ。お友達というより、私が一方的に尊敬しているだけなんです」

「その方のご職業は……？」

「画家です」

「ほう……ご年配の方ですか？」

「いいえ。まだ三十代です」

「分かりました」

それから北村の住所を訊かれた。菜穂子は北村のアトリエしか知らないので、それを答えた。

係長は、今回の件は〝流し〟の犯行の可能性が高いとみている。これからも鋭意捜査をし、早期の事件解決に努める、と、これも型通りの警察としての見解を遺族である菜穂子に告げた。

それで警察での作業は終了した。時計を見ると、間もなく午後八時であった。菜穂子は東京から同行してくれた中西刑事に礼を告げ、係長の紹介してくれた四万温泉の旅館へとタクシーで向かった。四万は、本来ならば夫琢郎が訪れていたはずの場所である。そこは警察のある東吾妻町から車で三十分ほど山の中の県道を走ったところであった。その昔、平安時代中期にその地に野宿をした手負いの武将が、山の神霊のお告げによって湯脈に導かれたという四万温泉は、万病に効くとの噂で、それを目当ての多くの湯治客たちで賑わっている。泉質は無色透明の食塩泉で、肌にやさしいところから強酸性で知られる草津温泉の仕上げ湯とも呼ばれているらしかった。

菜穂子が宿泊したのは四万温泉でも最も歴史のある老舗旅館で、二階の部屋の窓を開けると眼下に清流の川音が聞こえた。それを耳にしながら菜穂子の胸中は複雑だった。夫琢郎には、もはや愛情はなかったし離婚も望んでいた。彼の死によって肩の荷が下りたような気もするが、いざ遺体を見せられると哀れに思えてならなかった。そんな思いで、闇の中から音だけを伝えている清流に目をやった。すると、北村の面影が脳裏に浮かんだ。逢いたかった。思い切り抱き締められたかった。せめて声だけでも……。そう思ったが、今日のような日には、心静かに夫を弔おうと決めた。北村に電話を掛けたいが、それも今日だけは我慢しようと自らに言い聞かせた。

そして翌日、菜緒子は白い箱を抱えて、一人、東京へと帰ったのだった。

4

松宮琢郎の強盗殺人事件の捜査は、遅々として進まなかった。水道山の入口には数軒の民家も建っているが、いくら聞き込みにまわっても何一つ有力な情報は得られなかった。町の不良グループなども取り調べたが、殺人を犯してまで金品を奪うような根っからのワルはこの町にはいなかった。

地元の捜査と並行して、松宮の未亡人である松宮菜穂子の証言の裏取りも開始された。松宮が死んで得をするのは妻の菜穂子ただ一人である。夫の退職金や保険金などで彼女には数千万円の金が入ってくるものと思われる。菜穂子が夫を殺害した可能性もゼロではない。だから彼女のアリバイの裏を取る必要があった。

その任務を命じられたのは、倉本安男という刑事だった。倉本は、まだ三十半ばの血気盛りの男である。背は高くないが、柔道で鍛えたがっしりとした体格をしており、顔は血色のよい童顔で、濃い眉の下にくりくりとした丸っこい目が光っていた。

本来はどんな事件であれ捜査は複数人が担当するのが通例だが、現在、中之条町では日々勃発する管内の事件に加え、東京方面から進出してきた邪教の集団がアジトを構えていることが発覚し、そのアジトを地元住民が取り囲んで退去を求めての一触即発の状態にあり、警察も厳戒態勢を敷いていた。それは新聞やテレビニュースでも報じられ世の注目を集めている。今こそ地元警察の手腕の見せどころである。失態は許されない。そんなこともあって猫の手も借りたいほどの人員不足にあった。だから、たとえ殺人事件とはいえ、〝松宮琢郎殺害事件〟のような地味な事案に多くの署員を投入する余裕などないというのが吾妻東署の実情なのだった。それで倉本の単独捜査となったのである。が、倉本はそんな上層部の意向など意に介さず、任務遂行に燃えた。元来が熱血漢である上に、初めて任ぜられた単独捜査ということで、彼は騎虎《きこ》の勢いで事件解決に立ち向かったのである。

倉本はまず、パソコンを開いた。事件のあった土曜日の中之条駅発の時刻表を調べたのである。中之条駅から松宮菜穂子の住む経堂までの最短ルートは、特急草津号上野行で赤羽まで直行し、そこから埼京線に乗り換え新宿まで出て、新宿から小田急線を利用するというコースである。

松宮菜穂子は午後二時半には経堂駅前の喫茶店「街路樹」にいたと証言している。その時間までに経堂に辿り着ける列車があるかどうか、倉本はパソコンの画面を睨んだ。松宮琢郎が殺害されたのは午後十二時から十四時の間であり、彼が中之条駅を降りたのが十二時七分と判明している。そこで水道山から駅までの全力疾走の時間を最少に見積もり、十二時十五分以降の中之条駅発の特急を調べた。が、午後は一番早くても十四時十九分しかなかった。十三時五十分発の各駅停車高崎行があるが、高崎からは新幹線を利用できるものの、この各駅停車が高崎に到着するのがすでに十四時五十三分である。列車では無理であることが分かった。次に倉本は、新宿行の高速バスの時刻を調べた。高速バスの〝上州ゆめぐり号〟は中之条駅前を十二時三十分に発車し、関越自動車道を突っ走って〝バスタ新宿〟到着が十五時三十七分。そこから小田急線を利用して経堂に着くのが早くとも十六時四分だった。お話にならない。倉本は、パソコンを閉じた。

しかし……と、彼は考えた。松宮菜穂子が午後二時半に経堂にいたというのが嘘ならどうか……。それはあくまでも彼女の自己申告なのだ。倉本は、本当に菜穂子が主張する通り、彼女が二時半に経堂駅前の喫茶店「街路樹」にいたのか確かめずにはいられなかった。そのためには東京へ行くしかなかった。

彼は係長に出張を申し出た。それは通常の確認作業であり、また地元の捜査も難航していることから、係長はすぐに許可の判を捺《お》してくれた。

翌朝、倉本は群馬県を発って東京の北沢西署に赴いた。岩崎係長が事前に捜査協力を依頼しておいてくれたお陰で、話は早かった。倉本は先方の石堂係長に挨拶を済ませ、あらためて上京した意図を告げた。腹のでっぷりとした赤ら顔の石堂係長は、倉本に田代という四十過ぎの刑事を案内役につけてくれた。倉本はさっそく田代とともに梅ヶ丘駅から経堂に向かった。相棒の田代は、中肉中背の目鼻立ちの整った大人しそうな刑事だった。言い方を変えれば、あまり覇気の感じられない男でもあった。

倉本がまず訪れたのは、経堂の駅からほど近い北村耕平のアトリエだった。アトリエといっても、そこは木造モルタル造りのアパートの一室であった。北村は画の制作途中だったのか、合板のドアをノックするとすぐにその長身の姿を現した。

「北村耕平さんでいらっしゃいますか」

「はい」

「お忙しいところ、済みません。私、群馬県警吾妻東署の者なんですが」

倉本が名乗ると、北村は驚いたように目を丸くした。

「群馬……ですか？」

「はい。松宮琢郎さんの事件をご存じだと思うのですが」

「ああ……はい」

北村は納得したようだった。

「それでちょっとお聞きしたいのですが……」

「はあ」

「松宮さんの事件のあった今月二十四日の土曜日なんですが、午後二時半ごろ、松宮菜穂子さんと一緒におられたとお聞きしたのですが……」

「はい、確かに。駅前の『街路樹』で待ち合わせましたよ」

北村はすんなり答えた。

「それはどちらから誘ったのですか？」

田代が割り込んだ。

「僕が彼女に電話したんです」

北村が言った。

「それはこの部屋からですか？」

「はい」

「電話をなさったのは何時ごろでしょう」

倉本が訊いた。

「午後二時ごろだったと思います。お昼を食べていなかったので、彼女もまだだったらと思って誘ってみたんです」

「それで二時半に『街路樹』で会ったわけですね」

「ええ」

「彼女は時間通りに来ましたか？」

「ええ。時間通りでした。僕が早く行ったので少し待ちましたが」

「そうですか。大変参考になりました。有難うございました」

「それだけでいいんですか」

北村が意外そうに問いかけた。

「はい。ちょっと確認したかっただけなんです。済みません。失礼します」

そう言うと、北村も微笑を浮かべて目礼した。

今の段階では松宮菜穂子の主張通りだった。しかし、北村と菜穂子が口裏を合わせているということもないではない。倉本は、北村のアパートから今度は「街路樹」へと向かった。

「何の問題もないでしょう」

歩きながら田代が言った。

「そうですね。勘違いかもしれません。でも、一応は確認しませんと」

「まあね」

喫茶店「街路樹」は、経堂駅の北口広場のすぐ道向かいだった。倉本は、田代の先導で、ガラス張りの格子戸を押して店内に入った。さほど広くないフロアーに客の姿はなく、やたらと壁面に油絵が飾られていた。

「済みません。ちょっといいですか」

田代がカウンターの中の女性に声をかけた。その女性がオーナーの岡本那津子《なつこ》だった。那津子は七十代の品の良い女性であった。倉本は、田代から彼女が元女優だと聞かされていたが、細面で、銀髪のボブヘアーを綺麗にセットし、若い頃にはさぞ美しかったろうと思えた。

倉本は、笑みを浮かべながら、那津子に警察手帳を示した。

「警察が何の用かしら」

那津子が毅然《きぜん》とした口調で訊いてきた。

「はい。松宮菜穂子さんのことで、ちょっと伺いたいのですが」

倉本が言うと、

「菜穂子さんが何か」

と、すぐに返してきた。

「この間の二十四日の土曜日なんですが、松宮菜穂子さんがこちらに見えていたと思うのですが」

「二十四日……?」

那津子は小首をかしげた。

「松宮さんのご主人が亡くなられた日ですよ」

田代が言った。

「ああ。あの日なら彼女はここでサンドイッチを食べていたわよ」

「それは何時ごろからですか」

倉本が勢い込んで訊いた。

「二時半だったわ」

「何でそんなにはっきり言えるんですか」

「それは先に来た北村さんが、二時半に待ち合わせたと言っていましたから」

「なるほど……松宮菜穂子さんは北村さんとよく待ち合わせているのですか」

「ああ。そう言えば……二人が待ち合わせてここに来たっていうのは初めてだったわねえ」

倉本と田代はちらっと顔を見合わせた。

「つかぬことをお聞きしますがねえ」

田代が声を低めた。

「はい？」

「北村さんと松宮菜穂子さんは、いわゆる不倫関係なんですか」

「まさか……店の外のことまでは私には分かりませんけど……そんなことは……」

「北村さんは画家なんですよね」

倉本が訊いた。

「ええ。菜穂子さんは北村さんのピエロの大ファンなの」

「ピエロ？」

倉本が素っ頓狂な声を出した。

「ええ。北村さんはピエロの画しか描かない方なのよ」

「ほう」

倉本は、店内に展示されているたくさんの画を見まわした。

「いや、どうも、お邪魔しました」

田代が那津子に挨拶をしたので、倉本もその後から外に出た。

「やっぱり問題はないようだね」

田代が言った。

「ええ……まあ」

倉本も仕方なく、そう答えた。が、

「もう一ヵ所お願いします」

そう言うと、田代に頼んで松宮菜穂子の住む社宅へと足を向けた。社宅は、住宅街を北へ十五分ほど歩いたところだった。しかし倉本は、菜穂子を訪ねることはせず、ただ外から三階の松宮家の窓を見つめた。殺害された松宮琢郎は大手銀行の支店長だったのだから、さぞ大がかりな葬儀が営まれたのだろうが、今はベランダもひっそりとしていて、その中にいる菜穂子もいかにも静かに夫の喪に服している、という印象が伝わってきた。が、

「口惜しいな」

倉本は、思わず呟いた。何の収穫もなかったことに憤懣をおぼえていた。

「考えすぎだよ、倉本さん。松宮菜穂子は運の悪い未亡人なんだよ」

田代が呑気な声で言った。

「そうですかねえ」

そうは言ったものの、松宮菜穂子を疑う材料は何一つなかった。中之条の水道山で殺人を犯した人間が、その直後の二時半に経堂に存在していることは不可能である。犯人は他にいる、としか考えられない。しかし、倉本は釈然としなかった。松宮菜穂子、そして彼女と待ち合わせをし

たという北村、この二人に何か匂うものを感じるのだ。それは理屈ではなく、熱血刑事の勘のようなものであった。

5

それから一ヵ月余りが過ぎて、十月も末になっていた。

その間、倉本は日々たゆまぬ努力を尽くした。まずは、すでに鑑識作業を終えた殺害現場へと足繁く通った。そこで新たな遺留物を発見しようと万分の一の可能性に賭けて汗を流したのだった。が、徹底した検証が行われた後である。彼に僥倖など訪れることはなかった。また、一般市民から寄せられた松宮琢郎の目撃情報を一件たりとも漏らさずに潰して歩く地道な作業も繰り返した。しかし、それらは時間的にもその風体も目撃された位置も松宮琢郎とは明らかに異なっているると判断できるものばかりであった。さらにまた、彼は地元の捜査と並行して東京にも三度ほど足を向けた。そして松宮琢郎が支店長として勤務していたM銀行新宿支店の同僚や部下、銀行の取引先の人間などからも話を聞いたが、松宮の周囲からは彼に殺意を抱かせるほどのトラブルを見出すことはできなかった。事件はいっこうに先が見えず、混迷の度を深めるばかりであった。

そんなある日、倉本は久しぶりに朝から自宅でくつろいでいた。その日、彼は非番であった。

倉本は独身で、一戸建ての借家に独りで住んでいる。家は、中之条から新潟方面へ抜ける途中の山深い村落にある。築年数は六十年と古いが、部屋数も四つある二階建てで、駐車場もついて家賃はたったの一万円だった。吾妻東署までは毎日二十分ほどかけてマイカーで通っている。

彼の食生活は質素なものだった。普段から朝食は抜きで、一日二食である。特に意図があってそうしているのではなく、ただ作るのが面倒なだけだった。今のところ恋人もいない彼は、不便なことも多少はあるが、その反面、自由気儘なシングルライフを謳歌しているのだった。

昼近くになり、倉本はその日初めての食事を摂った。メニューというほどのものはなく、まとめ買いしてあるレトルトカレーと福神漬けだけだった。食べながら彼はテレビを点けた。ちょうど昼のニュースが流れているところであった。画面には、どこかのアパートと見覚えのある警察署の外観が映り、それを背景に女性アナウンサーが原稿を読み始めた。その次の瞬間、倉本の耳目はテレビ画面に釘付けとなった。

「――昨日午前五時半ごろ、東京都世田谷区経堂のアパートで、この部屋に住む会社員の北村邦子さん三十五歳が意識不明で倒れているのを外出先から戻った夫が発見しました。すぐに夫によって救急車が呼ばれましたが、北村さんはその場で死亡が確認されたということです。北村さんの遺書などは見つかっていませんが、遺体からは多量の睡眠薬が検出され、部屋には練炭が燃やされた七輪があったということです。北村さんの死因は練炭による一酸化炭素中毒で、部屋の窓はすべて粘着テープで目張りがされていたことから、北沢西署では、北村さんが何らかの理由で覚悟の自殺を図ったものとみています。……」

倉本は、ニュースが終わった後もしばらく呆然《ぼうぜん》と画面に目をやっていた。経堂の北村と聞いて、もしやあの北村の妻では……、と思ったのである。彼はカレーのスプーンを放り出し、電話台の上に置いてある名刺入れから一枚の白い名刺を取り出した。そしてすぐに電話をかけた。相手は北沢西署の田代刑事であった。

田代刑事は署内で昼食の途中だった。倉本がニュースの件を切り出すと、果たして死亡したのは先日の北村耕平の妻であった。昨日、北村からも事情を聴いたが、邦子が死亡した晩、北村は経堂駅前の居酒屋で夜十一時ごろから閉店の朝五時まで飲んでおり、それは居酒屋のマスターにも確認済みだという。北村邦子は「宇宙企画」という芸能事務所でマネージャーとして働いていたが、夫婦は最近どちらからともなく離婚話が出ていたので、それを気に病んでの自殺かもしれない、と言っているというのだった。

倉本は電話を切ったが、何となく釈然としなかった。本当に自殺だろうか……。北村と松宮菜穂子、その双方の連れ合いが短期間のうちに不審な死を遂げている。そこに彼は疑問を抱いた。何かあると思った。根拠はないが、これも刑事の勘だった。そもそも北村は一晩中居酒屋にいたというが、出かける前に睡眠薬で眠らせ練炭を焚いたと考えれば家を空けていたことなど何のアリバイにもならない。彼がシロだという証拠はどこにもないのである。少なくとも、今は限りなく黒に近い灰色に思えたのだった。

その夜、倉本はなかなか寝つかれなかった。

そして翌朝、彼は署に入るとすぐに係長に事情を説明し、東京出張を申し出たのだった。が、今度ばかりは係長も簡単には首をタテに振らなかった。

「松宮菜穂子の件は、もう決着がついたんだろう?」

係長はけむたそうに言った。

「いや、北村の妻の死と松宮琢郎殺害事件にはどこか繋がりがあると思うんです」

「どういう繋がりだねえ」

「それは……うまくは説明できませんが……どうも、そう思えてならないんです」

倉本は必死に説得を試みた。

「曖昧だなあ」

「そこを何とか」

「君の熱意は分かるけど……」

「お願いします」

今度は係長を拝んだ。係長は困惑顔で言った。

「ただし、一日だけだぞ。一日で必ず結果を出せよ。こっちも忙しいんだ。早くカタをつけてもらわんと困るよ」

「分かりました。感謝いたします」

倉本はすぐに中之条駅へ向かった。しかし、特急は十一時台までなく、一番早い列車は八時五十七分発の各駅停車高崎行だった。倉本は仕方なくそれに乗り、高崎から十時二十分発の北陸新幹線〝あさま612号〟で大宮まで行き、大宮から十時四十六分発の埼京線で新宿に出た。そこから北沢西署のある小田急線梅ヶ丘駅に到着したのは、すでに十一時二十八分だった。

倉本は北沢西署の門をくぐると、さっそく石堂係長に事情説明を始めたが、すでに吾妻東署の岩崎係長からの連絡が入っていて、その必要はなかった。倉本はほっと胸を撫で下ろした。そして今度も田代刑事とコンビを組むことになり、彼らは足早に梅ヶ丘駅へと向かった。

「北村は今、アパートですか」

倉本が早口で訊いた。

「うん。もう事情聴取は終わったからね」

「亡くなった北村の奥さんは、芸能事務所に勤めていたんですよね」

「うん。そうらしい」

「そこでは話を聞いたんですか」

「いや、そっちの方はまだ……」

「事務所はどこなんですか」

「事務所だったらすぐ近くだよ。同じ梅ヶ丘の駅向こうだ」

「何か分かるかもしれません。そこへ案内してもらえませんか」

「分かった」

北村邦子の勤務していた芸能事務所「宇宙企画」は、梅ヶ丘南口から目と鼻の先だった。木造モルタル造りのアパートの二階で、倉本たちが訪れると、そこは六畳一間の和室の奥にスチール製の事務机が一台あるだけだった。従業員も二十歳過ぎのデスクの女の子が一人いるだけであった。

倉本が警察手帳を示し、北村邦子の件で来たことを告げると、宮本千春と名乗る女の子は気立ての良さそうな顔を強張らせた。驚かせてしまったことを申し訳なく思いつつも、倉本はさっそく話を訊いた。

「北村さんは、離婚のことで悩んでいたと聞いているんですが、あなたから見て、そんな雰囲気はありましたか」

「いえ。そんな様子は全く見られませんでしたけど」

千春は迷うことなく答えた。

「そうですか……亡くなられた日も普段通りだったんですね？」

「そうです」

その返答で、倉本は自分の勘に自信を深めた。

「まさか、邦子さんが自殺だなんて、信じられないです」

そう言って、千春は涙ぐんだ。

倉本と田代は顔を見合わせた。

「北村さんには親しい友人はいましたか」

田代が訊いた。

「ええ。それなら夏木小夜子《さよこ》さんです」

「その方は、やはり芸能関係の？」

倉本が訊くと、

「そうです。『プラス・ワン』という事務所のマネージャーで、邦子さんとは毎日一緒にテレビ局とかドラマの制作会社をまわっていたんです」

　ということだった。

「その方にちょっとお話を伺いたいんですけど、連絡を取っていただくわけにはいきませんか」

　倉本が穏やかな声音で頼んだ。すると千春は、

「いいですよ。ちょっとお待ち下さい」

　と、気さくに応じてくれたのだった。そして、机に戻ると携帯電話を手に取った。それからすぐに会話が始まった。倉本は首尾よく夏木小夜子という女性マネージャーと会えることを祈った。何しろ、許された時間は今日一日しかないのだ。何としてでも手掛かりが欲しかった。

　千春が携帯を手に戻ってきた。

「今、成城のT映画の撮影所に来ているらしいんですけど、二時間後に成城の『モンブラン』ではどうかと言っているんですけど」

「成城のモンブラン？　分かります？」

「うん。分かるよ」

　倉本は、田代を見た。そこは洋菓子で有名な都内でも有数の高級喫茶店であった。

　田代が答えた。

「じゃあ、そこでお待ちしていると伝えて下さい」

「はい」

倉本たちは、千春から夏木小夜子の人相を訊くと、再び「宇宙企画」を出て梅ヶ丘駅に向かった。

「どうします？」

田代が訊いた。夏木小夜子と会うまでに二時間もある。その間をどうするか、と問いかけたのだ。

「北村のアトリエに行ってみたいんですが」

「いいけど、もう訊くことはないよ」

「ええ。ちょっと用事があるんです」

倉本は、邦子の死に北村が絡んでいると疑っている。実際に彼の顔を見て、その言動から何か手掛かりが摑めればと一縷《いちる》の望みをかけたのだ。だが、表立っては妻の死に触れるつもりはない。

彼のピエロの画を見せて貰うという口実を考えていた。実際に「街路樹」の岡本那津子からそれを聞いた時から、どんな画なのかピエロに興味もあった。

経堂の北村のアトリエに着いた倉本は、そのドアをノックした。が、応答はなく北村は留守のようだった。

「留守のようだね」

田代が言った。倉本は無念であったが、すぐに気持ちを切り替えた。

「松宮菜穂子の社宅へ行きましょう」

「社宅に？」

田代は怪訝そうな声を返した。

「ええ。私は松宮菜穂子の顔を知らないんです」

その通りだった。倉本は、松宮琢郎の遺体写真は見ているが、菜穂子とは一度も顔を合わせていないのである。松宮琢郎殺害事件の担当刑事として、挨拶をしておく必要もあった。むろん、それも表向きの口実なのであるが……。

倉本と田代は、菜穂子の社宅に着くと、そのドアをノックした。が、こちらも応答はなかった。

二人は困惑して顔を見合わせた。すると、通路を挟んだ向かいのドアが開き、中年の主婦が顔を出した。

「済みません。こちらの松宮さんはお留守ですか」

倉本が訊ねた。

「松宮さんなら一週間前に退去されて、京都のご実家に帰られたみたいですよ」

主婦は言った。

「京都の実家にですか」

「ええ。そう言っていましたけど」

倉本は気落ちした。そんな彼に主婦が言葉を重ねた。

「どこへ帰っても、松宮さんなら悠々自適でしょうからねえ」

その言葉には皮肉が込められていた。

「と言いますと？」

倉本は即座に訊いた。

「それはご主人が亡くなられて、退職金とか保険金とかいろいろと入ったでしょうから」

「なるほど……それは、そうでしょうねえ……」

倉本は意外だった。京都に帰ったということは、北村とも離れたことになる。彼は北村と菜穂子が深い関係だと睨んでいたのだ。その通りなら京都になど帰らないはずだ。それとも自分の勘ぐりすぎだったのだろうか……。そうなると、二人が松宮琢郎殺害に関与しているという推理も自信が薄れてきた。

6

午後二時過ぎ、倉本と田代は、成城学園前駅近くの高級喫茶「モンブラン」で北村邦子の親友だという夏木小夜子と顔を合わせた。

小夜子は四十前の背の高い女だった。色は白いが、どことなく不潔感の漂う女であった。卑しそうな眼つきのせいかもしれない。その上、長い爪を真っ赤に染め、同じような赤い口紅を塗っていた。その唇でタバコを吹かしケーキ頬張った。

「あなたと北村邦子さんは、どのくらいのおつき合いだったんでしょうか」

倉本は訊いた。

「そうねえ。彼女がデスクをしていた頃からだから、もう十年近くにはなるわねえ」

その割には、邦子の死を悼んでいるようには感じられなかった。

「最近、北村さんに変わった様子はなかったでしょうか」

「別に……と言うか、いつもより元気だったわよ」

「元気……ですか？」

「そうよ。自殺するなんて嘘みたいよねえ」

小夜子は細長いメンソールのタバコに火を点けて、コーヒーを啜った。

「そうすると、一番最後に彼女に会われたのは……？」

「だから、亡くなった日も一緒にテレビ局へ行ったわよ」

「その時も普段と変わらなかったんですね？」

「そうよ」

倉本は小さく頷いて、田代に目をやった。

「その他に何か北村さんから聞いたようなことはないですか」

田代が訊ねた。

「そうねえ……あ、そういえば、彼女、一週間か十日くらい前に群馬県の四万温泉へ旅行に行ってきたって言ってたわねえ」

「四万温泉ですか？」

倉本の声が思わず大きくなった。周りの客の視線が集まり、彼は恐縮した。

「そう。よくテレビなんかで紹介されているところよねえ」

「それはご主人の北村さんとご一緒にですか？」

倉本は真剣な目つきになった。

「ううん。一人旅だったって言ってたわ」

「それはいつだか分かりますか」

「そうねえ、土日だったから……」

小夜子はルイ・ヴィトンもどきのバッグから携帯を取り出すと、手早く操作し始めた。そして言った。

「十月二十二日から二十三日にかけてだわね」

「ということは、土曜日に行って日曜日に帰って来たんですね？」

「そう。行きは電車で帰りはレンタカーを飛ばして来たって自慢してたわ」

「レンタカー？」

「そうよ。自分で運転して」

「彼女は車が好きだったんですか」

「ううん。そんなこと聞いたことない。私もそうだけど、東京にいる女の子は大概がペーパードライバーだから、普段、車なんかに興味はないわよ」

倉本と田代は顔を見合わせた。小夜子はなおも喋った。

「温泉なんてずいぶん景気がいいのね、って言ったら、近々、大金が入るからマンションでも買おうかと思ってるって笑ってたわ」

「大金って、いくらぐらいだか言ってましたか」

倉本が訊いた。

「さあ。でも、マンションを買うっていうくらいだから、五千万くらいかなって思ったんだけど」

「どこから入るとかは言ってませんでしたか」

「いくら親しくてもお金のことは聞けないわよ。きっと親の遺産かなんかでしょ」

それを聞いて倉本は腰が落ちつかなくなってきた。倉本は、早々に喫茶店を出た。そしてすぐに田代に訊ねた。

「経堂にQレンタカーはありますか」

「うん。駅の近くに一軒あるよ」

「そこへ行きましょう。理由はすぐに分かります」

倉本と田代は、また経堂まで戻った。倉本には次第に事件の謎が見えてきたような気がした。四万温泉の近くでレンタカー会社があるのは、中之条だけだ。そしてそこには駅前のQレンタカー一社しかない。邦子は中之条で借りて経堂で返したと考えられる。しかし、なぜ列車ではなく自ら運転して車で帰ったのか。そこに謎を解く鍵があるように思えた。

倉本は経堂のQレンタカーに入ると、受付の若い男性社員に単刀直入な質問をした。十月二十三日に北村邦子がそこに車を返したかどうかということであった。

男性社員はパソコンを操作して、即答した。

「はい。確かに北村邦子様が返車されています」

「群馬県の中之条支店で借りた車をこちらに返したんですね？」

「そうですね」

「何か変わった様子はありませんでしたか」

「いえ。まったく破損もなく完全な状態で返車されました」

次に倉本は、最も重要な質問をした。

「北村さんのご主人の北村耕平さんも、その一ヵ月前に中之条からここまで車を利用していると思うのですが」

「一ヵ月前ですか」

「ええ」

「正確な日にちが分かりますか」

「九月二十四日です」

それは松宮琢郎が中之条で殺害された日である。

社員はパソコンを覗いた。そして断言した。

「はい。確かにご利用されています」

「間違いないですか」

「ええ。そう言えば、奥さんから頼まれごとをしまして……」

「頼まれごと？」

「ええ。ご主人が九月二十四日にご利用された時、車の中に財布を忘れたらしいので、探して欲しいと……」

「それで……？」

「一応、探しはしましたが、返車いただいた車はその都度我が社で念入りに清掃しておりますが、そのようなものは見つかりませんでした」

「北村邦子さんは、ご主人が九月二十四日にオタクで車を借りたことを知っていたんですね？」

「ええ……はい」

社員は怪訝そうな顔で頷いた。

倉本の目が光った。彼は隣で黙って立っている田代に言った。

「田代さん、私には事件の全容が見えてきましたよ」

「と言うと……？」

「これから実験してみます。その結果は後で報告します」

倉本は、Ｑレンタカー経堂支店で北村が借りたのと同じカローラに乗り込むと、腕時計の針を正時にセットし、そこから猛スピードで走り出したのだった。

7

倉本は世田谷の赤堤通りから環状八号線に出た。経堂からだと環八はすぐだ。そして間もなく、杉並で環八から目白通りに左折してそのまま関越自動車道に乗り、関越を時速百五十キロ以上で突っ走った。オービスに感知された時には運が悪いと諦めて罰金を払うしかないと腹をくっていた。そうなると懲戒処分の対象になるが、今の彼にはそんなことを恐れている余裕などなかった。ただひたすら走るのみであった。練馬から走ること一時間ほどで群馬県の渋川・伊香保ＩＣに到着し、そこを降りた。それからは国道17号線を二、三キロ新潟方面へ向かい、渋川市の外れで今度は国道３５３号線へと左折した。そこから六十キロ程度で走行すると二十分弱で中之条の水道山の頂上に辿り着いた。即座に腕時計に目をやると、経堂を出発してからたった二時間十分しか経っていなかった。倉本は確信した。正午過ぎに中之条の水道山で松宮琢郎を殺害した北村が、二時半に経堂の喫茶店「街路樹」に駆けつけることは可能なのだ。これで北村と松宮の妻菜穂子の不倫の可能性も濃厚になった。つまり二人は共犯なのだ。彼らはかなり綿密な計画を立てたにちがいない。まず菜穂子からあらかじめ松宮のスケジュールを聞いていた北村は、松宮琢郎よりも一本早い特急草津31号で午前十一時丁度に中之条駅に着き、それからレンタカーを借りて午後十二時七分に到着する松宮を待ったのだ。それから温泉に行く前に町を散策する習慣のあった松宮は、北村によって町が一望できる水道山へと誘われたのだろう。北村は地元の人間を装い言葉巧みに車に乗せたのであろう。山頂についてからの北村の行動は早かった。松宮を刺殺し、強盗の犯行に見せかけるためにポケットの中の財布や携帯を奪い、遺体を森の斜面に投げ落とすと一路東京へ向かって突っ走ったのだ。しかし、その完全犯罪とも思える事件に疑問を抱いた人物がいた。北村の妻邦子である。北村と邦子との間には離婚話が出ていた。恐らく邦子は法外な慰謝料を吹っかけていたにちがいない。何らかの方法で北村と松宮菜穂子の不倫を知っていたからだ。だから、慰謝料を払わないと不倫を夫にバラすと脅迫したのかもしれない。断崖に立たされた北村と菜穂子は邪魔な夫松宮琢郎を殺害し、それによって手に入る松宮の退職金や保険金の一部で邦子への慰謝料を払おうと画策した。そこまでして北村は邦子と別れたかった。いや、菜穂子と一緒になりたかったのだ。しかし、そこに北村の誤算があった。松宮殺害を北村の犯行と睨んだ邦子が、自らレンタカーを飛ばして北村の犯行を実証したのである。経堂のレンタカー会社の社員に「夫が車内に財布を忘れた」と鎌をかけ、北村が九月二十四日に車を借りたことも確認したのだ。そして、今度は口止め料としてさらに多額の金を要求したのだろう。それが恐らく五千万円だ。だが、北村がそんな要求に素直に応じるわけがない。表面上はそれで手を打ったかもしれないが、邦子がまた金をせびってくるかもしれないし、いつ殺人の事実をバラされないとも限らない。そこで窮地に追い込まれた北村は、恐らくインターネットで注文した睡眠薬と練炭を使って邦子を殺害したのである——。

倉本は吾妻東署に走り、すぐにそれを係長に報告すると、今度は同僚らと覆面パトカーで東京へと取って返したのだった。そして田代たち北沢西署の署員たちにも同じ説明を繰り返したのである。

「よし。北村耕平を重要参考人として引っ張って来い」

石堂係長が一同に下知を飛ばした。

「はい！」

倉本も、刑事たちと手分けをして北村のアトリエと自宅アパートに踏み込むことになった。その際、倉本は松宮菜穂子の存在も忘れてはいなかった。彼は係長に頼んだ。

「係長さん、京都府警に依頼して松宮菜穂子の身柄も押さえておいて欲しいのですが」

「うむ。承知している」

「お願いします」

その足で、倉本は北村のアトリエに急行した。しかし案の定、そこはドアの鍵が閉まり、窓は真っ暗で人の気配はなかった。

「強引に開けるしかねえな」

田代が言った。

「ええ」

「じゃあ、お願いします」

そこには田代があらかじめ手配しておいた駅前の不動産屋の主人も来ていた。彼によって、合鍵でアトリエのドアは開けられた。が、やはり北村の姿はなかった。自宅アパートにも向かったが、そこも同様だった。両方の部屋とも生活していた当時のままだが、ただ一つ、アトリエからピエロの画がすべて消えていたのである。

「逃亡ですよ」

倉本は田代に断言した。邦子殺害はともかく、松宮琢郎殺害に関しては北村と菜穂子が共犯であることは間違いない。倉本は、そう確信していた。それを覆す理由は何もなかった。しかし、相手は風のように消えてしまったのである。

倉本は無念の涙を呑んで北沢西署に戻った。すると、そのすぐ後から聞き込みに出ていた若手の刑事が飛び込んできた。

「北村が現れました！」

「どこだ」

係長が鋭い目を向けた。

「昨日の昼ごろ、駅前の『街路樹』に来たそうです」

「それで」

「北村は二十枚ほどのピエロのカンバスを抱えてきて、これを売ってくれと置いていったそうです」

「金の振込先は……！」

「いえ。売り上げはすべて自分が育った旭川市の児童養護施設に寄付してくれと頼んだらしいんです」

「畜生、姿をくらましやがったな」

「そうらしいです。ママによると、どこか遠くへ行くような素振りだったようです」

倉本は嫌な予感がした。ただ姿を消すだけではない。画家にとって画は命よりも大切なものだ。それを手放すというのは、彼はよほど切羽詰まった精神状態にあると考えられる。想像はしたくないが、菜穂子と心中か……。

その時、係長のデスクの電話が鳴った。係長は素早く受話器を取った。そして、

「はい。ああ、どうも、お世話になります。はい……ああ、そうでしたか。お手数をおかけしました」

と言って電話を切ると、倉本たちに告げた。

「京都府警からだ。松宮菜穂子の実家に行ったが、母親によると、菜穂子からは全く連絡もないし帰ってもいないということだ」

「北村と松宮菜穂子は一緒ですね」

田代が言った。それを聞いて、倉本には閃くものがあった。

「田代さん、経堂駅前まで一緒に行って下さい」

倉本が田代と車を飛ばしたのは、経堂のQレンタカーだった。倉本は先刻の男性社員にあることを確認した。すると、その勘は見事に的中していたのだった。昨日から北村がカローラを借りていたのである。倉本は、その事実をすぐに携帯で北沢西署の石堂係長に報告した。北村と菜穂子は一緒にちがいない。係長も彼らが逃亡したものと見做《みな》した。そして、その晩のうちに北村耕平と松宮菜穂子は全国に指名手配されたのだった。

8

翌日の午前十時過ぎ、長野県警から警視庁に一つの情報がもたらされた。諏訪湖畔に北村が借りたカローラが乗り捨てられている、というものだった。発見したのは地元の駐在である。倉本と田代を含む北沢西署と吾妻東署の合同捜査班がただちに現場へと向かった。

乗り捨てられていた場所は、長野県岡谷市の岡谷湖畔公園のほとりで、辺りは森に囲まれて人家はなく、土産物屋と食堂を兼ねた「湖月」という店が一軒あるだけの静寂な空気に包まれた地域であった。諏訪湖の中央には、無人のレジャー用ゴムボートが浮かんでいて、その中には男物の黒い革靴と女物の白いパンプスがそれぞれ一足、北村と松宮菜穂子の免許証と数万円の現金の入った財布、二人の名義の携帯電話二台、それにピエロが描かれたカンバスが一枚残されていた。ピエロはもう泣いておらず、微笑を湛えた晴れやかな表情であった。

諏訪湖は、長野県岡谷市、諏訪市、諏訪郡下諏訪町にまたがる十二・八一平方キロメートルの面積を持つ湖である。周囲長は十六キロに及ぶ富栄養湖だが、透明度は一・三メートルしかなく、一度沈んだら二度と浮かび上がってくることはないと言われている。湖底にはヘドロが厚く堆積していて落ちた者はそこに呑み込まれる。そうなるとダイバーがいくら潜水探査を行っても見つけることは不可能である。北村と菜穂子は追い詰められ、そこに飛び込んで自殺したものと思われた。むろん、複数のダイバーがボートの付近を中心に日没まで潜ったが、二人の遺体を発見するには至らなかった。捜索作業はこれからも当分の間つづけられるが、遺体の発見はほぼ絶望視された。また、レンタカー及びレジャーボートの近辺から菜穂子が所持していたはずの多額の現金が見つかっていないことから、それもヘドロの底に沈んだものと推測されたのであった。

正午過ぎに現場に到着した倉本、田代ら合同捜査班はそれぞれ手分けして、その付近を走るバスやタクシー会社にも聞き込みを行ったが、それらしい客を乗せたという証言は得られなかった。夕方、現場に戻った倉本と田代は、レンタカーが停まっていた場所から七、八十メートルほど離れた「湖月」を訪ねた。そこは八十代の老夫婦が二人だけでやっている店だった。倉本たちは、北村と菜穂子の写真を見た老夫婦から、二人の目撃証言を得ることができたのだった。それによると、北村と菜穂子と思われる男女は、昨夜、暗くなってから来店し、コーヒーを一杯注文したという。彼らはほとんど喋らず、どこか沈んだ顔でテーブルに向かい合っていた。食事はせず、コーヒーだけを飲んでいたという。八時の閉店時刻が近づいたので声をかけると、金だけ払って黙って出て行った。それからすぐに店を閉め、電気も落としたので、その後の二人の足取りは分からない、というものだった。

倉本と田代は「湖月」を出ると、波打ち際に並んで立った。そして夕闇に沈む諏訪湖に目をやった。もう捜査員やダイバーの姿も消えていた。湖畔には、彼らの乗ってきた覆面パトカーが一台残されているだけである。

倉本がぽつりと言った。

「この湖のどこかにいるんですかねえ」

「ああ、そうだよ」

田代がタバコに火を点けた。すると、倉本が思いついたように声を昂らせて言い放った。

「ボートが二艘あったとは考えられませんか、田代さん」

「二艘？　二人で別々に漕いで行ったということですか？」

「そうです。それなら一艘に乗り換えて二人で戻れるでしょう」

田代は、大きくタバコの煙を吐いた。

「倉本さんの熱意は分かるけど、そりゃあ無理だよ。女の細腕でこのでっかい湖の真ん中まで漕げるわけがない」

「そうでしょうか」

「あの二人だってただの人間だよ。超人じゃない。追い詰められて力尽きたんだよ」

「そうでしょうか」

「二人は覚悟の自殺を遂げたんです。これで事件の幕は下りたんですよ。そういうことです。いいですね？」

「……はあ」

倉本は、そう答えたが、やはり釈然としなかった。

それから二ヵ月ほど経った年末のころ、長野県の隣に位置する山梨県の山奥の村落に、若い夫婦連れが棲みついた。彼らは空き家になっていた農家を畑ごと家主から借りうけたのである。築八十年という老朽化した家だが、彼らはほぼ自給自足の暮らしを楽しんでいるようだった。夫婦は「南村」という滅多に耳にしない姓を名乗り、本物のそれと較べても全く遜色のない免許証とパスポートを持っていた。とてもネットで闇の業者に注文した偽造品とは思えぬ精巧なものである。夫は、大阪の商社に勤める仕事一筋の営業マンだったが、多忙な都会生活に疲れ、妻を誘ってこの地に移ったのだと家主に説明した。二人は頭にバンダナを巻き、毎日、春の作付けに備えて凍った畑を鋤《すき》で掘り起こしていた。夫は体格もよくイケメンだが、妻も上背がありすらりとした美しい女であった。一見したところ、農作業をするようなタイプではないが、二人の顔から笑みが絶えることはなかった。一緒に働くことが愉快で仕方ないといった様子であった。その穏やかな表情の奥底で、二人はひそかに自覚していた。これまで自分たちが辿ってきた逆運の時代への復讐を果たしたことを。そして、これから自分たちを待っているのは何者にも邪魔されぬ飽満な未来であることを——。だが彼らはまだ、これからどこへ飛んで行こうとしているのかは互いに知らなかった。けれども、当分はこの地で羽を休めようと決めていた。また、彼らは家の近辺にはもっぱら徒歩で出かけたが、ちょっと遠方の繁華な街まで足をのばす時には、２５０ccの中古バイクに相乗りして飛ばしてゆくのが常であった。

夫はもう、カンバスに向かってピエロを描くことはなかった。

（本作品中の列車、高速バスの時刻は、令和六年十月現在のダイヤを参考にしました。また、経堂〜中之条間の車での所要時間は作者自身の偶然の体験によります）

マジックミラー

1

斑目太志《まだらめふとし》は、今年還暦を迎えた。財産はあるのだが、いまだに独身である。それどころか、この年になるまで女性との交際経験というものが一度もない。決して性的マイノリティーというわけではない。では、なぜ独身なのか。その理由は簡単である。それは彼の容姿にあった。まず身長が百五十センチ余りしかない。その上、小太りで、頭髪はバーコードを思わせるような哀れな禿《は》げ方をしている。顔貌も目はようやく物が見える程度に細く、その瞼は重たそうに腫れていて、顔全体が散々に張り手を食らった力士のように無残に潰れているのである。

女は誰も彼を蔑んだ目で見るか、無視する。そこには好意を抱く隙間など寸分もない。だから彼は、女性に対してはコンプレックスの塊《かたまり》なのである。彼を女性不信にした発端は、すでに遠い昔の少年期にあった。彼は東北地方M県の山間の町で育ったが、小学校から中学校まで熱く胸を焦がした女子生徒が幾人かいた。しかし、思い切って交際を申し込んでも、彼女たちは汚いものから逃げるように顔をそむけるのだった。傷ついた彼は、女を憎んだ。なぜ俺の魅力に気がつかないのか。なぜ外見だけでつまらない男に惚れるのか、と軽蔑もした。彼は見かけは不細工であるが、学業成績は優れていて人一倍ナーバスな性格でもあった。だから、女性に無残にフラれる度に絶望的になり、ついには自殺を図ろうと実際に計画を練ったことも一度や二度ではなかった。しかし、そんな地獄の底にいる彼が生きながらえたのは、女たちへの復讐心だった。女になど負けてたまるか、という怒気が彼を救ったのである。女への復讐。それに必要なのは金しかないと漠然とではあるが彼は思うようになった。この世の中、金さえあれば叶わぬことなど何もない、とも思った。そのためには大金を得なければならない。それには一流大学を出て成功することだ。そう信じて、彼は県下一の進学高校に進んだ。その頃からすでに彼は、ある野心を抱いていた。それは田舎の少年にとっては遠大な夢であった。将来、東京に出て金持ちになり、豪邸を建てる。そしてそこを下宿屋にし、美人の女子大生たちを住まわせるというものであった。むろん、ただ下宿させるだけではない。そこには屈折した男ならではの秘めたる詭計があった。しかしともかく、そのためには東京の一流大学に入らねばと勉学に励んだのである。

ところが神は、そんな彼に落とし穴を用意していたのである。高校二年の秋にバイクを飛ばしていた彼は、道路沿いの河原に転落し、左大腿骨を骨折したのだった。三ヵ月間の休学を余儀なくされた。が、三ヵ月後に復学したところで進学校のレベルには追いつけない。落第がほぼ確定的となったのである。そんな折、長距離便トラックの運転手をしていた父親が過労死し、彼は母子家庭となり、大学進学はおろか三年間の高校生活をつづけることさえも困難になったのだった。

彼は高校を中退し、十七歳で知己の全くいない東京に飛び出してきた。彼は母親が持たせてくれたわずかな金で二畳一間のアパートに転がり込み、アルバイト情報誌を頼りに多種多様な仕事に就いたが、それらはほとんどがブラック企業で、金を貯めるどころか命を保つのが精一杯であった。そして上京して十年、二十七歳の時にうなぎ屋チェーン店でバイトをしたのだったが、そこの三十代の社長が偶然にも彼と同じ高校の卒業生だったのである。斑目の履歴書を見た社長は、「俺の後輩なら優秀に決まっている。そんな奴が出前や皿洗いなんかする必要はない。一年間頑張って仕事をおぼえろ。そしたらどこかの支店の店長に抜擢《ばってき》するから」と約束してくれたのだった。そして彼は、串打ち三年、裂き八年、焼き一生と言われているうなぎの捌《さば》き方をたった一年でベテランにも劣らぬまでに習得したのである。すると、社長の約束は反故《ほご》されることなく実現し、それから三年間、彼は練馬支店で経営者としてのノウハウを身につけ、三十過ぎに社長の許しを得て若者の街である下北沢に『鰻のまだらめ』を開店し、その後も着実に店舗数を増やし、現在では都内に二十店舗のチェーン店を展開するまでに成長させたのである。

企業の社長にのし上がっても、彼は1DKのアパートで独身生活を送り、質素倹約に努めた。彼にとって頼りになるのは金だけであった。高校を中退せざるを得なかったのも、上京後ブラック企業で心身ともに疲弊するまでこき使われたのも、すべては貧困が原因だ。だから彼は、今日に至るまでうなぎ以外の贅沢品は食べずに蓄財に励んできた。そんな彼の唯一の楽しみは、毎夜、一人、DVDで古典落語を聴きながらバーボンの水割りを嗜《たしな》むことくらいである。彼は、落語の中でも特に昭和の名人圓生の十八番《おはこ》「ねずみ穴」を好んだ。無一文で田舎から江戸に出てきた男が、苦難の末に大店の主にのし上がるという話である。そこに彼は、自分自身の半生を重ね合わせているのであった。

そんな彼が還暦を間近に控えた三年前、ある女に一目惚れをした。相手は地元の大型酒販店に勤める二十代の女店員だった。彼女はネームバッジから〝桐野麻衣《まい》〟という名であることを知った。数日後、斑目は髭を剃り、残り少ない頭髪を整えて高鳴る胸を抑えながら店に行ってみた。

麻衣がいた。彼は緊張のあまりうまく喋れなかったが、思い切って口を開いた。「こ、今度、食事でも……！」しかし麻衣は怯《おび》えたような表情を浮かべて押し黙っている。が、ここぞ根性の出しどころと自らを奮い立たせ「つ、都合のいい日ができたら……れ、連絡下さい」と、やっとの思いで伝えて名刺を渡した。その名刺は私的に使っているもので肩書はない。が、住所、電話番号、メールアドレスは印刷されていた。彼はその足で家に帰ると、期待と不安に胸を震わせながら電話を待った。麻衣とのデートの場面があれこれと想像されてきた。さまざまな話のタネも頭が破裂するほどに迸った。麻衣はそれに熱心に耳を傾けている。彼女の表情には斑目に対する好意が満ち満ちて笑顔が絶えない。斑目もその妄想に合わせてひとりでに顔をほころばせたりしたものだ。

するとその晩、電話が鳴った。麻衣か、と思ったが、相手は野太い中年男の声であった。男は麻衣の上司であるという。

「オタクさんねえ、いい年してウチの若い社員にイタズラしないでよ」

「イタズラ……？」

「彼女が怖がって泣いているんだよ」

「私は別に……」

「何しろ、もう彼女につきまとうのはよせよ。ウチの店にも二度と来なくていいから。分かったな！」

そう怒鳴って男は電話を切った。斑目は宙を見つめたまま放心状態であった。彼の精神は壊れかけていた。ただ誘っただけなのに何が悪いのか、と怒りが治まらなかった。彼は沈思黙考した。その彼の脳裏に若き日の記憶が蘇ったのだった。家を建て、女子大生の下宿人を置くという女への憎しみから湧き起こった少年時代のあの夢が——。それは彼なりの女への復讐であった。

　そして彼は、さっそく夢を実行に移した。地元下北沢の桜通り商店街の近くに家を新築したのであった。

2

　斑目は家を建てて三年目のつい最近、現役を退き、チェーン店は信頼のおける各店長にまかせ自分は悠々自適の生活に入った。彼が店に顔を出すのは月末の売り上げの締めを除けば、あとは月に二、三度、抜き打ちで従業員の接客態度や店内の清潔度などを見てまわるくらいである。還暦での引退は早いが、彼のたくらみの実現には遅すぎるくらいであった。

　一方で、彼にはもう一つの顔があった。彼は、地元の桜通り商店街で商店会長に推され、その地に古くから伝わる年に幾つかの行事も主導しているのである。たとえば小正月には五穀豊穣を神に祈る鳥追い祭りで地域住民の意気を盛り立て、秋には実り豊かな収穫を神に感謝して大太鼓を打ち鳴らし法被《はっぴ》姿で商店街を練り歩いたりしている。また、子供たちが夏休みになる八月には、無名ではあるがお笑い芸人やロックバンドを呼んで商店街の駐車場に仮設舞台を設置し、その上で賑やかにパフォーマンスを披露して貰い地元や近隣住民を楽しませてもいる。さらに、年末が訪れると有志たちと拍子木を叩き〝火の用心〟を訴えるなど、すっかり彼は地元に密着した存在であった。いわば彼は、その地域の名士なのである。

といっても、普段は彼を訪ねてくる客は滅多にない。が、週に一度の割で、下北沢本店に勤務する谷藤久恵《ひさえ》という経理を担当している女が収支報告のために顔を見せる。命じているわけではないのにやってくるのだ。久恵は四十過ぎで、中野のアパートに中学生の息子と二人で暮らすシングルマザーである。簿記一級の資格を持っており、若い頃には一流商社に勤めていたが、出産を機に退職し、その後、夫と死別して「鰻のまだらめ」に経理担当として勤めるようになったのである。仕事熱心なのは結構だが、さし迫った用事でもないのに頻繁に訪ねてきて、まるで世話女房のようなことを言うところが斑目には煙たかった。

「お食事はちゃんと召し上がっているんでしょうねえ。栄養が偏ると体に良くありませんよ」

そして、頼みもしないのに風呂場の掃除や食事の世話などして帰って行くのが常であった。


さて、新築成った斑目の家だが、その邸内にはある秘密が隠されていた。それこそ彼の若き日からの願望であった。四十年余りの苦節の末にようやく彼は男としての夢を実現させたのである。

斑目家は、建物自体は大きな長方形の二階家である。そのほぼ中央に幅一間の引き戸式の玄関があり、そこを入ると広い廊下が右方向にのびている。そして左奥はゆったりとしたＬＤＫになっており、その隣に廊下に沿って客間と斑目の寝室がある。寝室と廊下を挟んだ向かいには六畳ほどの広さのあるタイル張りの風呂場と脱衣所があり、湯舟は大人三人がゆったり入れるよう設計されている。斑目の寝室の奥には二階への階段があり、それを上ると三部屋の貸間がある。部屋はいずれも八畳間で、狭いがキッチンも付いている。貸間の奥にはランドリールームと共同トイレが完備されていた。庭と呼べるほどのものはないが、柱も床も外壁も高級建材をふんだんに使用しており、建坪八十坪弱ではあるが、地価高騰の折、東京では豪邸と言えよう。そんな斑目家の秘密だが、それは〝開かずの間〟である。玄関と風呂場の間に挟まれた二畳半ほどの空間で、その板戸には〝倉庫〟というプレートが貼られている。実際にビールなどの酒類がケースで納められているが、しかし、そこには常に南京錠がかけられていて、斑目以外の者が中を覗いたことはない。

斑目は二階の三部屋を貸すにあたり、地元の不動産屋に「男は部屋を汚すので、女子限定。それも親の職業のしっかりとした品行方正な女子大生」という条件を出した。ただし、家賃は格安の五万円でよしとした。家賃が安かったせいか、すぐに一人二人と入居し、現在では三部屋全部が埋まっている。まず、一番手前の〝松の間〟には時津ルミという慶明大学の二年生が入っている。父親は近畿地方の県会議員である。次の〝竹の間〟は安斉春菜《はるな》。父親は九州の高校の校長で、彼女は昨年より国立の女子大学大学院に在学しており、銀縁の眼鏡をかけた勉強一筋のタイプである。そして一番奥の〝梅の間〟には三人の中で最も純心そうなお嬢さんタイプの橘絵里子《えりこ》が住んでいる。彼女は北陸地方の歯科医の娘で、渋谷区にある青桐学院大学の三年生だ。

彼女たちはそれぞれ個性は違うが、斑目にも礼儀正しい容姿端麗の美女たちである。その上、肉体は絵画か写真のモデルにしたいほど見事に熟れている。

肝心の斑目のたくらみだが、それは風呂場とその隣の倉庫にあった。風呂場と倉庫はマジックミラー一枚で繋がっているのである。マジックミラーとは、言うまでもなく、明るいところから見ると鏡で、暗いところから見るとガラスに見える仕組みになっている。斑目は、マジックミラーをネットを使って特注品を頼んだ。サイズは縦六十センチ、横は百八十センチで、厚さ三ミリのアクリル製である。湯気で曇らないように防湿ミラーにし、透過率も三十五パーセントという最高級品を選んだ。それでも値段は七万五千円ほどであった。むろん、隠しカメラという手も考えなかったわけではない。ズラッと並んだモニターを眺めるのも圧巻だろう。が、それでは臨場感とスリルが味わえない。やはり対面がいいのだ、とマジックミラーに落ち着いたのである。マジックミラーは段ボールで梱包されて送られてきたが、斑目は、それを建築業者から得た知識を駆使し、風呂場側はタイルの面にセメントで張り付け、倉庫側は電気ドリルを使って木枠で固定した。壁とミラーの寸法がぴたりと一致していたので思ったよりも容易な作業であった。

そして入居者が決まった時点で、斑目は女子大生たちの入浴時間を夜七時から九時までと厳守させた。彼女たちは鏡に向かって体を洗う。それを斑目は暗い小部屋でバーボンを嘗めながら眺めるのだ。まさに桃源郷である。男なら誰しも一度は銭湯の番台に座ってみたいという夢を見るが、鏡一枚隔てただけの裸体は番台などよりもはるかに男の欲望を満足させた。斑目は、酔いに目を充血させながらいつも思うのだった。この三人の女子大生は、自分が同年代であったとしても、まともに言い寄ったところで洟《はな》も引っかけないだろう。だが今、俺はこうしてお前たちの無防備な姿を……体の隅々をも眺めつくしている。これが俺の〝女〟というものへの最高に贅沢な裏切りであり〝復讐〟なのだ……。

それは屈折の果てに行き着いた異常な感覚であったが、今さら彼をゆがんだ夢から覚まさせることは不可能であった。彼の密儀は毎夜のごとく繰り返され、彼は一人、涎《よだれ》を垂らしつづけたのである。

しかし、むろん斑目も肉体的には健康な男子であるから性欲もある。ただ裸体を鑑賞しているだけでそれを鎮めることはできない。いや、むしろ欲望を掻き立てられる。そんな彼の慰めは、年甲斐もないがデリヘル嬢であった。金を払ってラブホテルで顔を合わせるのだ。彼は最初、デリヘルのホームページで予約を取っていた。彼の条件は、自分の容姿へのコンプレックスから、身長が自分よりもはるかに高い百六十五センチ以上であること、大人しい性格の美人であること、現役の女子大生であることの三つであった。が、身長と現役の女子大生はクリアしたが、美人にお目にかかったことは一度もない。それどころか、やってくる女はみな下品で不細工、その上、低能な連中ばかりでさすがの斑目もいい加減うんざりしていた。そろそろソープに鞍替えしようかと思案したものだ。ところが三年前、サヤカという大学生とめぐり会って彼のセックスライフはにわかに充実したものとなった。サヤカはサーファーのように小麦色の肌をしたコケティッシュな美人である。今までのデリヘル嬢と較べると掃き溜めに鶴だ。性格が明るい上にベッドでのサービスも献身的である。斑目の容姿や年齢を気にする素振りも見せずフレンドリーに接してくれる。斑目はサヤカに惚れ込んだ。そして二回目からは毎月一回、決まった日にサヤカを予約するようになった。場所もラブホテルなどではなく、西新宿の超高層ホテルを利用した。

そこにはデイ・タイム・ユースというシステムがあり、日中の二時間だけの利用が許されるということを彼はリサーチしていたのである。サヤカの出張料金は三万七千円であった。彼女の取り分は二万円だという。斑目は毎回、彼女に個人的な小遣いとして三万円を上乗せするようになった。だから、サヤカにとっても斑目はこの上ない上客なのである。だがそれ以上に、今まで一度も女性との交際経験のなかった斑目にとっては、サヤカという娘は、金銭の介在はあるとはいえ、彼の精神と肉体に〝春〟をもたらしてくれた貴重な存在なのだった。

ある日、行為の後、斑目が訊いた。

「ところでお前、恋人はいるのか？」

するとサヤカは、

「こんなバイトしていて、恋人なんてできるわけないじゃない」

と、あっけらかんと答えた。

「ハハハ……、それもそうだな。だったら今度、仕事を忘れてウチに遊びに来てみないか」

「ほんとに行ってもいいの？」

サヤカは喜んだ。

「ああ。どうせ俺は独りぼっちだからな」

「だったら、ほんとに行っちゃうかも」

「ただし、来るなら昼間だぞ」

「なんで？」

「実は、俺んとこ、女子大生の下宿人がいてな。夕方以降はその三人が帰ってきちまうんだよ」

「じゃあ、お昼をご馳走になりに行くわ」

「ああ。待ってるよ」

そう言って斑目は、サヤカに私的な名刺を渡したのだった。

その翌日、谷藤久恵がいつものように収支報告書を持って訪ねてきた。斑目が一応目を通していると、久恵は習慣のように風呂掃除を始め、それが終わると昼食の用意に取りかかった。そんなところにインターホンが鳴ったのである。モニターに目をやると客はサヤカであった。

「どうした」

斑目は驚いたような声を発した。

「ほんとに来ちゃったわよ」

「分かった、分かった。いいから入って来いよ」

斑目が玄関へ走ると、サヤカは晴れ晴れとした表情を浮かべて立っていた。

「もう来たのか」

「実は就職が決まったのよ。その報告も兼ねて……」

「そりゃあおめでとう。でも、ということは、もう会えなくなるのか？」

「そう。お別れなの」

「そりゃあ残念だな」

そこへ久恵が口を挟んだ。

「お昼のご用意ができましたけど」

「な、何だ、あんた、まだいたのか。もう帰っていいよ」

「あら、そうですか」

久恵は乱暴にエプロンを外すと、書類を抱えて玄関にやってきた。それと入れ替わるように、サヤカはリビングへと上がり込んだ。

「社長も隅におけませんね。あんな若い女の子と……」

久恵が憎たらしそうに言い放った。

「な、何を言ってるんだ。あ、あれは俺の姪っ子だよ」

「あら、社長にごきょうだいなんていましたっけ？」

「うるさい。早く帰れ」

「はい、はい」

久恵は思い切り玄関戸を閉めた。斑目はリビングに戻ると、サヤカに訊いた。

「それで、どんな会社に決まったんだ？」

「それが会社じゃなくて区役所なのよ。笑っちゃうわよね。私が公務員だなんて」

「デリヘル嬢から公務員か。そりゃあめでたい」

「ほんとに喜んでくれる？」

「ああ、勿論だよ。お祝いをしないとな……何か食いたいものがあるか。何でもご馳走するぞ」

「うーん、そうねえ。だったら、うなぎ」

「うなぎ？　そんなもんでいいのか。じゃあ後で店の者に持ってこさせるから」

「お店？」

「あ、言ってなかったな。俺は『鰻のまだらめ』っていう店をやってるんだよ」

「ほんと？　有名なチェーン店じゃない。そこの社長さんだったの？」

「まあな」

「だったら絶対うなぎが食べたい」

「分かった、分かった」

斑目はさっそく地元の本店に電話をし、一番上等のうな重、蒲焼、たたき、肝刺し、骨せんべいなどを二人前ずつ届けるよう命じた。ただし、一時間後にと注文をつけた。その間に二人は、斑目の寝室で思い出づくりのお別れセックスを存分に楽しんだのである。その後、サヤカは斑目に勧められ自慢の巨大風呂で汗を流した。斑目が風呂場の隣の倉庫からビールとバーボンの瓶を持って出てきた頃には、注文した鰻も届いていた。それから二人は鰻を肴に祝い酒を飲み、日が暮れる前にサヤカはタクシーを飛ばして目黒区内にあるという自分のアパートへと帰って行ったのである。その際、斑目はサヤカに封筒に入ったご祝儀を渡すことも忘れなかった。三年間の感謝の印である。その中には十万円が入っていた。

3

そんなある日、斑目のもとに一通の青い定型封筒が郵送されてきた。差出人は書かれていないが、消印は新宿局であった。封を開けてみると、中にはA４のコピー用紙が一枚入っていて、そこにはワープロ文字で、

『斑目太志　殿

アンタの密かな楽しみを知っている。バラされたくなかったら今月××日までに左記の口座に一千万円振込め。入金がなかった場合は、オマエは完全に社会から抹殺される。分かったな！』

と書かれていた。

斑目は手紙を持つ手が震えた。

――いったい、なぜバレたんだ――！

振込み期限までは、ちょうど一週間であった。どうしたらいいのか。振込めば弱みを認めることになる。が、振込まなければ秘密をバラされる。自分のしていることは立派な犯罪だ。しかも破廉恥な。これが地元の人間やうなぎ屋の関係者にバレたら、すべての社会的信用を失うだけでなく、警察にも逮捕される。身の破滅だ。しかし、斑目はすぐに考え直した。一千万円を振り込んだところで、相手はさらに強請《ゆす》ってくるにちがいない。際限がなくなるだろう。何かいい手はないものか。いや、それよりも脅迫者は誰なのか。なぜ自分だけの秘密を知っているのか。それが謎だった。考えられるのは下宿している三人の女子大生か、あるいは彼女たちと繋がっている第三者だ。三人のうちの誰かがマジックミラーのカラクリに気づいて脅してきたか、それともそれを誰かに話し、その第三者が悪知恵を働かせたか。何しろ脅迫者の名前を探り出すことが先決

だ。それで何か手掛かりが摑めるかもしれない。いや、今はそれしかできることはないのだ。そう考えた斑目は、さっそく近くの銀行へ足を運んだ。そしてATMの〝振込み〟をタッチし、相手の口座番号を入力してみた。

「大住銀行新宿支店　普通口座　×××××××」

すると相手の名前が現れた。

「ノハラタイガ」

男のようだが、聞いたことのない名前だった。やはり三人の女子大生の誰かを操っている男なのか。いったい、どの女だ。彼女たち自身は金に困っているはずはない。男が裏で糸を引いているのだ。

その日、斑目は女子大生たちが帰宅すると、三人それぞれを玄関で出迎えるふりをしてその表情を窺った。後ろめたいところがあれば動揺が目に現れるはずだ。しかし、三人とも普段と変わった様子はない。そればかりか相変わらず風呂にも入っている。それはどういうことなのか。斑目は考えた。そしてすぐに答えに行き着いた。入浴を拒否すれば自分が犯人だと分かってしまう。それで我慢して裸体を晒《さら》しているのだ。きっと、そうにちがいない。いったい誰なんだ。品行方正な良家のお嬢さんという仮面の裏で、俺を脅迫している奴は――。こうなったら素人の自分では犯人を突き止めるのは無理だ。そう思った時、ふっと新橋の自分の店の近くに探偵事務所があるのを彼は思い出した。古いビルの窓ガラスにそう書いてあったのだ。インターネットを利用して頼む方法もあるが、内容が犯罪に関わることなのでどうしても気後れした。直接、相手の顔を見て信頼できそうなら自分の秘事を打ち明けてみよう。彼はそう決意したのである。

翌日、斑目は新橋へ向かい、ビルの三階にある探偵事務所の扉を押してみた。

入ってすぐのところにカウンターがあり、その向こうで三十代後半と思える男が、机の上に両足を投げ出し、競馬新聞をひろげて目を凝らしていた。が、斑目の来訪に気づくと、男は立ち上がってやってきた。

「ご依頼ですか」

「は、はい」

斑目は視線を室内に這わせた。従業員はおらず、パソコンが一台あるだけで、あまりはやっていそうにもない感じだった。斑目は少しばかり後悔したが、男が、「どうぞ」と言って、狭い応接セットのあるコーナーに案内した。

「私はここの所長の倉地勇平《ゆうへい》と申します」

倉地が名刺を差し出しながら名乗った。斑目も私的な名刺を返し、

「私、斑目といいます」

と告げた。すると倉地が、

「斑目さんですか。どこかで聞いたお名前ですね」

と名刺を見つめて言った。

「実は、この近くでうなぎ屋をしています」

「ああ、ああ、『鰻のまだらめ』さんですか。二、三度立ち寄ったことがありますよ」

斑目は黙って頭を下げた。

「で、ご依頼の内容は……？」

倉地が訊いてきた。

「実は、人を捜してもらいたいんです」

「女ですか？」

「いえ。男なんです」

「相手の名前は……？」

「ええ。それが片仮名しか分からないんです」

「何か訳ありのようですねえ」

そう言って倉地はラークを一本抜きとると、百円ライターで火を点け、大きく煙を吐いた。

「その男を捜し出すだけでいいんですか？」

「いえ。今のところどうしたらいいのか分からなくて……」

「詳しく説明して下さい。大概のことには力になれると思いますよ」

「はい。実は……その男に脅迫されているんです」

斑目は正直に事実を告げた。

「斑目さんの方に、脅迫を受ける弱みがあるんですか？」

「え……ええ……」

斑目は言い淀んだ。

「ここは警察ではないので、何を話しても構いませんよ」

「……はい」

斑目はジャケットの内ポケットから例の青い封筒を取り出した。

「実は、これが昨日送られてきまして……」

「ちょっと拝見します」そう言って、倉地は脅迫文に二度目を這わすと「この〝密かな楽しみ〟というのは何ですか」と訊いてきた。

斑目は腹をくくり、すべてを打ち明けた。マジックミラーのことから三人の下宿人のこと、そして犯人は、その三人の女子大生のうちの誰かと関係している男にちがいないことを強調した。そこで三人の身辺調査をし、一週間以内に「ノハラタイガ」という男の正体を突き止めて欲しいと依頼したのだった。

「男の正体を突き止めて、どうするんです？」

倉地が訊いてきた。

「そこまでは、まだ……」

「この男を警察に突き出すことはできないわけだから、そこはまた考えなければなりませんねえ」

「はい」

「その時はまた、お力にならせて頂きますよ」

「ええ。ぜひ宜しくお願いします」

斑目は女子大生三人と一緒に撮った記念写真を倉地に渡し、それぞれの姓名や通っている大学名、それと家を出る時刻を告げ、古いビルを後にしたのだった。

4

翌朝から倉地の身辺調査が開始された。彼は斑目家の近くに張り込み、女子大生が出てくるのを待ち構えた。まず最初に彼がターゲットとして選んだのは、人相や服装からして三人の中で最も派手な時津ルミだった。

時津ルミは、近畿地方の県会議員の娘である。在籍している慶明大学は港区三田にある。倉地は下北沢から井の頭線に乗り、渋谷で山手線に乗り換えてルミを尾行していったが、ルミは大学の最寄り駅である田町には行かず、途中の恵比寿で下車し、朝から〝昼キャバ〟へ入って行ったのだった。大学へ向かったのは、ようやく午後からであった。

夕方、ルミが帰宅した直後に倉地から斑目に報告の電話が入り、その旨が伝えられた。

「今日一日尾行した限りでは、特定の男の影はありませんでした。ま、今時珍しくもありませんが、一言で言えば、ただセックス好きの淫乱女という印象ですね」

「昼キャバに入ったからと言っても、受付のアルバイトかもしれないでしょう」

斑目は抗弁してみた。できることなら信じたくなかった。すると倉地は、

「いえ。僕も確認は怠りません。彼女を指名して最上級のコースを注文しましてね、奥の個室で

確り抜いてもらいましたよ。なかなか手慣れたもんでしたよ」

斑目は落胆した。

「じゃ、シロということですか」

「特定の男がいれば、金に困っているわけでもないのに昼キャバなんかで働かないでしょう」

斑目は複雑な思いで溜息を洩らした。

倉地勇平が二日目に選んだのは、安斉春菜であった。春菜は九州の高校の校長の娘である。銀縁の眼鏡をかけた勉強一筋タイプで、昨年より国立の女子大学大学院に通っている。そんな女の意外性に倉地は期待をかけたのである。普段は見せない裏の顔があるにちがいないという探偵の勘が働いた。果たして、春菜は思わぬ行動を取った。彼女は小田急線で新宿駅までは出たものの、そこで中年男と合流し、大学とは方向違いの池袋へと向かったのだった。彼女の目的地はそこの裏通りにある産婦人科医院であった。倉地は張り込んでいる間に、付近の住人に医院の評判を訊ねてみた。すると、そこは中絶手術専門で、若い娘たちの弱みにつけ込んで高額の費用を請求する悪徳医院なのだった。医師も素人並みの藪医者で、以前には手術ミスで死亡者を出したこともあるいわくつきの老人だった。

春菜は午後遅くにそこを出て、男に付き添われて帰途に就いた。その後、倉地は男を尾行したが、なんと男は妻子のいる大学の講師であった。しかし、名前は〝ノハラ〟ではなかった。

夕方、春菜は窶《やつ》れ切った顔をして斑目家に戻ったが、その晩、彼女は風呂には入らず、じっと部屋に横たわったまますすり泣いていたのだった。

残るは橘絵里子ただ一人だった。三人の中では最も清純そうなお嬢様タイプである。彼女は北陸地方の歯科医の娘で、渋谷区にある青桐学院大学の三年生だ。絵里子は確かに井の頭線で渋谷には出たが、これも大学には向かわず、スーツ姿の青年と円山町のラブホテルにしけ込んだ。倉地は向かいの喫茶店に入り張り込みを開始した。ところが、三十分も経たぬうちに絵里子は一人でラブホテルを飛び出してきたのだった。倉地は連れの男を待ち伏せた。すると間もなく救急車が到着し、その後から赤色灯をつけたパトカーも三台やってきて、辺りは物々しい雰囲気に包まれたのだった。倉地は野次馬に混じって様子を窺いつつ、それまでの状況を斑目に電話で報告したのである。

斑目は不安をつのらせた。絵里子と相手の男との間に何かトラブルでもあったのか……。それにしても、下宿人の三人全員が品行方正とは遠くかけ離れている結果に彼は愕然としていた。

そんなところへ二人の刑事が訪ねてきた。渋谷のラブホテルで男が女に刺され、その容疑者が絵里子なのだという。

「確かな証拠でもあるんですか」

斑目は刑事に食ってかかった。すると、刑事は言い放った。

「現場の部屋に、橘絵里子の学生証が落ちていたんだよ」

それから絵里子の部屋の家宅捜索が行われ、刑事たちが玄関の内外に張り込んだが、夜になっても絵里子は帰ってこなかった。それもそのはずである。彼女は金沢の実家に向かっていたのだ。そして深夜、実家に張り込んでいた刑事によって彼女は殺人容疑で逮捕されたのだった。

翌日の昼のワイドショーでは、渋谷のラブホテルや金沢の絵里子の実家、そして斑目家の外観などを背景に事件の模様が全国ネットで大々的に報じられた。原稿を読んだのは、若い女性キャスターだった。

「――昨日、午前十時ごろ、東京渋谷区内のホテルの一室で、総合商社東条商事の社長の長男東条信也さん二十八歳が、刃物で腹や胸などを刺されて死亡しました。死因は失血性ショックで、ほぼ即死の状態だったということです。東条さんを刺したのは青桐学院大学の学生橘絵里子容疑者二十一歳で、昨夜金沢市内の実家に逃げ帰ったところを張り込んでいた捜査員によって逮捕されました。橘容疑者の供述によると、東条さんは先ごろ、取引先の社長令嬢との結婚が決まり、そのことで橘容疑者に別れ話をもち出したとのことですが、橘容疑者はそれに激昂し、その場にあった果物ナイフで東条さんを十数回執拗に刺したということです。なお、橘容疑者は日頃は女性限定の下宿で真面目に暮らしており、その周囲の住民や同級生たちからは、とても信じられない、という驚きの声が聞こえているということです。……」

斑目は茫然自失の体でテレビのスイッチを切った。が、家の前にはまだ新聞やテレビ、週刊誌などの取材陣が大挙して大家である斑目のコメントを待っていた。彼はこの騒ぎが一刻も早く終息してくれることをただひたすら祈るばかりだった。が、事件の余波はそれだけではなかった。ワイドショーが流れた数時間後には、時津ルミと安斉春菜の両親が地方から駆けつけてきて、絵里子のような同居人がいた縁起の悪い下宿に大事な娘を置いてはおけない、と言い張り、即日のうちにセキュリティーの堅固なワンルームマンションへと彼女たちを転居させたのである。

これでまた、斑目は一人きりになったのだった。

5

そうこうしているうちに、脅迫状が届いてから振込み期限の一週間が経った。が、何も起こらない。警察が踏み込んでくることもなければ、脅迫電話一本なかった。やはり犯人は、あの三人の女子大生の中の誰かか、それに関係をもっていた人物の公算が強いと斑目は確信した。絵里子の事件が起きて下宿人がいなくなり、斑目は〝秘密の時間〟を失った。犯人もそれで脅しのネタが消えたと思い諦めたのだろう。そう考えて斑目は胸を撫で下ろした。しかし、彼の夢が潰《つい》えたわけではない。事件のほとぼりが冷めるのを待って次の下宿人の募集をかけようと目論《もくろ》んでいたのである。でなければ彼の生活には何の楽しみもない。無味乾燥だ。あんな騒動があったくらいで若き日からの夢を簡単に手放すことなどできない。それは女に虐げられて生きてきた男の、最後の〝執念〟であった。彼は孤独の中で、次の密かな楽しみの機会を心待ちに待った。

そんな彼のもとを訪ねてくるのは、従業員の谷藤久恵だけであった。相変わらず書類を抱えてきては、風呂場の掃除や食事の世話に余念がない。その日も、斑目が書類を無視して冷蔵庫からビールを取り出すと、

「明るいうちから、もうお酒ですか?」と、女房のようなことを言うのだった。「最近、お酒が過ぎているんじゃありませんか?」

「勝手だろう」

斑目は不機嫌な声を返した。

「そりゃあ、あんな事件があったばかりですからお気持ちは分かりますけど、お体のこともいたわって頂かないと……」

そう言い残して久恵が帰った翌日――それは脅迫期限を過ぎて三日後のことだった。そろそろ倉地探偵に調査費用を支払って終結宣言をしようと思っていた矢先のことである。斑目家のポストに例の青い封筒がまたも入っていたのだった。斑目は慄然とした。目の前が真っ暗になった。脅迫はまだ終わっていなかったのだ。ということは、犯人は三人の女子大生とは無関係の人間なのか……。

斑目は封を切ってみた。すると、そこには前回と同じA４のコピー用紙が一枚入っていて、ワープロ文字で次のように書かれてあるのだった。

『斑目太志　殿
約束の期限が過ぎましたが、一千万円は振込まれていませんでしたね。どうしたことでしょう。私をナメては困ります。私はこれから警察に行こうと思っているところです。ですが、武士の情けです。あと一週間だけ待つことにしました。しかし、その日までに振込みがない場合は、今度こそ本当に刑事がオタクに踏み込むことになります。これは決して脅しではありません。一千万円を振込めば、もう二度と金の要求はしません。それはお約束します。だから、オタクも腹を決めて一千万円で〝楽園生活〟を買い取って下さい。

分かったな、斑目さん。待ってるぞ！』

斑目は即座に事の次第を倉地に電話で知らせた。そして脅迫状を懐に入れて新橋の事務所へと急いだのだった。

倉地は脅迫状を読むと、「私も意外ですねえ」と、一言呟いた。そして「女子大生の他に心当たりはないんですか」と訊いてきた。

「全くありません。こう見えても私は孤独な男なんです」

「うーむ」倉地は唸ると、「女子大生以外に風呂場に入った人は一人もいないんですか？」と念を押してきた。

「女子大生以外といえば……」

「いるんですか」

「ああ。それはいるにはいますが……しかし……」

「誰です？」

「いや。でも、まさか……」

「誰だか教えて下さい」

「はい。思い浮かぶのは二人ですが……」

「二人も？」

「ええ」

「それは男ですか、女ですか」

「二人とも女です」

谷藤久恵とデリヘル嬢のサヤカだった。斑目は倉地に問われるままに、二人の女との関係と彼女らが風呂場に入った状況をありていに話した。すると倉地が、

「ところで、その二人のうち、金に困っているのはどちらですか」

と鋭い目で訊いてきた。

金に困っていると言えば、谷藤久恵は安い給料で中学生の息子とアパートに二人住まいである。いずれ息子を高校や大学へと進学させるだろうから金が必要だ。サヤカにしてもデリヘル嬢をするくらいだから金には執着があるだろう。大学の学費や生活費もそれで稼いでいたにちがいない。しかし彼女は今、安定した堅いところに就職が決まっている。それに彼女には男の影はなさそうだった。いずれにしろ、そんな馬鹿な真似をしないだろうと思えた。どちらの女も金に困ってはいるが、自分に対して悪意を抱くことはない、と斑目は確信していた。

が、それを聞いた倉地は、

「分かりました。私に任せて下さい」

「といいますと……？」

「安心して下さい。今度こそ解決してみせますよ」

と自信たっぷりに胸を張った。


その晩、倉地は動いた。

彼はまず斑目が利用していたデリヘル店へ電話をしたのだった。すると中年女が出て「誰かご指名はありますか？」と訊いてきた。

「サヤカさんを」

倉地が言うと、

「サヤカさんは残念ながら、この間卒業したんですよ」

という返答だった。

「引退したってことですか」

「そうなんです。他の子でよければ、ご希望を言って下さい」

「じゃあ、清楚系でスリムな子を……」

「承知しました。お客様のお名前と携帯の番号をお願いします」

「田代です」

「田代さんね。お電話番号は？」

「090、8108、27××」

それは昼間、秋葉原の路上で調達してきた〝飛ばし携帯〟の番号だった。身の安全のためには慎重にならざるを得ない。

「ホテルのご指定はありますか？」

中年女が訊いてきた。

「新宿歌舞伎町の『エリーゼ』。分かるよね」

倉地は新宿から掛けていた。

「はい。ではアリサという子が三十分くらいで到着しますので、宜しくお願いします」

倉地はラブホテルへと歩いた。そしてそのロビーに入ると携帯が鳴った。それを耳に当てると、ロビーにいた三十歳くらいの女が笑顔で手を振ってきた。アリサのようだった。確かに注文通り痩せてはいるが、目が腫れぼったい上にロンパリで、唇のめくれ上がった不細工な女だった。何がアリサだ、と倉地は胸がむかついた。が、女が目的ではない。彼は女と一緒に部屋へと入った。ドアを閉めるなり、女が訊いてきた。

「何分コースにする？」

「九十分でいいよ」

すると女が「あん、百五十分にして？」と鼻を鳴らしてきた。

「じゃ、それでいいよ」

「ありがと」

女はすぐにデリヘル店にチェックインとコースの報告電話を入れた。その携帯を、倉地が横から奪い取ったのだった。

「何すんのよ！」

女が崩れた顔をさらにゆがめて吠えた。

「静かにしてろ。騒いだら殴り殺すぞ。俺は元プロボクサーだ」

倉地が凄むと、女は、

「顔だけは許して？　大事な商品なんだから」

と部屋の隅に後ずさった。

倉地は女の携帯に話しかけた。

「おい。サヤカの本名、住所、携帯番号を教えて貰おうか」

「な、何ですか、オタクは」

中年女が声を震わせた。

「いいから、早く教えろ」

倉地は声を張った。

「こ、こちらでは引退した女の子のファイルは破棄するから分からないんですよ」

「嘘を言うな」

すると今度は、電話がドスの利いた中年男の声に変わった。ヤクザだ。

「何だテメエ。サヤカに何の用なんだ？」

「あんたらには関係のないことだ。いいから居場所を教えろ。さもないと、ここにいるブスを今から警察に突き出して、オマエらのやってることを洗いざらい吐かせるぞ」

「そんなことをしたらどうなるか、オタク分かってんのか？」

「うるせえ。テメエらこそ手が後ろに回ることになるんだぞ」

「畜生。ナメやがって……！」

「早く教えろ。女の顔がますます壊れることになるぞ」

そう言うと、女が両手で顔を覆って泣き出した。

「分かったよ。今から言うから女を開放しろ」

ヤクザが折れた。

「そっちが先だ。早く言え」

「……目黒区だ」

「目黒のどこだ」

「目黒区駒場二の二〇の×だ」

「アパート名は」

「メゾン駒場201号室だ」

「本名は」

「中野好子だよ」

「携帯番号は」

「090、6255、82××だ」

倉地は携帯を切ると、ベッドサイドのメモ用紙に素早くそれを書き留めた。そして「三十分の料金だ」と言って女に一万円を渡してホテルを飛び出した。ヤクザが迫っている。倉地は歌舞伎町の雑踏の中を一目散に走り、新宿駅西口広場へと向かった。そして、そこからヤクザの言ったサヤカの携帯番号に電話してみた。すると出たのは、

「はい？」

という若い男の声だった。

「サヤカさんの携帯ではないですか？」

倉地は訊いた。

「サヤカ？　オタク、どこ掛けてんの？」

倉地は携帯を切った。番号は嘘だった。ホテルで確認すればよかったと後悔したが、そんな余裕はなかった。この分だと住所もアテにならないが、一応は確認しないわけにはいかない。倉地はスマホのマップで目黒区駒場二丁目を検索してみた。そこは京王井の頭線の池ノ上駅と駒場東大前駅の中間地点だが、どちらかといえば池ノ上が近いようだった。池ノ上は下北沢から渋谷に向かって一つ目の駅である。倉地は小田急線の急行に乗り込んだ。

それから三十分ほどの後、倉地は下北沢で井の頭線に乗り換えて池ノ上駅に降り立った。そこは改札口が一ヵ所しかないこぢんまりとした駅であった。乗降客も疎らだ。駅前には薄暗い路地が一本走っているだけだった。が、目の前に交番があったので、彼はそこに駆け込み、退屈そうにしている若い巡査に訊ねてみた。

「実は、アパートを捜しているんですが」

「住所はどちらになりますか」

「駒場二丁目二〇の×、メゾン駒場です」

倉地はメモを見て言った。

「駒場二丁目ねえ」

巡査はそう言いながら壁に貼られた地図で大体の見当をつけた後、今度は机に向かってゼンリンの個人宅が隈《くま》なく載っている住宅地図のページを繰った。

「訪ねる方のお名前は……？」

「え。あ、中野です」

そんな名前は嘘に決まっているが、他に答えようがない。何しろアパートが見つかれば女を捜し出す自信はあった。

「はい」

「中野さん……中野さん……メゾン駒場ですよねえ」

「その住所に中野さんというか……そういう名称のアパート自体がないんですがねえ」

「え」

半ば予期していたこととはいえ、倉地は落胆した。

「今年出たばかりの最新の地図帳だから間違いはないと思うんですがねえ」

倉地はがっくりと肩を落として交番を出ると、腹立ち紛れに再度デリヘル店に電話してみたが、留守番設定になっているのだった。

「おちょくりやがって、この野郎！」

倉地は電話に向かって怒鳴ったが、明日になって掛けてみると「お客様のお掛けになった電話番号は現在使われておりません……」の音声テープが流れるのは分かっていた。デリヘルはいくつもの名称や電話番号を使い分けて巧みに商売しているのだ。もうそこからサヤカに辿り着くのは不可能であった。

倉地はその場で、今度は斑目の自宅に電話を入れてみた。

「あ、どうも。何か分かったんですか？」

斑目の声には期待と不安が入り混じっていた。

「いえ。今のところは、まだ……」

「そうですか」

「すみません。――それでですね、谷藤久恵の人相の再確認なんですが」

「はい」

「身長は百五十ちょっとで中肉、それで、いつも黒い帆布製のトートバッグを持っているんですよね」

「そうです」

「店を出る時間は夕方五時キッカリでしたね」

「その通りです」

「分かりました。近いうちに途中経過を報告しますので」

「宜しくお願いします」

斑目は電話の前で頭を下げた。

6

翌日の夕方、倉地は下北沢の桜通り商店街にいた。路地の物陰から「鰻のまだらめ」を注視していたのである。サヤカを捜し出すのは相当に困難なことであることが分かった。それで取りあえず、身元の割れている谷藤久恵から身辺調査を始めたのである。

午後五時、久恵と思われる女が店の裏口から姿を現した。年齢、体格は合致している。黒いトートバッグも持っている。間違いなく久恵だ。

倉地は久恵をそのまま尾行し、下北沢駅から上り急行電車に乗った。彼女の自宅アパートがあるのは中野だから、新宿で中央線に乗り換えれば疑う余地はない。が、久恵は新宿に着くと、JRのホームへは行かず南口の改札を出てデパートへ入って行った。彼女が向かったのは売り場ではなく、八階の飲食店街だった。そこの和風居酒屋へと彼女は消えた。女が一人で居酒屋に入るケースは珍しい。誰かと待ち合わせか。そう思い倉地も後から暖簾《のれん》をくぐった。彼の勘が当たった。久恵は奥の小上がりで六十半ばの男と親しそうに飲み始めていた。倉地は入口近くのカウンター席でビールを嘗めながら、久恵と男の様子を窺った。二人は終始笑顔で酒を飲み、定食を平らげた。そして二時間余り経った頃、ようやく腰を上げた。倉地も急いで勘定を済ませると、二人の後を追った。二人が向かったのは中央線ではなく埼京線のホームであった。そこから大宮行きの下り電車に乗り赤羽で下車したのだった。どうやら男の家に行くようであった。倉地が尾行すると、二人は駅のすぐ近くの十四階建てマンションへと入って行った。倉地は逡巡したが、咄嗟に二人の後からエレベーターに乗り込んだ。二人は三階で降り通路を歩いた。倉地も遅れて後を追った。そして二人が部屋に入ると、部屋番号を確認し、一階の集合ポストまで戻って男の名前を探した。が、ポストのフタには名札は挟まれていないのだった。倉地はもう一度三階へ昇り、男の部屋の両隣の住人にそれとなく男の苗字を訊ねたが、彼らは隣人の名前を知らなかった。今時は隣とのつき合いなどないのだろうか……。うすら寒い思いでそんな感慨に浸った時、倉地は、自分も四年間住んでいるアパートの隣人の顔を見たことがないことに気づいた。

久恵が男の部屋から出てきたのは、たった三十分後だった。その足で、彼女はまっすぐ中野のアパートへと帰ったのだった。

翌日の午前、自宅にいる斑目のもとに倉地から電話が入った。

「実は報告も兼ねて大至急ご相談したいことがあります」

「はい、分かりました。では、これからすぐに……」

「いえ。遠くまで来て頂くのは恐縮ですから、お宅の近くでどこか静かな場所はありませんか」

「そうですか。それなら」

斑目は倉地の好意に甘えて、自宅から目と鼻の先のところにある「邪宗門」という喫茶店を指定した。そこは常にクラシック音楽が低く流れていて居心地がよく、作家などが原稿を書いていることもある。それだけにプライバシーも守られると思ったのだった。

「では急ぎますので、これからすぐに出ます」

そう言って倉地は電話を切った。

斑目が「邪宗門」に着き、注文したコーヒーを一口飲んだところに倉地が大股で入ってきた。

「急いで貰って済みません」

倉地はソファーに腰を下ろしながら詫びた。

「いえ。とんでもありません。あの、何か……」

「ええ」

倉地の報告はサヤカと久恵の追跡調査の結果であった。サヤカの捜索が難しいだろうことは、斑目も想像していた通りであった。それよりも彼を驚愕させたのは、久恵に男の影があったということだった。

倉地が言った。

「年齢差からすると、シニアの援助交際ということもないとは言えませんね」

「あの久恵に男が……」

斑目の視線は頼りなく宙をさまよった。

「その男が後ろで画策しているとも考えられます」

「それで奪った金で久恵を援助しようと企んだんでしょうか」

「私はそう睨んでいます」

「畜生、久恵の奴、日頃から女房気取りで振舞いやがって……その裏で男と結託していたのか」

「とにかく今は、ノハラタイガであるという決定的な証拠を摑むことです。その男の正体を一刻も早く暴くことです。でないと大変なことになります」

　倉地は力を込めて言った。

「ええ、はい。その通りです」

「そこで、こうなったら取って置きの秘策を使おうと思うんです」

「秘策と言いますと……？」

「女を誘惑するんです」

「女を？　どこの女をですか？」

「大住銀行新宿支店の女子行員ですよ」

「何のために？」

「それはともかく。今はそれしか方法がないんです」

「でも、それを倉地さんがやるんですか？」

「私じゃありません。プロに任せます」

「プロと言いますと……」

「ホストですよ。大概の女を秒殺しちゃう二枚目ホストがいるんです。まだ二十六歳と若いんですが」

「…………」

　斑目は黙り込んだ。

「どうかしましたか？」

倉地が訊いた。

「二枚目は私にとって憎き存在です。ですが、今度ばかりはお世話になります」

「じゃあ、今日を入れて二日下さい。二日で結果を出しますから」

「たった二日でいいんですか？」

「それだけあれば十分です」

7

倉地からの依頼を受けたホストの優矢《ゆうや》が、大住銀行新宿支店に入ったのは午後一時過ぎだった。

彼は居並ぶ女子行員の横顔に丹念に目を這わせていった。彼の狙いは、まず三十半ば過ぎであること。さらに結婚指輪を嵌《は》めていないこと。そして何といっても、その表情である。寂しい女はどんなに化粧を施しても目の色で分かるものだ。それこそプロの勘であった。

優矢はその中から一人の女に照準を定めた。キーボードを叩いているその胸には〝松本〟というネームバッジがぶらさがっていた。

彼女のフルネームは松本葉子《ようこ》。福井県出身の三十六歳だった。短大入学を機に上京し、卒業してからずっと大住銀行に勤めている。むろん夫はなく恋人もいない。決して不美人ではない。しかし北陸人だからというわけではないだろうが、陰気そうな顔立ちが印象を暗くしている。男性経験も乏しく、短大時代に同年代の学生とつき合ったのが最初であったが、三ヵ月ほどで男が離れてゆき自然消滅のような形で終わってしまった。二十五歳の時、銀行の忘年会の帰りに上司の男と一夜限りの不倫をしたが、それが最後で、その後は色っぽい出会いもとんとなく、ただ無遅刻無欠勤で銀行に通い、板橋の１ＤＫのアパートで独り暮らしをつづけているのだった。

そんな彼女の経歴や孤独な心情など、色事に長けたプレイボーイなら、一瞬、顔を見ただけで見抜いてしまう。ただ、こんな女に近づいても何の得もないから関わらないだけなのだ。もし、この女に接近してくる男がいるとすれば、それは金銭目的以外の何ものでもない。ホストの優矢もそう踏んだのである。

そして優矢は彼女の退勤時間を待った。銀行の通用口が見渡せる喫茶店で張り込んだのだった。葉子は、街が暗くなる頃、一人で現れた。さ、戦闘開始だ。優矢は葉子の尾行を始めた。街は大勢の老若男女が行き交っている。ほとんどの人間が足早である。それは家族や恋人が待っているからだ。足早というのは、言い方を換えれば目的のある歩調ということである。しかし葉子は、人波の中をまるで病葉《わくらば》が川面を漂うように揉まれて歩いてゆく。優矢は自らの勘に狂いがなかったことを確信した。そのうち葉子は一軒の喫茶店に入り、窓辺の席で文庫本に目を落としながら、紅茶とサンドイッチで独りぼっちの夕食を摂り始めた。真っすぐアパートに帰っても寂しさがつのるだけだ。人込みの中に一人きりで座っていれば〝何か〟いいことがあるかもしれない。いいことなど何もないのだが、そう期待している時間は寂しさから逃れられる。今日も何もいいことなどなかった。そう思って文庫本を閉じようとした時、ここぞチャンスと見て優矢が声をかけたのだった。

「すみません。この席、空いていますか」

「え……」

葉子は驚いて顔を上げた。二枚目が微笑んで自分を見つめている。

「ちょっと話し相手になって貰えませんか」

優矢が誘いをかけた。

「あ……ええ……」

優矢の外見はホストではない。堅気のサラリーマンに化けている。でも、自分よりはるかに若いな、と葉子の気持ちは一瞬翳《かげ》った。が、二枚目だ。こんな人と話したかった、と彼女は自らの願望を認めざるを得なかった。

「実は同僚と待ち合わせていたんですけど、相手の都合が急に悪くなっちゃって」

葉子は微笑んで冷めた紅茶を一口啜った。

「あなたも、お一人ですか？」

「ええ。私の方も友達が急な風邪で……」

葉子は咄嗟のつくり話でその場を取り繕った。

「お互い同じなんですね。じゃあ、折角空いた時間だから、少しつき合って下さいよ」

その言葉に葉子は自分がナンパされているのかもしれない、と思った。もともと同僚と待ち合わせていたなんて嘘ではないか、とも察した。が、女というものは二枚目に声をかけられたら多少の嘘や矛盾には目をつむってしまうことを優矢は知っている。そこへもってきて、優矢はホストだから言葉巧みである。あまたの女心を手玉に取ってきたツワモノだ。

「失礼ですけど、お名前は？」

まず名前を訊いた。それから出身地、学歴、職業、趣味、好きな映画等々を——。それだけ訊けばホストでなくとも話題はひろがる。気がつくと何から何まで喋り、葉子はほとんど裸にされていた。むろん訊くだけではない。優矢も自分のことを話し、相手に安心感を抱かせた。自分のことは信念を貫く努力家タイプに仕立て上げた。いつもの手だ。学歴など思いつくまま一流大学の名を出せばよかった。一生一緒に暮らすわけではない。ほんの数時間の縁だ。

それから二人の舞台は居酒屋へと移った。そこで酔いが深まるうちにさらに盛り上がり、果たして、葉子の内に〝最後まで行ってもいいかな〟という心が芽生えた。それを敏感に見抜いた優矢は、適度に酔ったところで酔い覚ましの散歩に葉子を誘った。それからは簡単だった。ラブホテルの前で半ば強引に背中を押したのである。彼女を拒ませる理由など何もなかった。

ホテルに入ると、葉子は優矢に促されて先にシャワーを浴びた。優矢が汗を流している間、彼女はバスタオル一枚を巻いた体をベッドに横たえて彼を待っていた。シャワーの心地良いぬくもりと仕事の疲れ、それに久々のアルコールの力が彼女をまどろませた。そして、それから一時間ほどしてハッと目覚めると、どこにも男の姿はなかった……。

翌日、葉子は二日酔いの気怠さの中にいた。そんな彼女のもとに一本の外線電話が入った。相手は優矢の兄だという。昨夜、影のように消えてしまった男——その兄がいったい……。

「あなたのことは弟から聞きました。一度、御目文字頂きたいのですが」

「あ、はい……」

葉子は困惑気味に応えた。

「では、今日のお昼時間にオタクの裏の『ミスティー』という喫茶店でお待ちしております」

「今日……ですか？　あの、何か……」

「ええ。用件はお会いした時に……」

「はあ」

葉子は釈然としなかったが、十二時過ぎに喫茶店へ行ってみた。すると、ボックス席に座っていた男が手を挙げた。倉地である。彼は葉子をソファーに促した。

「どうぞ」

葉子が「はい」と返して腰を下ろすと、倉地が無言で彼女の前にスマホを置いた。そこには昨夜、寝ている間に撮られたらしい自分の恥ずかしい写真が幾枚も写っていた。

「これは弟のスマホです。失礼を許して下さい」

こんな時、女は怒り出すか泣くかして騒ぐものだが、葉子は目を大きく見開いただけであった。

「この写真はここに保存されているだけで、決して拡散はさせていないので安心して下さい」

葉子が諦めたような顔で、ぽつりと呟いた。

「私……騙されたんですね」

倉地は無視して喋った。

「あなたに一つお願いがあります。簡単なことです」

「悪いことですか？」

葉子が訊いた。

「いえ。刑事事件ではありますが、あなたが要求を呑んでくれれば何の問題にもなりません」

そう言って、一枚のメモ用紙をテーブルに置いた。そこには〝ノハラタイガ〟の名前と口座番号が記されている。

「これはオタクの銀行の客です。この男の住所、漢字の氏名、電話番号を大至急調べて貰いたいんです。決して悪用はしません」

葉子はしばし黙った。それから、

「その写真は……？」

と、スマホに目をやった。

「要求を聞いてくれたら、あなたご自身で消去して下さい」

葉子はいったんうつむいたが、また顔を上げて立ち上がった。

「三十分待って下さい。必ず戻ります」

そして歩きかけたが、ふっと振り返り、またも同じことを言った。

「私、騙されたんですよね」

「……………」

倉地は葉子から視線を逸《そ》らした。

葉子は店を出てから十五分ほどで、メモを持って戻ってきた。倉地はそれを確認すると、

「どうぞ、消して下さい」

と、スマホを彼女に差し出した。葉子はじっと写真を見つめてから消去すると、静かに苦笑し、そのまま店を出て行った。この先、二度と会わぬであろう女であるが、哀れさが残った。済まない、と倉地は心中で詫びた。

倉地は気を取り直してメモに目をやった。そこには葉子の几帳面な鉛筆文字が書かれていた。

『氏名　野原大雅。住所　東京都中野区上高田三—二四—×　グリーンハイツ102号室。電話090（2654）75××』

倉地はすぐに店を出て、中野区上高田へと向かった。

8

翌日の昼前、斑目は倉地からの「一刻も早くお見せしたいものがあります」という連絡を受けて、また「邪宗門」を訪れた。そこにはすでに倉地の姿があった。斑目がソファーに腰を下ろすなり、倉地は葉子の手書きのメモを斑目の前に差し出した。

「こいつがあなたを脅していた犯人です」

斑目はメモを見た。

「こいつですか……え、中野区？……やっぱり久恵だったのか。畜生、飼い犬に手を嚙まれると

はまさにこのことだなァ」

そう言って斑目は、切歯扼腕《やくわん》の顔つきになった。谷藤久恵が住んでいるのも中野区である。だから斑目は、そう確信したのだ。

「これがその本人ですよ」

倉地は、男のアパート前で隠し撮りしたスマホの写真を見せた。そこには軽薄そうなどこにでもいる若者が写っていた。

「全く見覚えがありません。いや、まさか久恵の息子……？」

そんな予感に襲われた。

「じゃあ、こっちの写真も見て下さい。ちょっとボヤけていますけど」

画像を送ると、そこには女が写っていた。斑目は、細い目をさらに眇《すが》めて凝視した。

「こ、これは……サヤカだ！」

斑目は思わず叫んだ。

「やっぱりそうでしたか」

「畜生！　散々贔屓《ひいき》にしてやったのに……裏で糸を引いていたのはお前だったのか」

「この女の本名は宮川梨香《りか》って言います。同棲相手の野原は定職も持たず、毎日朝からパチンコ屋に入り浸ってます。つまりヒモですね。女は斑目さんからせしめた金をこの男に貢いでいたってわけですよ」

斑目は深い溜息を洩らすと、憤然と言い放った。

「そんな男、どこがいいんでしょうかね」

するとと倉地が答えた。

「こういう男に限ってベッドではマメなんですよ」

「サヤカもマメでしたよ」

「その反動で自分の男にはサービス旺盛なのを求めるんでしょう」

「……………」

斑目は、サヤカと男の絡み合う様を想像し、嫉妬と怒りの入り混じった感情に襲われた。

「でも、女も斑目さんに対しては、ただ客としてだけの心持ちだけではなかったかもしれませんよ」

「どうしてです？」

「普通のデリヘル嬢はそこまでサービスしてくれませんからねえ」

「…………」

そんなことはないと、斑目は察していた。つまりは金なのだ。斑目はサヤカに小遣いまで渡していた。だからサヤカも献身的な女に見えたが、それがなければあんなに愉快にベッドを共にすることなど絶対にあり得ない者同士だったのだ。自分の〝春〟は、金で買った虚妄の夢でしかなかったにちがいない……。

「しかし……」斑目が眉間に皺を寄せて言った。「あの女がどうしてマジックミラーのことを知っていたんだろう」

「オタクを訪ねてきた時のことを思い出して下さい」

「はあ」

「その時、女は風呂に入ったんでしたよね」

「はい。そうです」

「昼間ですか」

「ええ。私が秘密部屋に酒を取りに行ってる間のことです」

「斑目さんは秘密部屋の電気をつけたんですね」

「ええ。真っ暗な部屋ですからね」

「風呂場の電気は点いていましたか」

「恐らく点いていなかったと思います。高窓から日が射して昼間は眩しいくらいですから」

「それですよ」

「え」

「斑目さんが秘密部屋の電気を点けたことで、風呂場の鏡がガラスになったんです」

「そうか」

「逆に秘密部屋の方は鏡になったはずです」

「いやァ、気がつきませんでした」

「で、斑目さんが部屋を出る時、電気を消した。するとまた風呂場のガラスが鏡になった。それで女は斑目さんの秘密を見抜いたってことですよ」

「そうか……畜生！」

「うっかりしてましたね」

「俺って奴は、なんて間抜けなんだ」

斑目は両手で頭を掻き毟った。

「それで、この二人をどうします？」

倉地が訊いてきた。

「どうしたらいいんでしょう」

斑目に自分たちの正体を知られたところで、相手は斑目の秘密を知っている。金を奪えなかった腹いせに警察か週刊誌に密告しないとも限らない。

「何かいい方法はないもんでしょうか」

「鉄槌《てっつい》を喰らわせてやりましょうか」

「どういうことです？」

「モノ本のヤクザにカタをつけて貰うんですよ」

「倉地さん、そんなブレーンもいたんですか」

「蛇の道は蛇ですよ」

「なるほど……でも、ヤクザの脅しで引き下がりますか」

「相手の田舎の住所も分かっています。今度、おかしな真似をしたら田舎の親兄弟もタダでは済まないと脅せば……」

「ええ、ええ、それなら……じゃ、それでお願いします」

「ヤクザひとり十五万として、三人もいればいいでしょう。となると四十五万の追加料金となりますが」

「ええ、分かりました。そのくらいで済むのなら」

9

事件は落着した。そして斑目の生活にもまた安穏とした日々が戻ってきたのだった。まだ彼の色気が完全に消え失せたわけではないが、若い女はもううんざりであった。それが今回のことで骨身に沁みたのである。やはり自分には、古典落語でも聴きながらバーボンを楽しむ程度が似合いなのだと反省もしている。

そんなある夜、見るからに柄の悪い、いかつい風体の男が三人踏み込んできたのだった。

「あんた、斑目さんだな？」

「オタクさんたちは？」

「探偵に雇われたもんだよ」

サヤカとそのヒモ男を脅したヤクザであった。

「それが……今さら何の用なんですか」

「話は聞いたぜ」

「え」

「あんたを脅していた男とその彼女からな」

「何を言ってるんだ、あんたら」

「いいから案内してもらおうか、あんたの桃源郷とやらによ」

「何の話だ」

「うるせえ。しらばっくれると今度は俺たちがゼニを頂くことになるぞ」

言葉の通じる相手ではなかった。そう踏んだ斑目は毅然と言い放った。

「よし、面白い。入って貰おう」

斑目は男たちを風呂場へと案内した。

「どこだ秘密の部屋は」

ヤクザたちはズカズカと入ってきた。そんな彼らに斑目はきっぱりと言い切った。

「我が家にそんなものはない。さァどこでも見てくれ」

風呂場も秘密の小部屋も壊されていた。マジックミラーも消えている。そこは改築工事の真っ最中で、ブルーシートに覆われていた。斑目はそこにファミリータイプのユニットバスを設置する計画である。もうマジックミラー騒ぎには懲り懲りしたし、温泉並みの巨大風呂では水道代やガス代も馬鹿にならない。が、それだけではない。改築するにはそれなりの理由があった。

「畜生、証拠隠滅しやがったな、テメエ」

ヤクザたちは目を剝いた。

「何の証拠だというんだ」

「くそっ！」

三人は地団駄を踏んだ。


それから三ヵ月ほどの後、すでに改築も終わった斑目家は三人家族となった。斑目は結婚したのである。相手は経理の谷藤久恵であった。斑目は事件解決直後、いつものように訪ねてきた久恵を酔っ払った勢いで押し倒したのである。そこには無意識の好意が存在していた。が、久恵がどう反応するかは自信がなかった。ところが、久恵は抵抗するどころか、それを待っていたように激しく呼応してきたのだった。斑目の胸の下で、久恵は大胆に燃えた。夫と死別してから男日照りだったのだろうか。サヤカのような若い女にはない秘技で、斑目を存分に悦ばせもした。

その日、行為の後、斑目はそれとなく訊いてみた。

「ところで君、赤羽に知り合いがいるの？」

「赤羽？　ああ、母方の叔父夫婦が住んでいるけれど、何で知ってるの？」

「ちょっと前に赤羽に行った時、君が男性と一緒にいるところを見かけたもんだから」

「なんだ。だったら声をかけてくれればよかったのに。叔父にも社長のこと紹介したかったわ」

「恋人だったら悪いかなと思ってさ」

「ハハハ……馬鹿ねえ。あの時は叔父と新宿で会ったついでに叔母にも挨拶に行ったのよ」

「なんだ。そういうことか」

斑目は胸のつかえが下りた思いであった。

「ひょっとして焼餅焼いてくれたの？」

「うぬぼれるな」

「照れなくてもいいのよ」

「何だと、このオカメ」

「自分は何よ」

「ハハハ……人のことは言えないな」

「ううん。私にとって社長は、トム・クルーズ様なのよ」

「そこまで言われると俺も怒るぜ」

「ごめん、ごめん。でも私には立派なスターなのよ」

「俺がスターか？　じゃあ、お前はさしずめオードリー・ヘプバーンってとこかな」

「そうよ。私、永遠の妖精なのよ」

「ハハハ……！」

二人は高らかに笑い合った。

それからの久恵は一段と世話女房ぶりを発揮した。それだけでなく、最初の交わりで、なんと久恵が四十過ぎの妊娠を果たしたのである。それを機に、斑目は彼女と所帯を持つ決心をしたのだ。むろん、久恵の中学生の息子も一緒である。下宿屋を廃業したから家族の部屋数には困らない。久恵にとっては一経理係から社長夫人である。斑目は外見的には見栄えがいいとは言えないが、財力があり、言葉遣いは荒いところもあるが案外と心根は優しい。それに社長夫人ともなれば、もう身を粉にして働く必要もない。これからは生まれてくる子供の育児に専念しつつ、長男の進学教育に精魂を傾けることができるのだ。これ以上の贅沢は望めない。

一方、斑目にとっては最初、自分の子ができたと聞かされた時には正直驚いた。しかし、心中はまんざらでもなかった。ついに俺も人の親になるのか……男でも女でもいい、自分の子供には青空の下を堂々と歩かせてやるぞ！　と感慨もひとしおだった。久恵に対しても、彼女は決して美人とは言えないが、女房としてはしっかり者だ。安心して家を任せられる。自分ももう若くはないのだ。ま、こんなところが分相応なのだろう。生まれてこの方、女には泣かされてばかりだったが、久恵こそが自分のベター・ハーフだったのかもしれない。そう納得し、今は予期していなかった第二の人生の到来に頬をゆるめているのである。

闇からの報復者

〈プロローグ〉

日本政府（厚生労働省）の統計によると、二〇二三年度現在、我が国には生みの親のもとで暮らすことのできぬ子供が四万五千人いる。そのうち八割以上が乳児院、児童養護施設で生活を送っている。これは先進諸国と較べても圧倒的に多い。日本には潜在的な里親候補者は百万世帯いる。しかし実際に里親家庭で生活する子供は約六千五百人に過ぎない。里親だけで言えば、オーストラリア九十三パーセント、アメリカ七十七パーセントであるのに対し、日本は十八パーセントにとどまっている。――だが、里親に引き取られたからといって、必ずしも子供が皆、幸せであるとも限らない……。

1

森川俊男《としお》は、じっと微動だにせず一点を睨みつけていた。その視線の先には、男の死体がころがっている。ころがっている、というのは正確ではない。男は机がわりにしている炬燵に座ったまま、天板の上にかるく万歳をしたような格好で倒れて絶息しているのだ。男は、著名な脚本家であった。男の白髪まじりの薄い頭髪には鮮血が粘り、それが額から垂れて、頭を落とした白いキーボードの上に西洋梨のような形の血の溜まりができている。

その光景を、俊男は炬燵の向かいに突っ立って見下ろしているのである。男は俊男の師匠であった。俊男の右手には、師匠の頭蓋骨を打ち砕いた南部鉄の灰皿がまだ握られている。凶行は、ほんの数分前のことである。

理由はごく簡単なことだった。師匠の裏切りがその原因であった。一緒に書くはずだったミュージカルを、突然、途中降板させられたのだ。たったそれだけのことだが、俊男にとっては裏切りに思えたのである。

そのミュージカルは、ある公共団体が全国の農業青年を支援する主旨で制作するもので、内容も農村青年の恋愛や嫁さがしといったものが主体だが、それだけでなく都会からのIターンやJターン組とのコミュニケーションづくりといった今日的な話題をほのぼのと描いたものであった。芝居は三幕もので、師匠が一、三幕、俊男が二幕を担当し、すでに初稿は主催者の手に渡っていた。その段階にきていよいよ完成への気運も高まり、数日前、演出家なども含めた親睦会がもたれたのだった。ところが、その二次会のスナックでの俊男の何気ない一言が、翌日になり主催者たちの間で問題となったのである。その発言とは、終戦直後、若い娘などが買出しにくると、米と交換に肉体《からだ》を要求する農民がいたというものであった。俊男は、それをある女流作家の自叙伝で読んだのである。しかしそんな話題に触れたのは、農民を〝誠実〟と〝素朴〟の二文字で美化している主催者への反発もあったかもしれない。農民に限らず、人間とはそんな単純な言葉におさまりきれる代物ではない、という反発である。それが酒の力を借りて思わず口から洩れてしまったのであろう。

結果、主催者としては、俊男のような農業に偏見をもった人間を今回のプロジェクトに参加させるわけにはいかない、という判断を下したのである。わずかでも異臭を放つ者は情け容赦なく切り捨てるという陰険なやり方だ。そして今日、師匠を呼んで俊男の降板についての相談をしたのである。むろん、師匠もそこで初めて用件を聞かされたのだが、しかしその席で、師匠は俊男を擁護するどころか二つ返事で承諾してしまったのだった。それを今夜、俊男をこの部屋に呼びつけて言い渡したのである。俊男にとっても全く寝耳に水であった。といって、ミュージカルを失うこと自体にさほどのショックがあるわけではない。それよりも、信頼していた師匠の薄情さに胸を抉《えぐ》られたのである。せめて、酔った上での戯《ざ》れ言と笑い飛ばしてくれてもいいじゃないか。彼はそんな奴じゃないよ、と相手を説得するくらいの誠意があってもいいじゃないか——。俊男は、師匠の言葉を聞きながら、胸の内でそう叫んでいた。しかし、師匠がそうしなかったのは自分かわいさからである。あくまでも俊男を庇《かば》う姿勢をとれば、自分自身の執筆さえも危うくなるのだ。恐らく師匠は、主催者との信頼関係と俊男の存在を秤《はかり》にかけていたにちがいない。師匠の秤は、自分一人が生き延びるために、迷うことなく主催者の方へと傾いたのである。

俊男の眼前で、師匠という巨大だったはずの物体が、さながらちゃちなガラス細工のように透けて見えた時、俊男の体内を、自分でも抑えようのない憎しみがまるで血液のように熱く走っていた。そして気がつくと、南部鉄の灰皿を鷲掴みにし、蒼すごんで振り下ろしていたのだった。それは自分の意思とは別の何かが俊男に乗り移り、彼を操った一瞬のようにも思えた——。

俊男は、ようやく重い灰皿を部屋の隅に抛《ほう》ると、自分も壁を背にして腰を下ろし、ミリタリージャケットのポケットからタバコを取り出して百円ライターで火をつけた。

——これからどうしよう……。

早く逃げなければならないことは分かっている。こんな理不尽なことで捕まるのは割に合わない。となれば、この部屋になど長居は無用だ。

この部屋は、師匠が仕事部屋として借りている世田谷区千歳台のワンルームマンションであった。自宅はここから歩いて十分ほどの祖師谷にある。そこへ師匠は毎晩八時丁度に夕食に帰るのが習慣になっている。行かなければ電話がくる。電話に出なければ下宿している大学生の甥《おい》が心配して様子を見にくるのである。

俊男は腕時計に目をやった。八時まで、あと四十分ほどの猶予であった。

——早く逃げなければ……。

しかしそう思いながらも、俊男は自分を引き留める何かを感じていた。それが何なのか、心の内をさぐってみたかった。いずれにしろ、明日になればミュージカルの主催者の口から犯人は割れるにちがいない。一刻も早く、どこか見知らぬ街へ姿を消さねばならなかった。が、何か、やり残したことがあるような気がしてならないのだ。それが何なのか、今はそれを考えたかった。そこにこそ師匠を殺した真の理由があるような気がしてならないのだ。それを解明するためには、自分のこれまでの過去の足取りを辿り、その心の奥深くに眠っているものを探るしかないように思われた。といって、自分のどこを辿ればよいのかも瞭然《はっきり》としない。師匠とのつき合いの中に、それは隠されているのだろうか……。

　俊男が師匠と知り合ったのは、今から三年ほど前であった。脚本家になって丸四年が過ぎていた。本来ならば筆が燃えている時期である。が、確かに仕事はそれなりにこなしてはいたが、俊男の胸には霞《かすみ》を摑んでいるような空しさが宿っていた。

　そもそも俊男が脚本家としてスタートしたのは三十四歳の時であった。それまでトラック運転手をしていた彼は、三十半ばにさしかかり一念発起して独学でシナリオを書き始めたのだった。二作目に書いた作品がシナリオの新人賞を獲得して脚本家として歩き出したのだが、ようやく摑んだ仕事はテレビアニメばかりであった。もともと実写ドラマを目指していた彼にとって、アニメは生活の糧《かて》を得るための仕事でしかなかった。早く実写が書きたいと、彼は日々念じたが、業界での横の繋がりを持たぬ彼にはその手立てがなかったのである。そこで焦慮した彼は、全く面識のない師匠に心境を綴った手紙を書いたのだった。彼は日頃から、師匠の骨格のしっかりとしたオーソドックスなドラマに強い憧れを抱いていた。しかし、そうは言っても師匠はこの世界では五指に入るベテランである。相手にしてくれるという自信はなかった。ところが、手紙を受け取った師匠は気さくにも電話をくれたのである。そしてその後は、時折、喫茶店などで顔を合わせ、ドラマについての蘊蓄《うんちく》を熱く語ってくれたのだった。そのうち、喫茶店がバーや寿司屋になり、時には自宅に呼ばれ、家族にまじって夕食を馳走になることもあった。

　しかしそんな時、俊男は嬉しい反面、恐怖をおぼえたのだった。それは実の両親の顔を知らず、十歳で養父とも死に別れ、十五歳で家出同然に上京した彼の、家族の団欒《だんらん》や人の親切といったものに対する拒否反応であった。そういうものに縁のない人生を送ってきたのである。だから、家族と一つのテーブルを囲みながらも、俊男はつまらぬことを口走ってしくじってはいけないという緊張感から、冬でも額から幾筋もの汗を流し、ハンカチを顔にあてながら酒を飲み、箸をうごかしたものであった。

だが、そんなつき合いに馴れるにつれて、父親に縁の薄い俊男の内に、次第に師匠を父親のように慕う心が芽生えていったのだった。師匠は古稀《こき》をとうにすぎている。四十一歳の俊男にとって年齢的には不自然ではない。が、普通ならば実の父親を慕うものであろう。他人の中に父親の像を見るのはどこか歪《ゆが》んでいるからなのだ。それは俊男も例外ではなかった。

俊男の場合、その原因は養父の虐待だった。精いっぱい慕いながらも虐げられ、憧れと恐怖が彼の中に同居していた。そして十歳にして不意に去られた。それが彼の心肝をねじ曲げてしまったのである。

師匠を殺した裏に、養父への屈折した心理がひそんでいなかったとは言えない。実の父のように慕っていた師匠に裏切られたことが、養父への憎しみをほじくり返し、その憎しみが師匠に乗り移って彼の心を惑乱させてしまったのかもしれなかった。しかし、そればかりではない。彼の人生は最初から裏切られることの連続であった。子供にとって神も同じ――それが母親だ。その母親によって彼は殺されかけたのである。実母により、彼の幼い生命は危機に晒されたのだ。それこそ生来初めての裏切りだった。その事件は当時、マスコミに騒がれるほどの話題となり、週刊誌にも裁判記録が掲載され、思春期の頃にそれを読まされた俊男は今でもその概要を記憶している。俊男は、そこからまず自らの過去を辿ってみようと思いついた。その実母の記事は、『おねがい　死んで?』という見出しから始まり、要約すると以下のような内容であった。

2

《出産に使った血だらけのバスタオルを、産んだばかりの赤ちゃんの顔にかぶせた。窒息させるためだ。一分、二分……。パタパタと動く小さな足。「かわいそう」女は、タオルをどけた——。

息子を自宅裏に捨てて殺そうとして、殺人未遂罪に問われた前橋市の無職、田中喜代美《きよみ》被告(三七)。九月十五日に始まった前橋地裁での第一審では起訴内容を認めた上で、終始うつむきがちに、当時の様子をとつとつと振り返った。喜代美被告は、検察官の「どうしてそんなことをしたのか」という質問に、

「頭の中がいっぱい、いっぱいで、殺すとか、捨てるとか、それしか考えられなかった」

と答えた。

三月二十四日朝、いつものように子供たちを保育園に送り届けた。途中、陣痛を感じた。自宅に戻ると、午前十一時半ごろに破水した。風呂場にバスタオルを敷き、自力で出産の準備を進めた。

三十分後、産声が聞こえた。

「赤ちゃんを見て、どう思いましたか」

検察官が質問した。

「すごくかわいい。そう思いました」

喜代美被告は、その時のことを思い出したように素直に答えた。だが同時に、夫には「中絶した」と嘘をつきつづけていたこと、経済的にも体力的にも、もう子供を育てる余裕がないことが、頭を駆けめぐった。

「それから、どうしようと思いましたか」

「殺すしかない……そう思いました」

そして彼女は赤ちゃんにバスタオルをかぶせた。

「確実に殺そうとは考えなかったのですか」

弁護人が質問した。すると、喜代美被告は、

「自分の手で、死に落とすことができませんでした」

と首を垂れた。

「それからどうしました」

検察官が訊いた。

殺し切れなかった喜代美被告は、臍《へそ》の緒を切り、赤ちゃんについていた血を、お湯で洗い流した。

どこかに捨てるしかない。そう思い、赤ちゃんを毛布で包んでリュックに入れた。「ごめんね、ごめんね」。何度も言葉をかけ、ジッパーをしめた。そして午後一時ごろ、両手で抱きかかえて

裏庭に行き、草むらに捨てた。

「埋めたりして見つかりにくくしようとは思わなかったのですか」

弁護人が訊いた。

「できれば、誰かに助けてもらいたい、と思っていました」

喜代美被告はそう答えたが、外の気温は十三度。肌寒い。死んでしまうかもしれないことは、充分に理解していた。

家に入り、しばらくすると、赤ちゃんの泣き声が聞こえてきた。

「それを聞いて、どう思いましたか」

検察官が訊いた。

「寒いのかな、辛いのかな、と……」

喜代美被告は、そう言って涙を流した。

午後三時ごろ、自宅のインターホンが鳴った。プロパンガスを交換するため、裏庭に回ったガス業者だった。「赤ちゃんの声がする」。そう告げたガス業者が、自ら110番通報した。

警察官と救急隊員がやってきた時、赤ちゃんの体温は三十四・九度まで下がっていた。低体温症だった。しかし、助かった。

「助かったことが分かって、どう思いましたか」

弁護人が訊ねた。

「ガス屋さんに感謝しました」

喜代美被告は安堵したような表情で答えた。

赤ちゃんは、喜代美被告と夫の間に生まれた六人目の子供だった。なぜ、殺そうとしなければならなかったのか……。

夫婦は昭和四十五年に結婚。翌年に最初の子供が生まれた。その翌年にも次の子が生まれ、昭和五十一年に四人目の子供が生まれた頃から、生活は苦しくなっていった。夫の月収は十五万円ほど。子供手当を生活費に回したり、夫が給料を前借したりしたが、光熱費などを滞納するようになった。子供らの食事代にも事欠く日々。喜代美被告は夫に相談した。が、「子供のことまで知るか」と、夫は他人事だった。

夫は「もう子供は要らんだろう」とも言った。しかし、避妊もせず、体を求めてきた。日頃から怒ることも多い夫に怯え、強く避妊を迫れなかった。

昭和五十二年、案の定、五人目を身籠った。「中絶しろ」。夫は一方的に指示してきた。でも、喜代美被告としては、授かった子供を産み育てたい気持ちが消えなかった。「中絶した」と装いつづけた。昭和五十三年三月、病院で駆け込み出産をした。夫から「何で嘘をついた」と責められた。

夫はなお避妊しなかった。そして昭和五十七年初夏、六人目を妊娠。夫は今度も中絶を求め、「児童手当を中絶費用にしろ」とまで言った。

「子供は堕した」と喜代美被告は嘘をついた。しかし次第におなかは膨《ふく》らんでいった。困惑した彼女は「便秘だ」と夫に言い訳した。生活はさらに困窮していった。水道代の滞納は四ヵ月分になり、小学校で集金される二百円すら払えなかった。喜代美被告は家計を支えるため、出産二ヵ月前まで弁当屋で働いた。家事や子育ても一人で背負った。

法廷では、一家の生活困窮を心配した市の職員が、何度も家庭を訪問していたことも明らかになった。職員が被告に「妊娠しているのでは？」と訊ねたこともあった。妊娠している子を育てられない事情があれば、児童相談所に繋ぎ、里親や施設に託すという選択肢も生まれる。だが、喜代美被告はそれに耳を貸さなかった……。

赤ちゃんは現在、六ヵ月。乳児院で元気に育っているという。

喜代美被告は最後に言った。

「今は後悔しかありません。一日も早く、六人の子供と一緒に暮らすのが希望です」

「将来、赤ちゃんがこの事件を知ることになるかもしれないが」

弁護人が言った。それに対して喜代美被告は、

「許してくれるとは思っていません。ただ、愛情を注いでゆくだけです」

と、きっぱり言い切った。

九月十七日、検察側は「尊い命を奪いかねない、非常に危険な行為だ」として、懲役四年を求めた。前橋地裁は翌十八日、「事件の背景には、被告の不遇な生活環境があり、動機や経緯にくむべき点が複数あった」として、懲役三年、保護観察付き執行猶予五年の判決を言い渡した
……》

3

以上が俊男の出生時に背負った現実である。が、法廷での被告人質問のセリフとは裏腹に、実母が赤ん坊の俊男を迎えに来ることはなかった。乳児院を管轄する県の担当者が実母夫婦の確認を取ったが、彼らは俊男を引き取る意志はないという返事であった。その結果、生後十ヵ月の時、家庭裁判所の許可を得て、俊男は群馬県北西部のN町に住む森川勝義、景子夫婦と特別養子縁組をし、彼らの養子となり、「森川俊男」という名前を与えられたのだった。養父母はともに四十歳ほどだったが、子宝に恵まれなかったため俊男を引き取り雀躍して喜んだ。俊男の一歳の誕生日には、その記念として〝クロ〟という名のシェパードの仔犬を買い与えるほど可愛がった。

養父の勝義は、地元で路線バスの運転手として働いていた。だが若い頃には暴力団と繋がっていたこともあり、気性の荒い男だった。三十半ばでN町に家を建て、一応、堅気の暮らしをしていたが、勝義の過去は周知の事実で、その上、筋骨隆々とした赤銅色の肉体は寺の門前に立つ仁王像にも譬《たと》えられ、「殺しても死なない」などと言われて世間から恐れられてもいた。

風評ばかりでなく、やはり素行も放埒で、毎晩のように飲み歩き、夜中に泥酔して帰宅することがほとんどであった。そして時には悪酔いして、その辺りの角材を摑んで寝ている景子の顔面を殴り、彼女が命からがら外へ逃げ出すと、今度は家中の窓硝子を叩き割って暴れることもあった。また、つき合っている馴染みのバーの女を連れて帰り、景子を寝室から追い出すと、二人で朝まで飲み明かすなどということもあった。そんな時、景子はまるで独楽鼠《こまねずみ》のように黙々と立ち働き、二人のために酒や夜具の世話をするのであった。

しかし、そんな乱暴狼藉も俊男が家族に加わってからは鳴りをひそめ、一家三人の平穏な日々がしばらくつづいた。ところが俊男が一歳を過ぎて間もなく、景子が予期していなかった妊娠を果たしたのだった。すると、夫婦の俊男に対する態度はにわかに冷たいものとなった。そして翌年に二歳違いの弟英男が誕生すると、夫婦の愛情の的は英男に集中し、俊男はあからさまに邪険にされるようになった。

俊男と英男は成長とともにその違いが歴然となった。当然のことながら顔も似ていなければ性格も対照的であった。英男は母景子の性格を受け継いだのである。彼らは、何事においても決して表面に出ることはせず、恥をかくことも傷つくこともせず、そういう弱さを公言することで自らの身を守る卑屈なところがあった。そこへいくと、俊男は無鉄砲で失敗ばかりを繰り返し、その辛苦の中から学んでゆくタイプであった。無鉄砲でお調子者のところは、血こそ繋がっていないが、まるで勝義の雛形《ひながた》のようであった。むろん、俊男は自分が養子であることなど知らされていなかったが、性格が似ているせいか自然と彼も勝義を慕った。まるでプロレスラーかテレビのアクションスターのように勝義を誇りにしたものだ。

ところが、英男が母親の寵愛を受ける一方で、俊男はその後も養父母の愛情には恵まれなかった。英男は小学校のうちから家庭教師をつけられ、欲しいものは腕時計やカメラ、自転車など何でも買い与えられた。だが、俊男は万年筆一本さえも買ってもらえないのだった。だから時計もカメラも自分で新聞配達をして買わねばならなかった。洋服もたいていは親戚の子供の着古しで、彼があてがわれた一番高価なものは、恐らくランドセルか学生服であった。そればかりか、俊男と英男は部屋まで別にされたのである。英男が陽光の明るい東南の角部屋を与えられたのに対し、俊男は小窓があるだけの北側の三畳間に閉じ込められたのだった。

養父母の無慈悲な制裁はそれだけではなかった。俊男は、幼稚園にあがる前から勝義の鉄拳を浴びて育ったのである。殴る理由など、どこにでもころがっていた。

庭の花壇に足を踏み入れると、せっかく蒔いた種が台無しになったと言っては殴り、インフルエンザになって高熱を出して寝ていると、なんでそんな病気に罹るんだと言っては顔を蹴り、勝義が勤めから帰る頃だと思い、気を利かせて玄関の戸を開けて待っていると、物騒じゃないか、泥棒が入ったらどうするんだ馬鹿野郎、と怒鳴って殴り飛ばすのだった。

数えあげたらキリがない。何をしても殴られるのだ。悪戯をしようものならもちろん、良いことをしても殴る理由になるのだった。だから、俊男の胸には、絶えず一触即発の恐怖が宿っていた。

しかし、勝義の虐待は拳《こぶし》による暴力ばかりではなかった。

小学校一年の時、俊男は夜中の一時頃に酔っ払った勝義に叩き起こされたことがある。そして鬱蒼と樹木の生い茂る墓場に引っ張って行かれ、枝垂れ桜の大木にロープで縛られたのである。縛り終え、去って行く勝義の背に「父ちゃーん、父ちゃーん！」と俊男は喉が嗄《か》れるまで叫んだが、勝義は戻っては来なかった。そしてそのまま一晩中放置されたのである。

尋常の沙汰ではない。六歳の子供にとって闇は魑魅魍魎《ちみもうりょう》の世界である。目や耳から血が噴き出るほどの恐怖であった。夜が明けるまで泣きわめいたものだ。そして最後は力尽き、縛られたまま気を失い、無残に失禁していたのだった。

勝義は短命であったが、俊男の勝義と暮らした年月の中には、そんな記憶が思い出せないほど散らばっている。勝義の俊男にむける顔は、いつも嫌悪と怒りの表情ばかりであった。いくら実子でないとはいえ、それで罪のない幼子を虐待するというのはあまりにも無情である。俊男もその頃はまだ自分の背負わされた事情を知らされていなかったので、何で自分だけがこんなむごい目に遭わされるのだろうと、我が身の不運を怨むだけであった。

そんな俊男の心の救いは、愛犬のクロだけだった。クロはむろん、すっかり大きくなり、毎日の散歩も俊男の方が引っ張られるほどであった。学校から帰ると、俊男はクロとの散歩を一番楽しみにした。クロはまた勝義にもなついていた。夕方、会社から帰ってくる勝義のバイクの音が聞こえると、百メートルも手前からそれを聞き分け、嬉しそうに吠え出すのだった。クロにとっては大人の勝義が、家族の中で最も偉い〝ご主人〟だったのだろう。

4

それから三年の月日が流れ、俊男は小学校四年生になった。そんな冬のある日、たった一度だけだが、俊男は勝義から頭を撫でられたことがあった。

その日、学校から帰ってきた俊男は、下駄箱の中に勝義のくたびれた革靴を見つけたのだった。それは勝義が長年仕事の時に履いていた靴で、形はくずれて傷だらけになり、下駄箱の隅で埃《ほこり》を被っていた。勝義ももう履くつもりはなかったのであろう。俊男は、それを取り出して磨いたのだった。何か勝義の役に立つことをして喜んで貰いたかったのである。彼は靴の埃を拭き取り、ブラシで靴墨を塗り、そのあとは布でピカピカになるまで丹念に磨き上げた。そしてその靴を、物置から探してきた厚紙の靴箱に納め、その上をティッシュペーパーで覆い、まるで新品の靴のように飾ったのである。

それから夕方まで、彼は勝義の帰りを心待ちに待った。勝義が帰宅したらすぐに、玄関でそれを見せたかったのだ。しかし浮き立つ気持ちとは裏腹に、それと同じくらいの不安が彼を襲っていた。何をしても殴られるのだ。余計な真似をしやがってと、また殴られるのではないかと内心では怯えていた。

だから勝義が帰宅した時も、恐る恐るそれを見せたのだった。

「怒らないでね、怒らないでね」

と前置きをしながら、震える手でそっと靴箱の蓋を開け、白いティッシュペーパーを取り払った。

「怒らないでよ……」

彼は祈るような目で勝義の顔を窺ったものだ。勝義は呆気《あっけ》に取られたような顔で靴を見ていたが、そのうち、

「これ、お前が磨いたのか」

と怒りもせずに訊ねるのだった。

「うん。汚れてたから」

「ふうん。よくここまで光ったな」

「うん」

「これなら本職の靴磨きにも負けないぞ。——そうか、よくやった」

そう言って勝義は、俊男の頭を形ばかりだが撫でてくれたのだった。そして思いもよらぬことを言った。

「バイクに乗りたいか」

「え」

俊男は驚いて勝義の顔を見上げた。

「乗りたいか」

「うん」

「じゃ、来い」

勝義は俊男を表に連れてゆくと、通勤で使っているオートバイの後ろの座席に彼を抱き上げて座らせた。そして「俺にしっかり抱きついてるんだぞ」と言ってオートバイを発進させたのである。俊男は皮コートを着た勝義の分厚い胴体に手をまわし、その広い背中に頬を押しあてた。冬の夕暮れの風は冷たかったが、彼は行きすぎる人達に向かって誇らしい気持ちでいっぱいだった。

父親が子供をオートバイに乗せるという珍しくもないことが、俊男にとっては誇らしく思えてならないのだった。――勝義は、三十分ほど走って、隣の村まで山道をひとまわりして来てくれた。俊男はその間中、ずっと頬に勝義の体温を感じつづけていたのである。それは不思議な感触だった。俊男の記憶に残る、最初で最後の〝父〟のぬくもりであった。

その晩、俊男は嬉しくて寝つかれなかった。勝義に初めて褒められ、優しくされたことが、彼の胸を興奮させていた。そしてその嬉しさが、今度こそ勝義に本当の新品の靴を買ってやろうと彼に誓わせたのである。そうしたらどんなに喜ぶだろうと彼の胸は躍った。

翌日、俊男は町の高台にある牛乳販売店へ行き、配達のアルバイトを頼み込んだ。販売店の主人は俊男の小さな身体を見て最初は渋ったが、欠員があったこともあり、彼の熱意に負けて雇ってくれたのだった。給料は思ったより安かったが、ともかく、それでゆくと俊男が町の靴屋でひそかに目をつけてきた靴は、五月末の給料を貰えば買える計算だった。が、アルバイトの目的は、家の者には内緒にした。勝義を驚かせてやりたかったのである。驚き喜ぶ顔が見たかったのだ。

次の日から、俊男は見習いとして大人たちに混じって配達にまわった。朝はまだ暗い四時起きだった。

朝、玄関を出ると、すぐ脇にある犬小屋からクロが尻尾を振りながら顔を出した。

「クロ、行ってくるからな」

俊男はクロの頭を撫でて、販売店に向かった。

俊男が配達用にあてがわれた自転車は、大人用の黒くいかつい型のもので、そのハンドルの両側に牛乳瓶の入った大きな手提げ袋を掛け、荷台にもぎっしりと瓶の詰まった箱を積んだ。彼の身体ではバランスを保つことさえ危ういほどだった。しかも真冬の早朝の道は凍りついていて、しばしば雪も降る。辛さよりも体力的な限界に俊男は何度もくじけそうになったが、そんな彼を奮い立たせたのは、勝義の喜ぶ顔が見たい、という一念であった。だから大抵の困難には負けなかった。一度は、細い急な坂道を自転車で登りながら、重さでバランスを崩して自転車もろとも人家の庭に転落したこともあった。割れて散乱した牛乳瓶で大腿や肘をざっくりと切り服の上からも血がしたたり落ちたが、その時も彼は、翌日から怪我を押して配達をつづけたのだった。それで休んでは、やはり駄目か、と思われクビにされてしまうことを恐れたのである。

そんな年も暮れてようやく新年を迎えた。

その頃から俊男は滅多に勝義と顔を合わせなくなった。勝義は、会社で配置転換があり、路線バスから観光バスへと仕事が移ったのである。熱海や伊東、箱根などへの泊りがけの出張が重なり、三日に一度ほどしか家に帰れなくなったのだった。帰って来ても疲れ切っていてしかも深夜だったので、俊男と顔を合わせることはほとんどなかった。一ヵ月間一度も休みがないという月もあった。バブルははじけたが、まだその余韻に浮かれた旅行客が少なからず残存していた時期であった。勝義は、まだ四十九歳という壮健な年齢であったが、それでも朝早く起きて毎日見知らぬ他県の道路を走るのは、さぞ体には負担がかかったにちがいない。そればかりでなく、勝義の会社は、観光バスの出張から昼間のうちに戻ると、そのまま休む間も与えず路線バスの勤務を命じていたのだった。勝義は、その過酷な労働に気息奄々《えんえん》たる状態で従っていたのである。

一方、俊男はすっかり仕事にも慣れ、着実に金も貯まり、いよいよ夢の実現に近づいていた。そして、遂にあと一週間で念願の靴が買えるという五月の下旬を迎えたのだった。

その朝も、彼はいつものように四時に起き、薄暗い部屋で身支度を整えていた。そしてこれから出掛けようとした時だった。俊男の耳に、隣の部屋から景子の甲高い声が聞こえてきたのである。

「父ちゃん、父ちゃん、時間だよ。父ちゃん……あれ、父ちゃんが死んでる、父ちゃんが死んでるよ！」

最初、俊男には景子が何を言っているのか分からなかった。が、すぐに襖《ふすま》に駆け寄り、それを開けてみた。

景子は相変わらず勝義を揺り起こすように呼びつづけていた。しかし、仰向けに横たわっている勝義の顔は、明らかに死んでいるのだった。俊男の目にもそれは見て取れた。俊男は、その場に突っ立って茫然と勝義の顔を見下ろした。その顔は、もう二度と怒ることも殴ることもないという風にじっと押し黙っているのだった。だがまた、お前の靴など要らん、と冷たく突き放されているようにも思えた。

——騙された……。

その思いが彼の胸一杯にひろがった。騙されたような、裏切られたような混沌《こんとん》とした失望感が胸の内で渦を巻いていた。それから勝義への怒りが湧いた。何のために褒めたんだ……勝手に人を踊らせておいて、あとほんの少しのところで死んでしまうなんて——そう彼は勝義の死顔に向かって無言で叫んでいた。

景子は突然のショックで腰が抜け、勝義の枕元にへたり込んだままであった。弟の英男は、まるで夢遊病者のようにうろうろと家中を歩きまわり、泣きながら呂律《ろれつ》の乱れた声を発していた。俊男だけが気丈であった。正直なものである。可愛がられなかった子供にショックはなかった。むしろ、どこか解放されたような清々しい気分さえ感じたものだった。

5

勝義の死因は、その昔、昭和の高度経済成長時代に働き盛りの男を襲った〝ポックリ病〟と酷似していた。医師の見解も同様で、医学的には過労による急性心筋梗塞であった。だがそれは仕事だけでなく、むしろ日頃の生活習慣が原因であったろう。毎夜の深酒が祟ったのである。

一般に、夫の健康管理は妻の仕事、などと言われるが、それを鵜呑《うの》みにすれば、勝義の死の責任は景子にもあったのかもしれない。景子は勝義につき従っているだけで、健康に思いを馳せるなどという才覚はなかったからである。が、いずれにしろ四十九歳――夭折と言ってもおかしくない短すぎる生涯であった。

勝義の葬儀から数日後のことであった。俊男が学校から帰ってくると、クロが男の手によって無理やり軽トラックに押し込められようとしていた。その模様を景子が傍らで平然と眺めている。

俊男は状況が理解できず、景子に詰め寄った。

「クロ、クロ……。クロ、どこ行くの？」

「前橋の保健所だよ」

「保健所……？」

「あっちへ行けば苦しまずに注射で殺してくれるんだよ」

「殺す？　なんで？」

「父ちゃんが飼ってた犬なんか、もういなくていいんだよ」

「嫌だ。クロ、クロ……！」

俊男はトラックに向かって夢中で駆け出した。が、トラックはすでに走り出していた。それを俊男は必死に追いかけた。

「クロ……クロ……！」

クロも後部ドアの金網につかまり、立ち上がって悲しそうに吠えつづけている。俊男に向かって必死で吠えていた。が、そのうち、トラックはカーブを曲がって消えてしまったのである。俊男は、道路に這いつくばって「クロォ——！」と絶叫しながら地面に涙を落としたのだった。しかし、そんな姿を無視して、景子は家の中に入ってしまったのである。その景子の行為は、勝義への内に秘めた憎しみによるものだった。景子は、勝義から女としても人間としてもまともな扱いをされなかった。その積年の怨みが……その鬱憤の捌け口が、クロに向けられたのである。だが、景子の冷酷さはそれだけでは終わらなかった。勝義の俊男への横暴を横目で見逃していた景子である。英男に対しては異常なほどの愛着をもっていたが、俊男には何かにつけて冷ややかであった。その原因が何であったか、当時の俊男はまだ知る由もなかったが、ともかく、俊男への理不尽な制裁はそれからもつづいたのである。

勝義の死から四年の歳月が流れ、俊男は中学三年生になった。その四年間で彼は確実に成長し、驚くような変貌をとげた。顔の輪郭は角張り、肩や腰の骨格も逞しさを増し、人並み以上に背丈も高くなった。大人の自転車に跨り牛乳配達をした頃の、あの幼さはなかった。

その年、弟の英男が東京の親戚の家に下宿し、都内にある名門私立中学校に入学した。そこへ入ればエスカレーター式に系列の高校へ上がり、その後は有名私立大学への入学も望めるのだった。むろん、そのためには多額の費用がかかるが、景子は必死だった。景子は勝義の死の直後から、町会議員をしている中学時代の同級生の口添えで用務員として町役場に勤めていたが、昼間は町役場に通い、夜は人目を忍んで場末のスナックでホステスとして身を粉にして働いたのだった。

一方、俊男は高校受験の年である。それまで家で勉強したことなどほとんどなかった俊男だが、彼は県下一のレベルを誇る進学校を志望した。が、そこへ入れるのは、毎年一学年二百三十人ほどの生徒の中から男女五人前後しかいなかった。それでも彼はそこを狙った。だから毎晩、景子が床に就いたあとも机に向かいつづけた。そんな彼の頑張りの裏には、志望校に合格したいという他に、もう一つの目的があった。というのも、彼は母子家庭の子供ということで、一部の裕福な家の威張りくさった同級生たちからイジメの対象とされていたのだった。その彼らを見返してやりたかったのである。けれど、成績の良い生徒のほとんどは進学塾に通うか家庭教師がついていたが、俊男は景子から参考書すら買って貰えなかった。その不利を補うように彼は、難解な部分は本屋で参考書や問題集を立ち読みし、なんとかマスターしたのだった。そしてその努力は確実に成果を結んでいったのである。

ところが、景子は彼の成績が上がっても少しも喜ばないのだった。それどころか、却って不機嫌な顔をした。彼は内心では寂しかったが、いつも不愛想な景子のことだから、さして気にも留めなかった。が、その景子の真意が分かったのは、彼が模擬試験において学年でトップの成績を取った日であった。躍る思いでそれを景子に告げると、彼女は褒めるどころか、

「お前は、高校にはやれないよ」

と冷たく言い放つのだった。俊男は一瞬、言葉を失った。

「——どうして」

「片親の子が高校なんか行ったら、世間の笑い種だよ」

その言葉は時代錯誤であるだけでなく、明らかに矛盾していた。

「だって、英男はちゃんと東京の学校に……」

「だからもう、お前を高校にやる余裕なんかないんだよ」

景子はヒステリックに声を荒らげた。

「なんで俺だけ……どうして……どういうこと？」

俊男は執拗に食い下がった。すると、景子は声を低めて語り出したのだった。その内容は俊男にとって、それまでずっと両親に対して抱いていた疑問が解き明かされるものではあったが、それと同時に少年の心を掻き乱すに充分な残酷極まりないものだった。最初にそれを聞いた時、俊男は思わず耳を疑った。しかし、すぐに頭の中が真空状態となって眩暈《めまい》に襲われたものだ。

「実は、お前は、本当はウチの子供じゃないんだよ」

「え」

「お前は、赤ん坊の頃に施設から引き取った子なんだよ」

「…………」

放心状態の俊男に、景子が事件の裁判記録が載った週刊誌と一枚のメモを渡したのだった。メモには実母だという「田中喜代美」という女の名前とその住所が記されていた。乳児院に勤めている知り合いの養育係の女から教えられたのだという。その住所は、

『前橋市天川《あまがわ》大島町　×××番地　県営青葉台団地B棟３１０号』

であった。

俊男は、週刊誌の記事を読んでみた。それは彼の心を打ちのめした。実母が憎かった。自分を殺そうとした上に、養育さえも放棄した女なのである。しかし何よりも彼を苦しめたのは、自分に課せられた運命だった。これ以上の孤独があろうとは思えなかった。実母に捨てられ、養父母には虐待され……。その現実は、十五歳の彼にはあまりに重すぎた。

そんな俊男に、景子が重ねて言ったものだ。

「だからお前は、この家の誰とも血が繋がっていないんだよ。だけど、ここまで育ててやったんだから、せいぜい恩返しはしてもらわないとな」

そして中学を出たら地元で働いて家に金を入れるようにと、俊男に命じたのだった。東京の英男に送金するためである。


その晩、俊男は一人、三畳の部屋に閉じ籠り、声を殺して泣きつづけた。景子が寝静まった後も、涙は止まらなかった。自分の運命に対する得体の知れぬ悔しさが少年の心に充満していた。それはいつか彼を自暴自棄にし、気がつくと、机の引出しを開けて彫刻刀を摑んでいた。そして、まるで操られたようにそれを左手首の静脈近くに突き刺していたのだった。思わず彫刻刀を引き抜くと、鮮血がさながら蛇花火のようにどくどくと噴き出してきた。慌てて手の平で押さえると、血液は畳の上にぼたぼたと落ちて、次々と赤い斑点をつくっていった。包帯も薬らしきものも家にはないので、彼はそのあたりの手拭いを手首に巻きつけた。みるみる白い手拭いは真っ赤に染まり、そこからまだ血がしたたり落ちている。彼はさらに新しい手拭いを巻きつけると、そのまま布団に倒れ込んだ。このまま死んでもいいという覚悟が、心の底にあった。頭の中は空白になり、この世に何の未練も感じなかった。——このまま死んでもいい。そう思いながら、いつしか彼の意識は遠のいていったのだった。

朝になり、窓硝子を通した陽光が彼の顔を照らしていた。その眩しさに彼は目を覚ました。そして、ぼんやりと左手首に目をやった。手首の手拭いは血液で凝固していて、出血もおさまっているようだった。

——死ななかったのか……。

彼は胸の内で呟いた。彼の若い生命力が死をも撥《は》ね退《の》けたのである。彼は思った。自分は生き返ったのだ、と。すると俊男の心中に清々しい感覚がひろがってきた。あまりに重い現実が、彼を無の境地へといざなってくれたのである。高校受験への未練などすっかり消え失せていた。そしてその日を境に、彼は勉強をやめたのだった。

6

中学を卒業した俊男は、景子の言いつけどおり、近所の運送会社でトラックの助手として働いた。毎朝弁当を持って出かけ、暗くなると重さのなくなった弁当箱をさげて帰る毎日だった。その単調さは若い俊男にとって、まるで刑に服しているにも等しい息苦しさであった。彼に明日の目的はなかった。その空々漠々たる現実が、余計に彼の胸を苛立たせたのだった。おまけに給料はそっくり英男の仕送りに充てられたので、彼は財布さえも持たされなかった。

毎日、悶々とした日々がつづいた。自分はいったい何処にいるのか。自分の今は何なのか。これから、どうするべきか……。あれこれと考えて一晩中野原に打ち倒れて朝を迎えることもあった。

東京に出よう、と思ったのは、そんな秋も終わりの頃だった。むろん、景子が反対するだろうことは分かっていた。収入が減ることを彼女は何よりも恐れている。また、東京へ出るにはそれなりの出費もかかる。が、俊男の上京したいという願望は熱くなるばかりだった。そこで彼は、景子の援助はアテにせず、無一文でも東京で生活を始められる方法を考えてみた。虫のいい話だが、その方法は一つだけあった。寮と賄いのあるところへ就職することだった。

そう決心すると、彼は毎週アルバイト情報誌に目を這わすようになった。そして彼がようやく見つけたのは、六本木のナイトクラブのボーイであった。給料はトラック助手の三倍だった。

彼はその日のうちに上京する決意を固めた。滅多にないチャンスを逃したくなかったのだ。夕方、仕事から帰ると、彼は一応それを景子に打ち明けてみた。景子が許すはずがないことは覚悟していたが、思ったとおり彼女は猛反対だった。しかし彼は景子の反対を押し切って家を飛び出した。荷物など何もなかった。バッグ一つ持たなかった。求人誌の切り抜き一枚だけを頼みに駅へと走り出したのだった。東京行きの最終列車に乗り遅れまいと、彼は闇の中を息もつかずに走った。今にも雪の舞い降りてきそうな十二月末であったが、彼は景子からジャンパーも買い与えられていなかったので、素肌に安物のハイネックセーター一枚であった。その上、一円の所持金もなかった。ただ、若い気持ちだけが、彼を東京へと駆り立てていたのだった。そんな彼の背に、

「俊男ォ――――！」

と景子の呼ぶ声が夜の闇を透かして響いてきた。立ち止まって振り返ると、白い息を吐きな

がら追いかけてきた景子は、自分の使い古しの財布の中から何枚かの千円札を取り出し、「これ、もっていきな」と俊男の手に握らせたのだった。そこで初めて彼は、自分が無一文であったことに気づいたのである。そうしている間に、景子は踵《きびす》を返してまた闇の中を小走りに去って行った。俊男は、その後ろ姿を見送ると千円札を数えてみた。四枚あった。彼はその四千円を手に再び駅へと走り出したのだった。

俊男が故郷で過ごした十五年間のうちで、景子から情けのようなものを感じたとすれば、その時の一度だけであった。

その晩のうちに俊男は六本木のクラブへ面接に行った。当時、彼の故郷から東京までの電車賃は三千六百円であった。新宿駅を降りてバスで六本木へ行くと、彼のポケットにはもう小銭がほんの少ししか残っていなかった。そんな片道切符の無鉄砲な上京ができたのも「即入寮可　食事付」という求人記事の文字を疑わなかったからである。

ところが、現実は彼が考えていたように容易にはいかなかった。面接さえすればその日のうちにクラブの寮に入れると思い込んだのは、まだ世慣れていない田舎者の誤算であった。寮に入るどころか、そこで働くことさえもそっけなく断られてしまったのだ。相手には年齢は十八歳と三歳鯖を読んだが、それでも未成年なので確りとした保証人がいないと雇えないというのであった。

俊男ははやる気持ちに水を浴びせられたような気分だった。全く予期していない状況に戸惑った。それに何よりも、雇って貰えなければ行くところがなかった。見知らぬ大都会で夜遅く、しかも十二月の末という酷寒の中で、いったいどうすればよいのか見当もつかなかった。

一つ思い浮かんだのは弟英男の存在だった。この広い東京の空の下にたった一人だが身内に近い人間がいるのは確かであった。だが、なぜか俊男は英男を頼る気持ちになれなかった。どこか見えないところで意地のようなものが抵抗していた。まだその頃ははっきりとした憎悪を抱いていたわけではないが、何か自分を押し止めるものがあるのだった。

そうなると、結局は野宿しかなかった。彼はクリスマスで浮かれている繁華街から逃れるように、寒風に身を震わせながらアテもなく歩きつづけた。自然と足が暗がりに向かって行った。しばらく来ると、道路より一段高いところに黒々と茂る森が現れた。森なら少しは寒さを凌げるかもしれない。そう思った彼は、石段を上り、その暗い茂みへと足を踏み入れたのだった。

そこは青山墓地であった。が、彼には不気味さを感じる余裕などなかった。それよりも寒さから逃れることが先決であった。彼はなるべく樹木に囲まれている墓地を探してうろつきまわった。だが風の少ない樹木の陰には必ずホームレスの先客がいて、彼が踏み込むと「何だ、この野郎!」という怒声が飛んでくるのだった。どこもかしこも寝心地の良さそうな場所はみんなホームレスに陣取られていた。そんな彼の目にひときわ大きな石塔が映った。広い墓地で、小さな石ころが敷きつめられている端に、どっしりとした構えの庵治《あじ》石の石塔が立っていた。先客もいないようだった。彼は、ここだと思い、石塔の陰に身を寄せてみた。しかし石塔は風がまわり込むため風防の役目は果たさないのだった。だが、仕方なしに彼はそこに身を横たえた。

時間が経過していったが、それは一分一秒が苦痛に耐える長い時間であった。身体は疲弊しきっているのに、いつになっても眠ることはできなかった。身を凍らせるような寒風が絶えず吹きつけていて、全身を硬くしながら命を保っているのが精一杯であった。
辛かった。辛くて、辛くて、誰かの名を叫びたかったが、彼には誰も呼ぶ相手がいなかった。景子も勝義も英男も、怨みこそあれ彼の心を慰めてくれる存在ではなかった。

「クロ……クロ……ごめんな……ごめんな……」

彼は思わずクロを呼んでいた。クロだけが彼の心に寄り添ってくれる唯一の存在だった。彼はクロのさまざまな鳴き声や躍動する姿、また、辛い別れを思い起こし、熱い涙を流した。
そうして一晩中寒風に震えつづけたが、朝方になってようやく三十分ほどうとうとした。しかし、それは眠ったというよりも、寒さとの闘いに精根尽きて、命を神に預けた時間だったともいえる。その浅い眠りを、すぐにまた寒風が揺さぶり起こすのだった。

一度目を覚ますと、もう一時もそこに横たわっていることに辛抱できなかった。彼は石のように芯まで冷えきった身体を立ち上がらせて街へと降りた。歩くことしか身体を温める方法がなかった。

六本木の交差点の近くまでくると、彼の身体は一瞬、温風に包まれた。どこから流れてくるのだろうと辺りを見やると、どうやらそれは地下鉄の駅らしかった。地下鉄が到着するたびにホームの温風が外へ押し流されているのだった。彼は吸い寄せられるように地下鉄の階段を降り、踊り場の隅にしゃがみ込んだ。ふと見ると、そこには読み捨てられた新聞紙がいくつも落ちていた。彼はその中からスポーツ紙を選び、求人欄に隈なく目を這わせていった。そして住所が六本木となっているものを探し、歩いて面接に出かけたのだった。彼には東京の地理は分からないし、電車賃もなかったからである。彼が面接に行く先は、寮のある会社か食堂やレストランなどだったが、やはり彼の年齢、風体、切羽詰まったような表情からどこも雇ってくれるところはなかった。

夜になると、彼は再び地下鉄の踊り場に戻った。そこで求人欄を見ながら夜中まで暖を取ったが、地下鉄のシャッターを降ろしにくる駅員に「おい、もう閉めるぞ、早く出てってくれよ」と迷惑顔で追い立てられ、また青山墓地の石塔の陰に身を横たえたのである。

そんな日々が五日間つづいた。その間に彼が口にしたものは、手の平の小銭を数えながら食べた屋台のおでんと、面接先で出されるお茶だけであった。彼のポケットにはもう五円玉が一個しか残っていなかった。

そして六日目の朝、彼は全身を白く染めて目を覚ましたのだった。雪が降っていたのである。その寒さは激痛に感じられた。彼は頭や体の雪を払うと、絶望的な目で低く濁った天空を睨みつけた。彼にとっては寒いだけで、まるで色彩のない雪であった。白い雪が黒ずんで感じられた。

地下鉄の踊り場まで行ったが、幾日もほとんど食べていない彼には、すでに寒さに耐えられるだけの体力は残っていなかった。地面に落ちている新聞紙を見ても、それを拾う気力もなくなっていた。

夕暮れが近くなっても雪は止まなかった。雪に風も加わった。今夜はどこへ行けばいいのだろう。このままでは凍死してしまう……。それは分かったが、どうしていいのか見当もつかなかった。何のアテもないのだ。しかし、こうしていても凍死するのを待つことだけは確実だった。そう思った時、今まで緊張によって抑えられていた感情が堰《せき》を切ったように溢れ出し、彼は全身を震わせて泣き出していた。悲しみなのか死への恐怖なのか彼に理由は分からなかった。分からなかったが、今、自分が孤独のどん底にいることだけは身にしみて理解できるのだった。そして無意識に一言、かじかんだ声で吐き出していた。

「し……死にたくない――！」

そう叫んでみると、まだわずかに残った生命力が、彼の足をつき動かし、地下鉄の階段を一段一段、上らせていた。それから本能的に暖を求めて街をうろつき始めたのである。彼は、まるで幽冥をさまよう亡者のような足取りで暮れなずむ通りをよろよろと歩き出していた。

しばらく行くと、街はずれのような寂れた通りになった。辺りはすでに暮れてネオンが灯っていた。そのネオンの明かりの下に、一軒のこぢんまりとしたラーメン屋の看板が見えた。彼はその軒下にぶらさがっている赤い提灯《ちょうちん》を見つめ、思わず足を止めていた。

とりあえず、温かい所に入り、熱いものが食べたい……。それだけの思いであった。意識は朦朧《もうろう》としていた。金がないことは分かっていたが、もはや罪悪感はおぼえなかった。そして気がつくと、彼はふらつきながらラーメン屋の暖簾《のれん》を分けて、その中に入っていたのである。

狭い店内にはテーブルが四台並んでいたが、客の姿はなかった。厨房では三十前後の若い夫婦が暇《ひま》そうにタバコを吹かしていた。彼は、厨房から離れた奥のテーブルに座ると、主人にラーメンを注文した。主人は「はいよォ！」と威勢のいい返事を発すると、手際よく調理にかかった。俊男は、この縁もゆかりもない夫婦を騙しているようで気が引けたが、命にはかえられなかった。

間もなく、彼の前に熱く湯気の立ったラーメンが運ばれてきた。そのラーメンのスープを一口啜ると、冷えきった身体に命が蘇るような安堵が湧いた。救われた、と思った。かじかんだ手も丼の熱で癒やされるようだった。彼は貪るようにラーメンを食った。チャーシューも海苔もナルトも麺もかまわず呑み込むように食いつづけた。旨くて箸を休める間もなかった。残ったスープも一気に腹におさめた。

そんな俊男の様子を、厨房から夫婦が怪訝そうに眺めていた。ようやく顔を上げた俊男の目が、彼らの視線に捕まった。俊男はひるんだ。この夫婦に何もかも見透かされているように思えた。

彼は覚悟して立ち上がると、夫婦の前へ行った。そして深々と頭を下げた。

「すみません」

二人は何も言わず、きょとんとした目で俊男を見つめていた。

「ほんとは僕……あの、お金がないんです」

夫婦は一瞬、唖然となって顔を見合わせた。が、すぐに表情が変わった。

「金がねえ……？」

主人が目を剝いた。

「やだ、無銭飲食じゃん、こいつ」

女房が血走った目で亭主を見た。

「てめえ、たかがラーメン一杯、踏み倒そうってのかよ」

「すみません……ほんとに、すみません」

俊男はうなだれるしかなかった。

「あんた、早く警察呼びなよ」

女房が面倒臭そうに金切り声を上げた。

「分かってるから、待てよ、うるせえなあ」

夫婦がいがみあっていると、ガラッと戸が開いて、賑やかに若い男女の客が入ってきた。主人はそれを見ると、

「おい、今は忙しいから、あっちでちょっと待ってろ」

と俊男を顎でしゃくるのだった。

俊男は奥のテーブルに戻った。その隣のテーブルで、男女三人が笑顔で話していた。二人の男はチャコールグレーと紺のダッフルコートを着て、女の子は温かそうな赤いタータンチェックのオーバーに身を包んでいた。彼らは、その話の内容から受験を控えた高校三年生で、進学塾からの帰りらしかった。恐らく、この近くに家があり、小遣い銭にも困ったことのなさそうな彼らを見ていると、俊男には彼らが自分とはまるで違う世界の人間たちに思えるのだった。

彼らのテーブルに注文した料理が次々と運ばれてきた。三人がそれぞれチャーハンを取り、そのほかに八宝菜や野菜炒めやギョーザなどが所狭しと並んだ。

自分はラーメン一杯のために怒鳴られ、こうして惨《みじ》めに拘束されていると思うと、俊男は、彼らとの境遇の差に無性に腹が立ってならなかった。そんな俊男を、主人が「ちょっと来い」というふうに手招きするのだった。女房は仕事を終えて奥の住居の方へと姿を消していた。

俊男はおずおずと主人の前に歩み寄り、もう一度頭を下げた。そんな俊男に主人が訊いてきた。

「おい。俺の自慢のラーメンはどうだった。旨かったか」

「美味しかったです。とっても美味しかったです」

俊男は素直に告げた。すると主人は、

「あんたも、よほど腹が減ってたんだなあ」

と、先程とは別人のような穏やかな声音で言った。そして、

「だけどよ、ガキのうちからこんなことしてると、将来、ロクなもんにならねえぞ」

と、俊男をたしなめるのだった。俊男は、したくてしたんじゃない、と声を上げたかったが、その言葉は呑み込んだ。

「いいよ。帰れよ」

主人が言った。

「え」

「女房が戻らねえうちに早く帰れよ」

「はい……ありがとうございます」

俊男は主人に一礼して背を向けた。

「おい兄ちゃん」

主人が俊男を呼び止めた。俊男は振り返った。すると主人が、

「これ、持って行けよ」

そう言って、アルミホイルに包まれたひと掴みほどの塊を手渡してくれたのだった。俊男には

中身は分からなかったが、恐縮してそれを押し頂いた。そんな彼に主人が、

「事情は分からんけどよ……ま、頑張れよな」

と、声をかけてくれたのだった。俊男は、思わず無言のまま深く首を垂れていた。コンクリートの床に、熱い涙がこぼれ落ちた……。


それから店を出ると、俊男はまだ小雪のちらつく歩道を歩き出した。その彼の目には後から後から涙が湧いていた。こんな惨めな自分への怒りなのか。それとも何者かに対する憎しみなのか。訳の分からぬ悔しさが込み上げて涙が止まらなかった。俊男は、胸の内で「畜生……畜生！」と叫びながら歩道の端に沿ってこんもりと残っている雪の山を悔し紛れに蹴ってみた。すると、小さな雪だるまの向こうに黒っぽい影のようなものが目に入った。目を凝らしてよく見ると、それはまだ両の掌に乗ってしまうほどの黒と白のまだらの子猫だった。痩せ細った野良猫が、寒さに打ち震えながらうずくまっていたのである。俊男は子猫を見つめた。恐らく、母猫とはぐれたか、または育児放棄か、あるいは心ない人間に捨てられたかしたのであろう。腹を空かせ、今にも息絶えそうな気配であった。俊男の目には、その姿が自分と重なって見えた。俊男はラーメン屋の主人から貰ったアルミホイルの包みを開けてみた。そこにはスライスされたチャーシューが入っていた。俊男は、それを一口齧って温めると、子猫の口元に近づけてみた。子猫は恐れる風もなくそれを嘗めて、やっとの力で齧った。弱ってはいるが、食べる意欲は残っているようだった。俊男は胸を撫で下ろした。そして残りの全部を子猫の前に置くと、子猫はまだ満足に生え揃って

いない歯で、それを食べ始めたのだった。

「頑張れよ、頑張れよ、頑張って生きのびるんだぞ！」

俊男は、そう声をかけ、子猫の骨ばかりの頭や背中を撫でつづけたのだった。


その晩から俊男は、東小金井という所へ向かって歩き出した。求人欄に「即入寮可　群馬県人大歓迎！」という廃品回収会社の募集記事があったのだ。

時折、人影のない公園や空き地で体を休め、空腹は公園の水道水で満たした。そして通行人に道を訊ねながら、二日二晩かけて遂に目的地に辿りついたのだった。すると、実際にそこは群馬県人ばかりであった。偶然にそうなったらしかった。寮に入っている大人たちも全員が群馬県人だった。寮といってもゴミ溜めのようなプレハブ小屋である。俊男は、廃品で出た内側のボアにウジの湧いた皮ジャンを着、道端に落ちていたという泥のついた布団にくるまったが、それでも野宿よりはマシだった。そこで彼は、まわりの笑顔で語りかけてくる大人たちから酒をふるまわれ、酒の肴も腹いっぱい馳走になり、そんな温情に触れてやっとのことで人心地をついたのである。そうして翌日から、まだ困憊《こんぱい》状態にある足腰に鞭を打ってリヤカーを曳き、一軒一軒、戸別訪問をしながら廃品回収にまわったのだった。その姿は、まだ少年の幼さの残る屑屋であった。

そんな日から脚本家になるまでの二十年間、彼は数えきれぬほどの職についた。日雇いの土木作業員、店員、ボーイやコック、トラックの運転手と三、四十の職を転々とした。だが、いつも自分の生きる場所はこんな所じゃない、こんな所で草木のように朽ち果てたくはない、というあがきに苦しんでいた。何も産むことのない職業に埋もれていることほど辛い日々はなかった。何か人を喜ばせることができ、しかも、その成果が後世にまで残るようなクリエイティブな仕事に邁進《まいしん》したい――そう彼は昼夜もがいたものである。だが、彼の懊悩《おうのう》はそれだけではなかった。孤独である。彼には常に孤独がつきまとっていた。親に見捨てられ、虐待されて育った少年は、同性異性に関係なく、人間関係をうまく結べないのである。いわば人間に虐《いじ》められて成長した野良犬と同じなのだ。独り群れから離脱し、その内側にはいつも警戒と攻撃の本能ばかりが顔をのぞかせていた。それは終生消えることのない心の傷であった。しかし元来、人なつこい性格の彼は、つい野良犬の本能を忘れ、そのために幾度辛酸を嘗めたかしれない。

そんな彼が脚本家を志したのは、煩雑な人間関係を逃れ、孤独の中に喜びを得ようと思ったからだった。彼のようにこの世に生を受けた時から、大人たちによって内面をいびつにされた人間には、そういう生き方しか他に方法がなかったのである。

――十五歳のまさに徒手空拳の上京から四十一歳の今日まで、彼は一度も故郷には帰っていない。その間に、景子に音信を取ったのは二度だけだった。一度目は初めてアパートを借りた時に、その嬉しさからハガキを一枚送ったのである。が、景子の方からはその数年後に一度連絡があっただけだ。十五年前、英男の結婚式の時である。それは披露宴の招待状という他人に対するのと同じ扱いであった。俊男は返事も出さなければ出席もしなかった。彼の内に、景子や英男への反発が明確に頭をもたげてきたのは、その時からだったかもしれない。

それでも彼は、七年ほど前、脚本家になって最初の番組がテレビで放映された時には景子に電話をしたものだ。だが、それも観たのかどうか、その後も何の連絡もなかった。今となっては、彼の職業を記憶しているのかさえも不確かである。それほどに縁は薄れ、戸籍も風化している感触が、全くの他人ではないからこそ伝わってくるのだった。

七年前の電話で、英男が前橋に居を構え、関西に本社のある一流電機メーカーの高崎支社に勤務していることは聞かされたが、景子も英男も俊男の今日までの生きざま、生きてきた場所、十五歳からの変貌も何一つ知らないのである。なのに帰ってこいとも言わないのだ。何一つ知らなくて平然としていられるのである。そこがやはり、血縁者でない証であった。

7

電話のベルがけたたましく鳴り響いた。それで俊男はようやく我に返った。

師匠の部屋は全く先刻のままだった。師匠は炬燵に倒れ、俊男は壁を背にして座り、じっと黙考していた。やり残したことが何なのか、と。——そこに電話が鳴ったのだ。

俊男は反射的に腕時計に目をやった。すでにタイムリミットの八時を廻っている。いつの間にか四十分以上が経過していたのである。

俊男は逡巡する間もなく、咄嗟に師匠の机に手をのばすと、電話の留守番ボタンを押していた。間もなく、師匠の声で応答メッセージが流れ、それが終わると、電話の向こうから下宿している大学生の甥の声が飛び込んできた。

「伯父さん、夕飯の用意ができましたよ。伯父さん、伯父さん……留守みたいだよ。それとも疲れて寝ちゃってるのかなァ」

家族の誰かに話しかけている声を残し、電話はぞんざいに切られた。直後、今度はやはり机上の携帯電話が鳴り出したが、それは無視した。

──まずい、甥が様子を見に来るにちがいない。

俊男はそれを潮にそそくさと立ち上がると、部屋を出る準備に取りかかった。一応、ハンカチで灰皿や電話の留守番ボタンの指紋を拭き取り、自分のタバコの吸殻はハンカチにくるんでポケットに入れ、手首にこびりついた血痕を流しの水道で洗い落とした。

むろん、指紋など消しても意味のないことは分かっている。明日、ミュージカルの主催者の口から俊男の名前が出て、警察が蛻《もぬけ》の殻になった彼のアパートに踏み込めば犯人は一目瞭然であろう。が、自分の匂いを残したくないと思うのは殺人者の本能である。

何かやり残したことがあるような気がしてならなかった。それが何なのか、その答えを出せずにここを離れるのは不本意であるが、今はとにかく逃げるしかなかった。

──とにかく、早くどこか今夜のうちに姿を消さなければ……。

そう思い、ショルダーバッグを持って部屋を出ようとした時である。表でキューッというブレーキ音とともに自転車の止まる気配がしたのだった。

──まさか、もう甥が来たのか……？

まだ電話を切ってから三、四分しか経っていなかった。だが自転車を飛ばせばそんなものだろう。自転車とは考えもしなかった。全くの予想外である。それに、甥なら家族から合鍵を渡されているにちがいない。逃げようがない。

足音が勢いよく階段を駆け上がってきた。俊男は動転した。その切羽詰まった彼の目に、本箱の角に立てかけてある金属バットが映った。それは師匠が時々、運動不足解消にと素振りをするのに使っていたものだった。俊男はそれを摑むと、玄関に走って明かりのスイッチを消し、扉の陰で身構えた。足音が近づき、部屋の前まで来て止まった。

刹那、ドアチャイムが無遠慮に鳴らされた。

——甥だ——！

ドアチャイムはやかましく繰り返された。それは、まるで頭をこづかれてでもいるように俊男の神経を打擲《ちょうちゃく》した。しかも執拗に止まないのだった。

——うるさい！

その圧迫に耐えられなくなった時、俊男は一気に扉を開け、ふいっと腕をのばすと、そこに立っている男の襟首を摑んで部屋の内に引き倒していた。そして、その脳天の辺りをめがけて繰り返し金属バットを振り下ろしたのだった。まさに一瞬の出来事であった。

俊男は身を起こし、乱暴に扉を閉めると、荒い息を整えた。闇の中で、男が呻いている。ぜいぜいと喉を掘り起こすような濁った声だった。その声に、俊男の両眼は見開かれた。

——まさか——！

俊男は不安に駆られながら、壁のスイッチを点けてみた。明るい光線がそこに倒れている男を映し出した。それは見たこともない男だった。顔面に真っ赤な血を浴びているが、見覚えのある男とはまるで別人だった。それは、黒い安物のダウンジャケットを着た貧相な中年男であった。

俊男は、男の胸の内ポケットから顔をのぞかせているものを奪い取った。紺色のビニールのカバーがついた長方形の手帳のようなもので、開いてみると「××新聞購読契約書」という印刷文字が目に入った。

——しまった！

俊男は思わず舌打ちした。全く関係のない新聞の拡張員を殺してしまったのだ。いや、まだ死んではいないが、この分だと絶息するまでにいくらもかからないだろう。

——何てことをしたんだ！

俊男はもう一度舌打ちすると、金属バットを力いっぱい床に放り投げた。そして一目散に部屋から飛び出したのだった。

8

世田谷の路地は迷路のように入り組んでいる。俊男は、生垣やブロック塀に囲まれた真っ暗な路地を足早に駆け抜け、角をいくつも曲がり、ようやく小田急線祖師ヶ谷大蔵駅からの長い商店街へと辿りついた。途中、誰ともすれ違わなかったのは幸運であった。

商店街は歳末とあっていつにも増して賑わっていた。俊男にとってそれは救いであった。夜の雑踏は何者をも罪のない買い物客か通行人に化けさせてしまう。俊男は、やっと緊張から解き放たれたようにほっと溜息を洩らした。そして犇《ひし》めき合う人混みに紛れ、呼吸を整えながらゆっくりと歩き出して行った。

今頃、甥があの部屋の二つの死体を見つけ、警察に届け出ているかもしれない。明日になれば犯人の目星はつくにちがいない。ニュースは俺を殺人鬼と騒ぎ立てるだろう。今夜中に安全な所へ潜伏しなければならない。まだ捕まるわけにはいかないのだ。やり残した何かのためにも――。そう思ったが、どこへ行けばいいのか、彼には何のアテもなかった。そのアテのなさと雑踏の中での孤独が、十五歳の冬の日、六本木の街を徘徊《はいかい》した時の心細さをちらっと彼の胸にのぞかせた。あの時の心細さ、寒さは今でも彼の記憶に沁みついている。あれ以来、たとえ三畳一間の安アパートに起居していても、夜眠る時には必ず天井を見上げるのが彼の習慣になっていた。そして色褪せた天井に向かって、

「今は天井も布団もあるんだ……幸せなんだ……」

と呟いてみるのである。そうすると幸福感で体中にぬくもりをおぼえるのだった。しかし、その幸福感ももう二度と味わうことはできないのである。

駅につくと、とりあえず彼は新宿を目指した。どこへ遁《に》げるにしても、まずは起点である新宿に出てみることだと思った。新宿まで出れば方向が決まるような気がした。

そう思い、改札を抜けて上り線のホームへ向かいかけた時であった。新宿方面からの電車を降り、人混みの通路を一歩一歩、こちらへ向かってくる男女に直面し、俊男は思わず足を止めてい

た。それは、八十に手の届きそうな老婆と四十がらみのサラリーマン風の、恐らくは親子であろう二人連れであった。老婆はやや腰が曲がり、老齢の皺を顔に畳んでいる。その母の手を、スーツ姿の息子が幼児でもいたわるように支えて歩いているのだった。息子のもう一方の手は地味な女柄のボストンバッグを提げていて、見るからに田舎から上京した母と、それを迎える孝行息子の絵であった。――その姿が、俊男に景子と英男の睦《むつ》まじい関係を聯想《れんそう》させた。そしてそれは、俊男の心の奥深くに隠れていた景子と英男へのどす黒い反発をほじくり出したのだった。俊男を邪険にし、二人だけの同胞の世界を築いてきた景子と弟への反発を――。

　俊男は親子連れから視線を断つと、意を決したようにホームへのエスカレーターを昇った。実体の摑めぬ昂奮が彼の息を荒くしていた。彼はタバコに火をつけた。むろん禁煙であるが、もはや彼にそんな意識はなかった。それればかりか、全くタバコの味さえもおぼえなかった。時間の感覚も遠くに飛んでいた。そんな彼の前に、新宿行の各駅停車が到着していた。

　彼は電車に乗り込むと、扉に近い席に腰を下ろした。この時間の上り電車は空いていた。席が三分の二ほど埋まっているだけだった。俊男は、じっと暗い車窓の向こうに目を据えながら、繋がりかけた糸の一方を遠い過去の闇の中に追いかけていた。彼の内で、次第に霧が晴れてくるように何かが見え始めていたのだった。

――景子が英男を溺愛したのは性格的な愛着であろう。景子は性格的に自分に似ている英男を愛したのだ。だが同時に景子は、どこか勝義に性格の似ている自分に夫を見ていたのではないか。景子は心の底で勝義を憎んでいた。その憎しみの感情が自分に向けられていたのではないか。養子に対する差別もあるが、景子の勝義への鬱積した怨念が、さらに自分への冷遇に繋がったのではあるまいか――。

その景子の目に過誤はなかった。

俊男は最近になり、一人、酒場などで飲んでいる時、勝義がどんな思いで酒を飲んでいたかを想像することがある。すると、勝義の性格やあの頃の彼の心情が、自分の内側から匂うように感じられてくるのだった。そればかりか、勝義の景子への感情もまるで乗り移ったように身近に見えてくるのであった。それは生来、酒色を人一倍好む勝義であったかもしれないが、そうでなくとも、陰気でしかも自分を理解しようともしない妻の待つ家になど、さぞ帰りたくはなかったにちがいない。その圧迫が余計に酒や女遊びを助長させたように思うのである。

また、勝義の死から二十四年を経て彼は脚本家になったが、きっと勝義が生きていれば、男気が強く何よりも賑やかなことに血を沸かせた彼こそ、今となっては唯一の応援者になってくれたような気がするのだった。そう思わせるのは理屈ではない。血の匂いである。血の繋がりはなくとも、十年間一緒に暮らして嗅ぎつづけた血の匂いであった。それからの確信だった。そう思うと、教育のない昔気質《かたぎ》の勝義が、養子である自分への憤りの衝動から抜け出せぬまま命を落としたことも、哀れに思えてならないのだった。

俊男は、そこまで考えて、心のどこかですでに勝義を許していたことに気づいた。長い年月が、かつて重症だった傷を記憶だけの古傷へと変えていたのである。そして彼に残ったのは、幼い頃からひたすら勝義に対して抱いていた愛着だけなのかもしれなかった。

となると、勝義への憎しみが師匠に乗り移ったのだとばかり思っていたが、そうではないことにも気づかされた。勝義への愛着がそのまま師匠にも向けられていたのではないか。だからこそ、その人のほんのちょっとした冷たさにも耐えられなかったのだ。それを裏切りと感ずるほど深く傷ついてしまったのである。つまり、俊男は師匠に勝義を見ていただけでなく、勝義への愛着の反射を師匠に求めていたのかもしれなかった。

俊男は、そこで初めて師匠を手に掛けてしまったことに深い後悔をおぼえた。彼は苦々しい面持ちで目を瞑《つむ》り、震えるほど拳を握りしめて後悔の念に耐えようともがいた。が、それではおさまらず、右肘を掛けている手すりの鉄パイプを力いっぱい叩きはじめた。車輌中に響くほど、何度もバンバンと叩きつづけた。スマホや文庫本に目を落としていた乗客たちも、驚いて顔を上げた。それでも俊男は構わずに今度は自分の膝を拳で叩きつづけた。

——畜生！　畜生……！

その彼の拳が不意に静止した。身体は石像のように固まっていた。自分を責める彼の耳に、そんな自分を冷笑している声が聞こえてきたのである。自分の本当の敵が見えたともいえる。と同時に、それはやり残した何かを彼が悟った瞬間でもあった。

自分を殺人者へと追い詰めたのも、また自分の人生の苦渋のすべてがそこから発していると、彼は確信していた。むろん、それは実母の空恐ろしいほどの冷酷さである。それがなければあらゆる不幸は起きなかったのだ。未遂で終わったとはいえ、実母こそ本物の殺人鬼ではないか。その実母を許していいはずはなかった。実母への報復を拱《こまね》いて、このまま死を待つのではあまりにも手落ちが大きすぎる。それも果たさず刑務所に入り、独り隔離され、いずれは無期懲役か死刑になるのかと思うと、実母をどうしても生かしてはおけなかった。

――実母は俺が刑務所に入ったからといって面会にも来ることはないだろう。乳児院にも迎えに来なかった女なのだ。むろん、俺も今となってはそんなことは望まぬが、しかし実母は、せいぜいマスコミから昔の事件をほじくり返されて俺を怨むのが関の山だろう。大体、実母は今まで俺をどんなに苦しめたかも、また、俺の人生をその酷薄さで粉々にしてしまったこともまるで知らないのだ。いや、知ったところで平然と目を瞑っていられる人間なのだ。それほど俺のことなど、すでに眼中にないにちがいない。裁判で涙を流しただと？　そんな安っぽい芝居に騙されるものか。卑劣な女め。その女に俺のこれまでの真実を思い知らさなければ腹の虫がおさまらない。だが相手は、それを知ったところですでに蚊に刺されたほども心の痛みなど感じないだろう。それが分かるから、俺は行動に出るのだ。そんな人間が何の苦悶もなく、自分の死後も生きつづけることなどとうてい許せないから動くのだ。相手が他人なら諦めることもできるが、実の母親だからこそ許せないのだ――。

もはや、彼の行き先は実母の所しかなかった。自分に残されている時間は少ない。それに明日になれば景子の家、実母の所、そのどちらにも手がまわるだろう。今夜中に決着をつけるのだ、と彼は念じた。住所も本名も分かっている。行き先は前橋だ。まだ埼京線で大宮まで行き、そこから上越新幹線に飛び乗り、途中の高崎からタクシーを利用すれば辿り着けない時刻ではない。勝手に産み落とされ、殺されかけて以来、四十一年ぶりの対面である。いや、復讐だ。

そう決意すると、電車が遅く感じられてならなかった。駅など無視してどんどん通過すればどんなに気持ちいいだろうと思った。駅に着くたびに停まり、客を乗せる繰り返しが俊男にはいたたまれなかった。このまま新宿までノンストップで直行すればいいのだ、早く行け、速く走れ、と彼は膝を摑んで身を揺すった。そのうち、とうとう我慢できなくなった彼は、脚を組んで気ぜわしく貧乏ゆすりを始めた。ポケットからはライターを取り出してカチカチと音を立てた。点いても点かなくても異常な早さでライターを鳴らしつづけた。隣の若いアベックがへらへら笑いながら彼の横顔を盗み見ている。だが、彼はさらにいらいらと貧乏ゆすりをすると、今度は、組んでいた脚をはずし、ドスンと床を踵《かかと》で踏み鳴らして立ち上がった。そして次の瞬間、「畜生ォ――！」と叫ぶなり、車輛の連結部の扉を力まかせに押し開けると、野獣のような咆哮《ほうこう》を発して先頭車輛までまっしぐらに走り出したのだった。

9

夜の闇を、霏々《ひひ》と舞う牡丹雪が白く染めていた。前橋の街は雪国であった。おまけに上州名物の〝赤城おろし〟が音を立てて吹きつけている。やはり北関東の冬は東京とは別世界であった。

俊男は、上越新幹線を高崎駅で降りると、駅前からタクシーに乗り込み、運転手に実母「田中喜代美」の住所を告げたのだった。

『前橋市天川大島町　青葉台団地Ｂ棟３１０号』

それは前橋市の東寄りの郊外で、閑散とした中に十数棟の県営住宅が立ち並んでいる地域であった。地元の運転手は、むろんそこまでの経路を知悉《ちしつ》していて、迷うことなく走り出した。

――いよいよ決着の時がきたのだ……！

俊男は胸の中で気炎を吐いた。

タクシーが前橋市内に入ったところで、俊男は車を停めて貰いコンビニに入った。そこで木製の鞘《さや》のついたペティーナイフと720ミリリットル入りのウイスキーを一瓶買い求めた。そしてタクシーに戻ると、走る車の中でウイスキーをラッパ飲みした。そうしていると、五臓六腑と同様に実母への殺意もますます熱く高まってくるのだった。自分に明日はない。今夜限りの人生だ。だから実母の言い訳など聞くつもりは一寸たりともなかった。問答無用で刺し殺すのだ。その資格が自分にはある。充分にあるのだ。俊男はそう何度も言い聞かせ、自らの決意に発破をかけた。

「この建物がB棟ですがね」

運転手の声で、俊男は我に返った。窓硝子越しに見上げると、今にも倒壊しそうな老朽化した建物の壁に「B」という文字が見えた。

俊男はタクシーを降りると、ウイスキーをまたゴクッと喉に流し込み、中身の残り少なくなった瓶を側溝に投げつけて叩き割った。そして、上着のポケットの中のナイフを握り締め、B棟の階段を昇り始めた。玄関を入り、二階……そして三階の310号室の扉の前に彼は立った。表札を確認すると、扉の上方に「田中」と手書きされた紙切れが嵌め込まれてある。間違いない。俊男は一つ、大きく息を吐いた。それから扉の横の古ぼけたチャイムを押そうとした。その時、扉が内側から開かれ、白衣姿の初老の男と若い女が現れたのだった。その二人を、地味な臙脂《えんじ》色のセーターを着た五十過ぎと思われる女が「どうも、お世話になりました」と沈痛な面持ちで見送ったのである。女は目に涙を浮かべている。いったい、何事か……。白衣の二人が階段を下りてゆくと、女は俊男に目を向けた。

「あの、何か……」

「こちら、田中喜代美さんのお宅ですよね」

俊男は念のために訊いた。

「そうですが……何のご用で……？」

「喜代美さんはいますか」

「母はたった今、息を引き取ったところです」

「…………」

俊男はあまりの予想外の事態に言葉を失った。死者に報復はできない。俊男は、またも神に裏切られたような絶望感に襲われた。

「あなたは、どちら様で……？」

女が訊いてきた。

「…………」

俊男は声を詰まらせた。

「あなた……もしかして……」女はそこまで言うと、俊男の顔をまじまじと見つめた。「もしかして……俊男さんじゃありません？」

「ど、どうして……」

一瞬、俊男の頭の中は真空状態になった。なぜ、この女は自分の名前を知っているのか……。

「そうなんですね。母からお名前だけは聞いておりました。私は長女の妙子《たえこ》と言います」

女は俊男の実の姉だった。

「取りあえず入って下さい。みんな揃っていますから」

「みんな……？」

「あなたの兄姉たちですよ。母の臨終に集まったんです。あなたも母の顔を見てやって下さい。お願いします。さ」

そう言って、妙子は俊男の腕を掴んで家の中に引き入れた。彼女に背を押されるようにして台所を抜けた六畳の和室に入ると、そこには顔に白い布をかぶせられ布団に横たわる実母の姿があった。その周りを四人の兄姉たちが悲痛な表情を浮かべて取り囲んでいた。

「みんな、末の弟の俊男さんよ」

妙子が言うと、全員が「えっ！」という風に驚いて俊男に目をやった。よく見ると、彼らは自分と顔が似ていることが俊男にも分かった。疑いのない血の繋がりが感じられた。彼らは普段着の者もいれば、遠くから駆けつけたと思われる垢抜けた格好の者もいた。

「母の死顔を見てやって？」

妙子は、突っ立っている俊男にそう言うと、実母の顔を覆っている白い布を剝がした。俊男は思わず膝を落として実母の死顔を見つめた。初めて見る母親の顔だった。それは、頭は白髪だらけで、顔は皺に埋もれ苦労しか知らないといった小さな老顔であった。俊男は手を合わせることも忘れ石に化したように身動きできなかった。

「働いて、働いて、働きづめの一生でした」

妙子が涙を浮かべて言った。

「何で……亡くなったんですか」

俊男は、やっとそれだけを訊いた。それに妙子が答えた。恐らく彼女が一緒に暮らし、長く看病していたのだろうと思われた。

「後になって分かったんですけど、腎臓癌だったんですよ。でも具合が悪いのにどうしても病院に行ってくれなくて……救急車で運ばれて検査を受けた時には体中に癌が転移していて……それから入院したんですけど、つい三日ほど前に急に家に帰りたいと言い出して……でも、病院よりは住み慣れた我が家で息を引き取ったんだから、結局はよかったのだと思います」

「…………」

俊男は無表情のまま黙り込んでいた。

「あ、そうそう」言いながら、妙子は箪笥《たんす》の小抽斗《こひきだし》を開けた。そして、「これ、受け取って下さい」と、あるものを差し出した。それは古びた郵便貯金の通帳だった。

「母はあなたと別れてから市内の老人ホームで調理の仕事をしていたの。そのお給料の中から、毎月わずかだけどあなたに残そうと貯金していたんです。いつか、あなたに渡すんだと言って」

「…………」

俊男は言葉が出なかった。

「ついさっき、息を引き取る前にも、俊男に済まなかったって謝っといてね、って最期まで言っていました」

「…………」

「だから、どうかこの通帳を受け取って下さい」

妙子はさらに通帳を俊男に近づけた。が、俊男の手はそれを拒絶した。

「そんなに入っていませんよ。母子家庭で一生貧乏だったから。さ、どうか受け取って下さい。それが母の長年の願いだったんですから」

俊男はそれには応じず、思い出したように言葉を放った。

「母子家庭って……父親は……？」

「ああ。あなたの事件があってから間もなく、どこかへ姿を消してしまったわ。家族をほったらかしにして。それであの借家にもいられなくなって、家賃の安いこの団地に……」

ということは、実母は女手一つで五人の子供を育てたことになる。子供の親になった経験のない俊男にも、その命を削るような痛苦や心細さはおおよそ想像がついた。

「なんで……」

俊男がぽつりと言った。

「え」

「なんであなた方は、俺の名前を知っているんですか」

俊男は最前から気になっていたことを訊いてみた。

「それは……あなたが最初に預けられた乳児院を母が何度も何度も訪ねて……係の人に頭を下げて……住所や苗字は無理だったけど、やっと名前だけは教えてもらったらしいの」

「そういう人がなぜ俺を迎えに来なかったんでしょうかね」

俊男は冷ややかな声で言った。すると、五十近い男性が割り込んできた。

「それはね。オフクロも苦しんでいたよ。でもね、自分に育てられるよりは、あんたが優しくてお金持ちの里親に引き取られた方が幸せだと思ったんだよ」

「そうなの……」妙子が言葉をつづけた。「母は決してあなたを見捨てたわけじゃないのよ。引き取りたい気持ちは山々だったの。でも、辛いのを堪えて新しい家庭に引き取って貰うことに決めたの。あなたの幸せを願って自分は涙を呑んだの」

それを聞いて、俊男は思わず吐き出していた。

「あんたら……何も知らないくせに！」

「確かに何も知らないわ。でも……母も辛かったんです。それだけは分かってあげて欲しいの」

妙子が思い詰めたような声音で言った。

俊男は、膝に置いた拳を固く握りしめた。顔面がみるみる紅潮していった。

「ふざけるな！」

俊男は怒声を発すると、ポケットからナイフを取り出し、その刃を鞘から引き抜いた。一同は体をのけ反らせ、その顔は見る間に恐怖で蒼ざめていった。

「もう――もう遅いんだよ！」

そう叫んで、俊男はナイフを思い切り畳に突き刺した。

「遅いって、何が……？」

妙子が慈しむような声で訊いた。

「所詮、あんたらには関係ないことだ」

「関係なくはないでしょ？　だって家族なんだもの」

「家族？」

俊男は妙子に目をやった。

「そうよ。六人の家族じゃない」

「そんなもの、俺には最初からいないんだよ」

「今はこうして一緒にいるでしょ？」

「一緒にいたって……今はもう遅いんだよ。駄目なんだよ――！」

俊男の叫び声は涙で乱れていた。殺人を犯した上に、実母への復讐が叶わなかったこと、実母が想像していたような女でなかったことが彼の心を惑乱させていた。しかし空気は抜けても心の風船は簡単には萎《しぼ》んでくれなかった。殺意を抱いて駆けつけた熱情は、彼の中で膨らみつづけていた。それを破裂させようと自棄になった時、彼は衝動的にナイフを突き立てていたのである。

刹那、俊男は荒々しく部屋を飛び出していた。それから一気に階段を一階まで駆け下りて玄関を出ると、そこで、がっくりと雪の降り積もった地面に倒れ込んで両手をついた。熱い涙が白い雪の上にぼろぼろとこぼれ落ちた。そんな俊男の口から、まるで子供が母親に甘えているような震え声が洩れつづけたのだった。

「母ちゃん……母ちゃん……俺、ごめん……ごめん……」

彼の背後から、兄姉たちの階段を駆け降りてくる足音が近づいていた……。

〈エピローグ〉

その晩、俊男は兄姉たちに付き添われ、地元の警察署に出頭した。そして、それから東京地裁での十ヵ月間に及ぶ審理の末、懲役八年六月を言い渡されたのだった。彼にとっては幸運にも、金属バットで殴打した新聞の拡張員が重傷を負ったものの命に別状はなく、それに関しては傷害罪が適用されたのである。さらに、彼の同情すべき生い立ちや犯行時の精神状態、真摯な改悛《かいしゅん》の情、それに加えて自首減免などが考慮され、それは異例の寛大な量刑であった。そうして弁護側、検察側の控訴もなく裁判は結審したのである。そしてその後、俊男は拘置所から刑務所へと移送されたが、彼が収監された刑務所がどこであるかは親族にも明かされなかった。それは殺人罪で服役した者に対する刑法の定則なのである。が、拘置所での面談の際、俊男は出所した暁《あかつき》には真っ先に姉妙子を訪ねると約束していたのだった。だから今、五人の兄姉たちは出所後の俊男の安穏とした第二の人生の道を模索しつつ、再会の日の到来を鶴首して待っているのである。恐らく、自由の身になった俊男は、その足ですぐさま実母の墓へと駆け付けることであろう。

〈著者紹介〉

黒岩夕城（くろいわ ゆうき）

群馬県生まれ。

元プロボクサー。異種格闘技戦においてプロ空手世界王者(外国人選手)と対戦し、勝利する。その後、俳優として脚光を浴びるが、脚本家に転向する

映画、サスペンスドラマ、アニメ、NHK 時代劇、ミュージカル、民放の朝の連続ドラマ等、百本ほどを執筆。

日本初のハイビジョンドラマを手掛けたことでも知られる。また「宅配便」の呼称の生みの親でもある。

1996 年小説家としてデビュー。

著書に『断層』（風濤社刊）、『淑女の告白』（鳥影社刊）がある。

（この中から映画、連続テレビドラマなどが誕生している。）

復讐の森

2025年2月26日初版第1刷発行

著　者　黒岩 夕城

発行者　百瀬 精一

発行所　鳥影社 (choeisha.com)

〒160-0023 東京都新宿区西新宿3-5-12トーカン新宿7F

電話 03-5948-6470, FAX 0120-586-771

〒392-0012 長野県諏訪市四賀229-1（本社・編集室）

電話 0266-53-2903, FAX 0266-58-6771

印刷・製本　シナノ印刷

ISBN978-4-86782-145-9　C0093